Za izdavača
Tea Jovanović
Nenad Mladenović

Glavni i odgovorni urednik
Tea Jovanović

Korektura
Agencija TEA BOOKS

Prelom
Agencija TEA BOOKS

Dizajn korica
Agencija PROCES DIZAJN

Izdavač
TEA BOOKS d.o.o.
Por. Spasića i Mašere 94
11134 Beograd
Tel. 069 4001965
info@teabooks.rs
www.teabooks.rs

ISBN 978-86-6142-080-1

Milica Jakovljević Mir-Jam

U SLOVENAČKIM GORAMA

PRVI DEO

Sudbonosna odluka

Auto je jurio belim drumom koji je vijugao kroz alpsko zelenilo Slovenije. U kolima su sedele četiri osobe: dve starije žene i dve mlade devojke. Gospođa s leve strane i mlada devojka prekoputa nije ličile su jedna na drugu kao majka i kći. Obe su imale plave oči i kestenjastu kosu; mlađa je bila minijatura starije. Do plave mlade devojke sedela je njena vršnjakinja neobične lepote. Na njenom licu isticale su se oči – lepe, kadifasto crne, velike, tople i setne. Možda se još nije mogla nazvati mladom devojkom, već devojčicom, ali njena razvijena bista, obli vrat i ruke, više su priličili mladoj devojci. Ona je ushićeno gledala na sve strane; nije mogla da skrije oduševljenje, svaki čas se obraćala majci, koja je sedela ispred nje:

– Mama, vidi tamo, onu crkvicu... Oh, pogledaj one kućice... Ah, kako je reka zelena, kao smaragd!

Mati, otmene fizionomije, s finim profilom, prosedom kosom i blagim pogledom, uživala je u oduševljenju svoje kćeri i povlađivala je njenom ushićenju, posmatrajući i sama lepotu Slovenije, koju su ona i kći sad prvi put gledale.

A drum je vijugao pokraj reke i zelenih pašnjaka, sa sočnim, svežim alpskim zelenilom; sve se nijansiralo u zelenom tonu – od tamnih četinara, koji su katkad izgledali crni, do svetlozelene boje bujnih pašnjaka. U zelenilu su se rumenele jabuke u voćnjacima, a poneki žuti ton ranih šljiva unosio je zlatne prelive u more alpskog zelenila. Kućice, kao da su se verale po bregovima i brdima, ličile su na igračke od gipsa s jasno crvenim krovovima.

Vetrić je pirkao, mirisan i svež; obrazi mladih devojaka su se rumeneli; kovrdžave, crne vlasi crnooke devójčice lepršale su na alpskom povetarcu.

– Ah, mama, vidi tamo, ono je sigurno sneg...! Kako je lepo! – uzvikivala je mlada devojka.

– Na Kamniškim Alpama uvek ima snega – reče plava dama.

– Ti, Daco, svake godine letuješ ovde? – upita proseda žena svoju plavu rođaku.

– Ništa lepše od Slovenije. Odmoriš se i nauživaš u svežini. Neka je u Beogradu i najtoplije, ovde ne osetiš žegu. I svako mesto ovde je pravo letovalište.

– Eno, tetka Daco, vidite, tamo se kupaju, pa imaju i pesak.

– Svuda pored reka ima i plaža.

Auto je prolazio pokraj kupača u raznobojnim kostimima. Neki mahnuše u znak pozdrava, a mlade devojke iz automobila uzvratiše.

Auto zavi u jednu okuku i malo se zanese.

Proseda dama vrisnu:

– Jaoj, Daco, reci šoferu da pazi. Znaš da me je strah da se vozim autom.

– Bože, Biso, što si plašljiva! Ti drhtiš od svakog zavijutka. A kako ja: kud god se maknem putujem autom i nikad mi se, hvala bogu, nikakva nesreća nije dogodila.

– Nisam ti, Daco, ja navikla, i ovo truckanje ne mogu da izdržim. Bolje da smo išle vozom, nije ovo mali put od Beograda...

– Ali autom je prijatnije. Vidi kako je sveže, a u vozu bismo se preznojavale; pa još kad moramo da menjamo voz: iznosi, unosi stvari, viči nosače. A ova vožnja prosto rashladi... I ne plaćamo voz. Zar nije bolje? Kako se ti osećaš, Ivanka?

– Meni je baš prijatno, tetka Daco. A tebi, Cico?

– Ja sam ti pravi snob. Toliko sam navikla na auto kao da sam se u njemu rodila.

– Samo još kad bismo ti dopustili da šofiraš.

– Ne boj se, još kako bih šofirala. Da sam ja sama s Dušanom, on bi mi morao ustupiti volan.

– Dakle, priznaješ da ti ustupa volan, a ja sam mu zapretila da ću ga otpustiti ako ti dopusti da šofiraš.

Šofer je čuo razgovor, pa se okrete i reče:

– Verujte, gospođo, samo sam jednom ustupio volan gospođici, jer, znate, ni ja ne verujem u žensku sposobnost.

– Jaoj, Dušane, kako ste pritvorni! – okrete mu se Cica. – A mene ste pohvalili i moju šofersku sposobnost.

Šofer se lukavo nasmeja:

– Pa, gospođice, to mi je bila kavaljerska dužnost.

Gospođa Daca mu strogo zapreti:

– Pazite, Dušane, drugi put da se to ne desi! Za volanom je samo vama mesto.

Ivanka opet uskliknu i poviče mamu:

– Oh, pogledaj onu vilu... Koji je ono stil?

– Gotski – odgovori joj mati. – Ovde je svuda gotski stil.

– A tek da vidiš kad stignemo u banju. Što tu ima lepih vila! – reče gospođa Daca.

Auto odskoči i gospođa Bisa opet vrisnu. Kad se umiri, ona pogleda unaokolo:

– Znaš, Daco, ovo me sve više podseća na Tirol. Sećaš se kad smo ti i ja bile u zavodu u Beču, pa mi, pansionatkinje, napravile izlet do Tirola? I tamo isto ovo zelenilo. Bože, kako je to davno bilo i šta se sve preživelo! Onda smo toliko idealisale i zamišljale najlepšu budućnost. Ti si je, zbilja, i ostvarila, a ja...

– A ti, mama, zar i ti nisi ostvarila ideale kad imaš ovakvu kćer kao što sam ja, koja te toliko voli... – Okrenu se naglo, pade mami na grudi, zagrli je i zvonko poljubi u obraz.

Gospođa Bisa se nasmeja, oči joj se ispuniše radošću i ona nežno pogleda kćer.

– Ja i moja mama smo kao drugarice; ona je moja starija sestra – reče Ivanka. – A nekad je ona moja ćerka a ja joj tepam: dete moje.

Majčine oči se napuniše suzama.

– A ova moja drvenkata nije tako umiljata – žalila se gospođa Daca. – Nije nimalo nežna. Još je i jogunasta. Razmazila sam je. Trebalo je da budem strožija.

– Što ti, mama, umeš da se hvališ: razmazila si me! Tata me više mazi i više mi daje novaca – usprotivi se Cica.

– I više te kvari. Na tatu si samovoljna.

– Ja već predviđam da ćeš mi u banji držati pridike.

– Držaću za sve što mi se ne sviđi.

– A šta se to, na primer, tebi ne sviđa?

– Mnogo štošta... Neću sad da govorim. Neka mi samo onaj dođe u banju za tobom, umeću ja da mu pokažem put!

Ivanka se veselo okrete drugarici:

– A ko ti je taj?

– Najotmeniji mladić u Beogradu.

– Najotmenija propalica u Beogradu – dodade njena mati. – To ti i otac kaže.

– Zato što ti i tata imate sasvim drukčije pojmove o današnjim mladićima i o mom budućem mužu.

– Jeste, tvoj muž treba da bude inteligentan i ozbiljan mladić, koji je završio školu, koji ima svoju karijeru, a ne vetropir i ženskaroš, tip-top, kako ti kažeš.

– Tip-top! – nasmeja se Ivanka. – To čujem prvi put.

– To vi mlade devojke u unutrašnjosti i ne znate. To Beograđanke sad traže – da je muškarac tip-top. Vidiš, Biso, bolje što si ti svoju Ivanku strogo držala. Ja i ti smo sestre od tetke, a pogledaj našu decu – dva sveta!

– Nemoj da je osuđuješ – branila je gospođa Bisa Cicu. – Možda bi i moja Ivanka bila takva da joj otac nije poginuo. Naše prilike su bile drukčije. Njoj je bilo godinu dana kad mi je muž poginuo; ja sam ostala sa ono malo prihoda, samo kirija od dve kuće. A šta ti je kirija u unutrašnjosti? Da su nam te kuće bile u Beogradu, gde bi nam bio kraj! Ali, hvala bogu, opet je moja Ivanka završila maturu.

– Ja sam se, tetka Daco, zaista trudila ove godine, i bila sam oslobođena usmenih ispita, i ja i Ljubinko – reče Ivanka.

– A to je tvog devera sin? Je li, Biso?

– Jeste, on je kod nas stanovao svih osam razreda gimnazije... Malo nas je pomagao materijalno i moj dever.

– Čika je kazao: „Deco, ako položite maturu i budete oslobođeni, jednu njivu ću da prodam da provedete leto gde hoćete" – smejala se Ivanka.

– Kako je dobar taj tvoj dever, Biso. Razume šta je škola...

– On mi je, Daco, kao rođeni brat. Kad je moj jadni Miloje poginuo 1914, bila sam kao luda... Mlad advokat, kakva je budućnost bila pred njim, ali rat sve preseče...

– Ah, mama, nemoj sada te tužne uspomene da pominješ. Vidi kako je lepo! Što sam srećna što smo došli u Sloveniju. Pa još kad ste nam vi, tetka Daco, pisali da dođemo, da idemo zajedno automobilom, nisam mogla cele noći da spavam od uzbuđenja...

– Radovala si se, jer nigde dalje od Beograda nisi putovala. Naše letovanje je uvek bilo na selu kod mog devera – uzdahnu Ivankina mati.

– Pričaj, mama, kako i ja imam malu ušteđevinu. Pet stotina dinara.

– A kako si to uštedela? – upita gospođa Daca.

– Davala sam instrukcije nekim učenicima iz petog razreda gimnazije.

– A ja nisam htela to da joj diram, nego ona cele godine ostavljala u šparkasu za Sloveniju – reče Ivankina mati.

– Čuješ li, Cico, štedela i davala instrukcije, a ti trošiš mesečno više od jedne činovničke plate.

– Kad je tata stekao, zašto da ne trošim? Da ima sina mangupa, on bi mu sve proćerdao. A šta može jedna devojka da potroši? Toalete, parfemi, puder, slatkiši...

– Ne boj se, umeš i ti da spljiskaš...

– Znaš, mama, šta predosećam: da ćemo ja i ti i u banji biti na ratnoj nozi kao u Beogradu.

– Ah, Cico – uzviknu Ivanka – nećete biti na ratnoj nozi. Ja i ti ćemo da šetamo po šumi, da beremo ciklame, da radimo pulovere. Što ja znam rad... A ponela sam i nekoliko knjiga... Umem i da radim akvarele.

– To nju neće ništa zanimati ako ne bude kavaljera i dansinga.

– Onda nije trebalo da nosim ovolike toalete, čak i balsku.

– Da si mene slušala, i nije trebalo da nosiš.

– Pa zašto onda idemo u banju?

– Ideš da se odmaraš. Ah, Biso, ja prosto ne mogu da je razumem. Cele godine samo dansing, matinea, žurevi, balovi, a kad dođe u banju, umesto da se odmori i osveži u prirodi, opet to isto.

– Mene to ne zamara – smejala se Cica.

– Ali mene zamara. Nisam ja u godinama da svake večeri mogu da dreždim u dansingu dok mi ćerka igra. Ja idem u banju da se odmorim, dosta mi je te huke-buke i jurnjave po Beogradu... Svake večeri ležemo kasno; kad odem u banju hoću da legnem, da se slatko naodmaram, a ja moram svake večeri s njom u dansing.

– Pa ja te ne zovem. Ja mogu uvek da nađem kavaljera koji bi me pratio, ali ti hoćeš da si uz mene kao telohraniteljka... A ja sam pametna devojka, umem i sama da se čuvam.

Da bi prekinula prepirku, gospođa Bisa se okrete svojoj rođaki:

– Je li, Daco, kako sad stojiš s nemačkim?

– Da vidiš, nemački sam zaboravila, ali pored Cice i njene guvernante, naučila sam francuski. Dosta dobro govorim francuski; a kako ti stojiš s nemačkim?

– Vrlo dobro. Nemački i klavir dopunjavali su naše prihode... Posle Miloјeve smrti, bez ikakve diplome, samo s pansionatskim obrazovanjem, rešim da dajem časove iz nemačkog i klavira. Pa ne samo to, nego sam davala časove i iz crtanja. Svakako sam se dovijala.

– A ja sam, tetka Daco, pored mame sve učila kao da sam u pansionatu...

– To je sve bilo korisno za tebe. Naučila je i nemački, svira klavir, crta... Možda bih i ja plaćala guvernantu za Ivanku da joj je otac živ...

– A ovako si ti bila i moja dobra mamica i guvernanta – uzviknu Ivanka.

Auto je upravo prolazio pokraj jednog sela. Bilo je puno malih koketnih vila, a okolo je vijugala reka. Iznad sela dizala su se visoka brda, a iznad njih plavičasti i beli ogranci Kamniških Alpa.

– Eno jedne kafanice. Hoćete li da zastanete? Mogli bismo nešto da pojedemo. Sad su tri sata. Do osam stižemo u banju – reče gospođa Daca.

– Kako ti hoćeš.

Gospođa naredi šoferu da zaustavi auto pred kafanom.

Poručiše limunadu i maline. Jedna seljančica je nudila jagode. Gospođa Daca uze dve korpice.

– Jaoj, malo da protegnem noge od ovog auta. Sva sam izlomljena – reče gospođa Bisa.

– Sutra nećeš ništa osećati.

– Da li ćemo dobiti sobe?

– Javila sam ja. Ne brini, sobe nas čekaju. Ja sam u toj banji dugogodišnji posetilac.

– Pogledaj kako je ovde lepo. I ovde sigurno svet dolazi da letuje... Ja bih mogla i ovde da letujem – reče Ivanka.

– Kako, ovde, pa ovde bi čovek umro od dosade – uzviknu Cica. – Prava selendra!

– I ja bih, dete moje, mogla ovde da letujem – uzdahnu gospođa Daca. – Da ne moram svakoga dana da se šniram i oblačim, nego slatko da se naodmaram... Ali s Cicom moram tamo gde je najotmenije i najelegantnije.

– Bože, Daco, hoću li ja imati novaca za tvoje luksuzne banje? – zabrinu se gospođa Bisa.

– Kad si sa mnom, nemoj da brineš.

– Znam, ali mi smo naučile na skroman život. I ne volimo, pravo da ti kažem, to suviše otmeno društvo... Moja Ivanka je takoreći đak. Ne zna ona ni za kakav provod.

– Ti si sav moj provod, mamice – uzviknu devojka i opet je poljubi.

Gospođa Daca uzdahnu, gledajući nežno ljubav između majke i deteta.

Šofer priđe.

– Gospođo, ja mislim da bi trebalo da pođemo. Sad je pola četiri.

– Možemo. Šta ste vi, Dušane, pili?

– Špricer.

Ustadoše i smestiše se u auto.

Gospođa Bisa se okrenu šoferu:

– Dušane, molim vas, pazite. Ja sam palančanka, nisam navikla na auto, pa premrem od straha na svakom zavijutku. Samo nas lepo dovezite, imaćete od mene dobar bakšiš.

– Ne bojte se, gospođo, ništa. Nije meni prvi put da vozim ovim putem. Poznajem ja ovde svaki zavijutak.

Auto krenu.

Priroda je sada bila protkana ružičastom maglom sunčanih zrakova. Sve je bilo nekako sanjivo, melanholično, svečano... One su ćutale u autu i divile se... Ivankine oči su imale ushićeni sjaj. Poluotvorenih usnica, rumenih bez karmina, ona je u zanosu gledala oko sebe, kao kad se prvi put gleda lepota prirode, kad je sve novo, pa se boji da koji utisak ne propusti, da sve zapamti...

Nije ništa govorila, ali oduševljeno pruži ruku, uhvati maminu i prošaputa:

– Kako sam srećna, mama!

Auto pođe brže. Put se gubio u perspektivi, kao beličasta traka, i udarao u samo podnožje planine... Šofer pusti brzinu. Najednom iskrsnu okuka. On naglo skrenu, ali usred tog naglog okretanja auto se zanese...

Začu se samo četvorostruki krik i auto polete niz kosu padinu...

Jedan susret

Kada je Ivanka otvorila oči, u prvi mah nije znala gde se nalazi. Najpre joj je pogled pao na ikonu Bogorodice na zidu. Zatim je čula cvrkut ptica, kao da negde u blizini ima puno slavuja. Svež povetarac, koji je dolazio kroz otvoren prozor, rasterivao je njenu sanjivost i ona poče duboko da udiše vazduh. Osetila je da je prozor morao biti iznad njene glave, jer su otuda padali mlazevi svetlosti... Pogleda postelju u kojoj je ležala, snežnobeli čaršav i pokrivač uvučen u navlaku... To nije bio njen mesingani krevet kod kuće, već krevet od orahovine. Gore, nad njenom glavom, tavanica je bila od dasaka i greda, smeđe obojenih kao u poljskim kućama. Ona oseti prijatnost od svežeg vazduha, htede da se protegne, da opruži noge, i tada oseti bol u kolenu.

Taj bol je podseti na ceo događaj. Ona se čisto strese, zaklopi oči i osta nepomična. Ali ona slika se nametnula njenoj svesti... Vidi auto kako brzo klizi niz padinu, čuje vrisku oko sebe, gleda mamino izbezumljeno lice...

Otvori oči. Učini joj se kao da neka senka zaklanja prozor.

– Mama! Mamice!

Koraci. Neko je prilazio postelji, ne govoreći ništa. Najednom, pored njenog kreveta se stvori jedna visoka muška silueta. Ona se uvali u jastuk i iznenađeno pogleda mladića, otvorenih usnica. Bio je to visok, lep čovek, opaljene kože, očiju boje sivih oblaka, s velikim crnim zenicama. Bilo je neke gordosti, ali i topline u tom pogledu, čiju je lepotu dopunjavao klasičan profil, visoko čelo i gusta, talasasta smeđa kosa, koja je uokvirivala njegovo čelo.

Nekoliko trenutaka mlada devojka i muškarac su se gledali. Njegove tople zenice upiše se u njene somotske oči... Kako ga je ona upitno pogledala, gotovo s nekim strahom, muškarac progovori:

– Ja sam lekar, gospođice. Sinoć, kad su me pozvali iz pansiona, nisam bio kod kuće već u gradu. Jutros mi rekoše da se jedan auto skrhao i da ima povređenih osoba koje treba previti. Ali kako vidim, vi ste dobro prošli.

– Ali gde je moja mama? Oh, samo njoj da nije ništa?

– Gospođa je sad izašla... Ja sam je pregledao. Ona je samo malo oderala kožu na laktu, a vi ste lakše povredili koleno...

Pred vratima se začu glas Ivankine mame:

– Gospođice, doručak ćete nam doneti u sobu.

Vrata se otvoriše i mati požuri kćeri.

– Vidiš, gospodin doktor je tako pažljiv. Odmah je došao. – Onda se okrete lekaru: – Molim vas, još jednom da joj pregledate koleno. Da nije kost povređena?

Mati diže pokrivač i mlada devojka stidljivo podiže košulju. Lekar pregleda, pritisnu koleno i izjavi:

– To je samo ozleda na koži. Sad ću da je previjem. Za nekoliko dana gospođici će to zarasti... Verujte, to je pravo čudo da se i vi s autom niste sjurili u onu duboku jarugu. Kako je to bilo?

Mati je uzbuđeno govorila:

– Imali smo sreću, jer je auto naišao na nekoliko mladih četinara i udario u stabla. Mi sve poletesmo jedna na drugu, a šofer je bio priseban da nam vikne: „Iskačite svi iz kola!" Ivanka jurne prva, ja za njom, a preko nas moja sestra i njena kćer... Pritom Ivanka udari kolenom o kamen, ja sam ruku ogrebala, a moja sestričina slomila dva prednja zuba, jer je pri padu udarila u neki kamen. Moja sestra i šofer su nepovređeni. I kako smo mi izleteli, oba stabla se prosto izvališe i auto se sjuri...

– To je velika sreća.

– A kako sam se, gospodine doktore, radovala da dođem u Sloveniju!

– Zar niste nikad ranije dolazili?

– Ne, ovo je prvi put... A ovde je tako božanstveno. Mi smo u ovom selu pred jednom kafanicom pili limunadu. Posle šofer ode, nađe jedna kola i doveze nas u ovaj pansion.

– A može li ovde da se letuje, gospodine? – pitala je mati.

– Kako da ne? Ima dosta sveta... Ja svake godine dolazim. Imam svoju vilu. Nije ni skupo, a imate šume i reku za kupanje. Okolica je vrlo romantična... Sve su planine unaokolo.

– Ako bude htela tetka Daca, da ostanemo, mama? – upita Ivanka.

– Sumnjam, dete... Cica se ubi od plača zbog zuba...

Lekar previ koleno.

– Tako, pa se malo odmorite. Ja ću doći opet da vas previjem. I ništa se ne plašite. Dajte sad, gospođo, vama da isperem tu ranu na laktu.

– Nije to opasno.

– Ali može da se inficira...

Uto se otvoriše vrata i uđe gospođa Daca s ćerkom... Cica je bila sva uplakana.

– Ah, baš je dobro, tu je gospodin doktor – reče njena mati. – Eto, on će ti reći isto što i ja... Nije to ništa, opravićeš zube...

– Jest, opraviću, a slušaj kako govorim – šuškala je kroz izlomljene prednje zube.

– Što je ženska sujeta – nasmeši se lekar. – Bolje to, gospođice, nego da ste vilicu slomili. Dajte da vidim...

On joj pregleda zube i poče da teši mladu devojku:

– Koren vam je zdrav, samo da vam zubar prestruže i ušrafi dva zuba... To se neće ni poznati.

Cica je plakala:

– A kako sam imala lepe zube!

– Opet ćeš imati – tešila ju je mati.

– Da, imati, a ti hoćeš da ovde sediš i da se odmaraš nedelju dana, a ja s ovakvim zubima... Prosto ću poludeti ako se odmah ne vratimo u Beograd...

– Dobro, dobro, nemoj da plačeš, vratićemo se odmah... Kad ima voz za Beograd, gospodine?

– Imate jedan večeras u sedam sati i dvadeset pet minuta.

– A šta ćemo mi, mama? – pitala je Ivanka.

– Ti, Biso, ostani ovde ako ti se dopada – predloži gospođa Daca.

– Oh, meni se mnogo dopada ovde – ushićeno uzviknu Ivanka. – Ima šuma, pa reka...

Lekar je posmatrao mladu devojku.

– A vi volite prirodu?

– Obožavam je...

– Zar i kad nema mnogo društva? Mlade devojke vole kavaljere...

– Ali ne svaka mlada devojka... Samo mi je žao što će Cica da ide. Kako sam se radovala da imam drugaricu...

– Onda ću vas ja upoznati s mojom sestrom. Ona je svršila trgovačku akademiju ove godine.

– A ja sam ove godine maturirala!

– U Beogradu?

– Ne, u unutrašnjosti. Moja tetka je iz Beograda. Biće mi vrlo milo da me upoznate s vašom sestrom.

– O, ona vam je veliki turist i sportistkinja.

Lekar se okrete opet Cici.

– Tako, gospođice, nemojte da očajavate.

– Reci hvala bogu kad nismo svi izginuli. Auto je propao, ali bolje auto nego mi – govorila je mati.

– Sad ćete me izviniti – reče lekar – imam još neke pacijente.

– A vi ste ovde lekar?

– Ne, ja sam ovde na letovanju. Dolazim svake godine, pa kad me neko pozove, ja vršim i lekarsku dužnost.

– Veliko vam hvala, gospodine doktore, što ste došli – isprati ga Ivankina mati.

– Smem li da ustanem iz postelje, gospodine doktore? – upita Ivanka.

– Smete, ovako po sobi i u dvorištu. Nemojte samo mnogo da pešačite.

Lekar ode.

– Kako je ljubazan, odmah je došao – reče Ivankina mati.

– I što je lep čovek – reče gospođa Daca. – Kao da je južnjak. Da li je Slovenac?

– Moja mama ume da zapazi lepog čoveka i odmah se oduševi.

Mati se nasmeja:

– Ja se oduševim i to je sve.

Konobarica kucnu i otvori vrata:

– Milostiva, mogu li doručak da donesem?

– Donesite. Hoćeš, Daco, svi zajedno da doručkujemo?

– Možemo. Neka i nama donese.

Konobarica, rumenih obraščića kao breskva, detinje plavih očiju i s dosta kovrdžica po licu, smešila se dok je stavljala beli čaršav na sto.

– Ostajete ovde, milostiva?

– Ja i moja kći ostajemo... A gospođa sa ćerkom putuje.

– Ovde je vrlo lepo, neće vam biti dosadno. Želite li, milostiva, puter ili jaja? Imamo i marmelade, šunke, kranjske kobasice...

– Donesite belu kafu i puter.

Konobarica brzo izađe.

Ivanka se pridiže u postelji:

– Mama, hoću da se umijem.

– Možeš li sama da ustaneš?

– O, pa mogu, nisam nogu slomila.

– Ćuti, dete, kakvu nogu. Sva se užasnem kad pomislim kakva nas je nesreća mogla snaći. Daleko bilo, mogli smo svi ostati bogalji... A ja sam, Daco, predosećala da će nam se nešto dogoditi.

Ivanka zagrli mamu:

– Ah, slatka moja mamice, kad si mi samo ti zdrava!

Pritrča tetki pa zagrli i nju:

– Radujem se što ni vi niste ozleđeni. Tako sam srećna kao da sam se ponovo rodila!

Cica je sumorno ćutala.

– Nemoj da očajavaš! Bar zub je danas lako popraviti – grdila ju je Ivanka.

Cica se rasplakala:

– Tako sam nervozna. A nisam ni želela da idem u Sloveniju. Više sam volela da odem u Dubrovnik ili na Rab. Ali mama, ona hoće gde se njoj dopada.

– Eto, opet sam ja kriva! A koliko puta si govorila da voliš Sloveniju. Ko tebi da ugodi! Zar je meni sada lako vraćati se u Beograd po ovoj žegi?

– Ja te ne zovem, ti ne moraš ni da ideš. Ostani ovde, ići ću sama. Kad opravim zube, doći ću. Što moraš ti sa mnom da ideš? Jelte, tetka Biso, da ona treba da ostane?

– Ja bih volela da ostane...

– Da ostanem i da brinem za nju? Ne znaš ti, Biso, kako je ovo moje dete ludo i nervozno. Čim se naljuti, odmah preti samoubistvom. Ne bih imala mira ni jedan dan... Još ako joj zubar ne opravi dobro...

Cica briznu u histeričan plač:

– Eto, sad si priznala! Može se, znači, desiti da mi ne opravi lepo. Ja to neću da preživim. Bolje da sam slomila vrat, nego dva prednja zuba...

– Nemoj, slatka moja Cico, da plačeš – tešila ju je Ivanka. – Tetka onako kaže. Zar u Beogradu lekari da ne oprave lepo zube? Hajde, nemoj da plačeš. Hodi, umij se. Sekiraš se toliko, a to se sve da popraviti.

Sirota mati nije znala više šta da kaže, da opet ne bi izazvala plač. Da bi utešila ćerku, povlađivala joj je, kao uvek, što je i bio uzrok Cicine razmaženosti.

– Dobro, večeras se vraćamo, pa posle, kad ti hoćeš, ići ćemo u Dubrovnik ili na Rab.

Mladu devojku je to umirilo, jer je znala da je u Dubrovniku njen kavaljer „tip-top“.

Spolja se začu muški glas koji je govorio nemački:

– Frojlajn Mici!

– Dobar dan, gospodine – odazva se veselo konobarica.

Muški glas je nastavio na nemačkom:

– Kako su te dame što im se auto srušio u provaliju?

– Vrlo dobro.

– Nisu povređene?

– Vrlo malo...

– A ostaju li ovde?

– Dve ostaju, a dve putuju.

– Putuju gospođice, ili gospođe?

Mici se nasmeja:

– Ostaje jedna gospođica i jedna gospođa.

Ivanka priđe prozoru. Pogleda u baštu i spazi jednog vitkog plavog mladića u tenis pantalonama i belom puloveru. Plava kosa prelivala mu se kao svila na suncu. I oči su mu bile plave kao spomenak.

Mladić primeti Ivanku na prozoru.

Ona se odmače s osmehom.

– Cico, hodi da vidiš što jedan mladić liči na filmskog glumca Fiterera.

– Neću da gledam, ništa me ne interesuje...

– Ali, molim te, pogledaj.

Cica priđe, ravnodušno baci pogled i odmače se od prozora.

Njena mati se smešila:

– Vidiš, ovde ima i kavaljera, čak se raspituju da li ćemo ostati. Ne pita on zbog mene i Bise, već zbog vas devojaka...

– Može da pita ko god hoće. Ja se ovakva nigde ne bih pojavila.

Konobarica uđe nasmejana i reče:

– Gospodin Eduard se interesuje da li ste zdravi.

– A ko je taj Eduard? – upita gospođa Daca.

– Jedan Bečlija. On je student. Ne znam šta studira. A ima i fabriku parfema. Dolazi sa staramajkom ovamo već tri godine. Tako je fin i veseo. Ovde je kod nas u pansionu. S njim je još jedna njegova rođaka i neka gospođica iz Beča. Imaju tri sobe... Dakle, vi večeras putujete? – okrete se gospođi Daci.

– Večeras – uzdahnu ona. – Bolje neka Cica opravi zube, da se ne sekira... Dobro te nam je Dušan izvukao kofere. Pomogli mu neki seljaci.

Na seoskoj crkvici poče da bije zvono, praćeno melanholičnim brujanjem. Negde se slavuj natpevao, a iz planine se čulo dovikivanje, dok je mlada konobarica Mici pevušila neku slovenačku pesmicu.

Ivanka se naslonila na prozor i sa ushićenjem posmatrala prirodu... Jedna mala livadica posuta cvećem bila je ispod samih prozora. Iza livade se dizalo visoko brdo samih četinara... Paprat se njihala polako, a zraci sunca provlačili se kroz granje... Osećao se miris borovine. U podnožju brda bila je klupica. Ona spazi neku belu siluetu... To je bio Bečlija. Sedeo je i čitao knjigu. On podiže glavu i spazi mladu devojku na prozoru. Nekoliko trenutaka gledao ju je svojim lepim, plavim očima.

Ivanka primeti da je mladić gleda i lagano se skloni s prozora...

Sutradan, po odlasku rođaka, gospođa Bisa ustade po svom običaju rano izjutra. Lagano se kretala po sobi, kuvala kafu, iznela teglu slatkog, i kad je sunce bilo već odskočilo, ona priđe postelji gde joj je spavala kći:

– Ivanka, hajde, sine, ustani.

Mlada devojka otvori oči.

– Oh, što sam slatko spavala.

– A sad ćeš još slađe piti kafu.

– Kafu? Oh, zar si je već skuvala?

– Sve je gotovo. Još i slatko.

– Pa ti mi nisi kazala da si ponela slatko. Divna si, mamice. Hoću da te poljubim.

– Neću dok se ne umiješ.

– Ali, hodi – mazila se devojčica.

Mati joj priđe, ona je poljubi u obraz i obavi joj ruke oko vrata.

– Kako tvoje koleno? Boli li te?

– Pomalo. Mogla bih raditi gimnastiku. – Devojka čučnu.

– De, de, nemoj da se savijaš! – reče mati.

– Koliko je sati?

– Pola devet, lenjivice.

– Ti znaš šta sam kazala: posle mature ustajaću u deset. Zar je ono bilo lako svako jutro u četiri?

– E, sad ćeš da se ispavaš.

– Da li su tetka Daca i Cica već stigle u Beograd?

– Svakako. Žao mi je Dace, ali Cica je nepodnošljiva. Da sam joj ja mati, drugačije bih je vaspitavala.

– Možda ni ti ne bi stvorila ništa bolje od nje.

– Stvorila bih još kako, kao što sam i tebe vaspitala.

– Mene? Pa zar ja nisam dobra i poslušna po prirodi?

– Ti si moje dobro dete, i tebe je lako bilo vaspitavati.

– Ali sada ću biti neposlušna. Hoću da šetam po šumi, da se kupam, da trčim, ništa da mi ne zabranjuješ. Jutros idemo u baštu na doručak.

– Požuri. Već su svi doručkovali.

– A šta da obučem? Pitam kao da imam mnogo haljina. Da obučem belu, onu plavu, ili crvenu haljinu?

– Obuci belu.

Kći se brzo oblačila. Obuče belu haljinu od platna, obuje bele cipele i kratke čarape. Njen vitki stas, s finom bistom, imao je skulptorske lepote. Duga kosa, crna kao noć i sva u sitnim kovrdžicama, spuštala se do ramena uokvirujući njeno lice, koje je imalo nežnu boju kamelijinog cveta. Cela njena fizionomija imala je nečeg božanstveno lepog u sebi – čednost, iskrenost i toplinu.

Mati je ushićeno posmatrala svoju lepu devojčicu. Ona je za nju bila ceo svet, smisao i radost života. Mati se zbog nje odrekla svoje sreće, udaje, sva se posvetila njenom vaspitanju. Trudila se da joj bude i otac i mati, da ne oseti da je siroče bez oca. Odevala ju je uvek lepo, sama joj šila i vezla. U svojoj kćeri gospođa Bisa je gledala svoje delo, fizičko i psihičko. Sve što je bilo lepo u njoj, majci, sve svoje sklonosti i talente, ona je presađivala svojoj kćeri.

– Čekaj, ja ću bolje tu mašnu da ti vežem – pozva Ivanku k sebi.

Namesti joj mašnu, popravi krajeve i izađe s ćerkom u baštu.

Mici ih presrete:

– Izvol'te, gospođo. Ovde sam vam namestila sto.

Bila je to divna baštica u kojoj su pravili hlad lisnati kestenovi.

Kad su mati i kći sele za sto, od susednog stola za kojim je sedelo nekoliko osoba, svi pogledi se upraviše na njih.

Ivanka spazi plavog Bečliju i prošaputa mami:

– To je sigurno ona porodica iz Beča.

Za tim stolom, u pročelju, sedela je postarija seda žena, malog rasta, plavih očiju, koje su nekad morale biti lepe. Do nje je sedela jedna mlada devojka, od osamnaestak godina, sigurno njena kći, jer je imala okruglo lice kao i mati, samo blistavo, belo i ružičasto, plave očice, puna usta i glatku plavu kosu, koja joj je davala izgled lutke. Druga, manja devojka, imala je markantne crte obrva i duge trepavice, a oči zagasito plave.

Mlade devojke su radoznalo gledale Ivanku, sa onim banjskim ljubopitstvom, kad je jedina razonoda dolazak novih gostiju. I dok su se mlade devojke morale okretati da je vide, mladi Bečlija je sedeo nasuprot njoj i sve vreme nije skidao pogled sa Ivankinog lica. Onda se naže prosedoj ženi, nešto joj reče i oni opet pogledaše Ivanku. Dve mlade Bečlike se takođe okrenuše i Ivanka primeti kako ona plava lutkica ima napućen izraz, kao da je bila nešto ljuta. Posle doručka Ivanka predloži mami da malo prošetaju.

– Da ne naškodi tvome kolenu?

– Neće, mama. Prošetaćemo preko one livade što se vidi s naših prozora i sešćemo na onu klupu ispod četinara.

Išle su lagano. Margarete su se njihale na livadi, mirisala je trava i osećao se miris borova. One dođoše do klupe i sedoše.

– Nismo ponele ni ručni rad – reče kći.

– Neka, odmori se malo, pa ćeš sutra raditi.

– Da li je ono doktor? – zagleda se mati niz jednu putanju.

– Jeste. I neke dve dame idu s njim.

Lekar uskoro stiže do njih i skide šešir:

– Kako vidim, vi ste sad dobro.

– Zahvaljujući vama, gospodine doktore.

– Ne meni, nego srećnom slučaju.

On se okrete starijoj dami.

– Roža, da ti predstavim: ovo je gospođa i njena kći, što im se auto sjurio u provaliju. A ovo je moja supruga.

– Tako – uzviknu dama iznenađeno, na slovenačkom. – Vitoj mi je pričao. – Ona pruži ruku i rukova se s Bisom i Ivankom.

– A ovo je gospođica vaša sestra? – primeti Ivanka veselo.

– Da, to je Jerica, s kojom sam rekao da ću vas upoznati.

Mlade devojke se srdačno rukovaše i ljupko nasmejaše jedna drugoj.

Doktorova sestra bila je lepa devojčica. Imala je njegovu boju očiju i onaj zagasiti opaljeni ten lica, samo joj je kosa bila svetlija, kao zrelo klasje, i prava. Međutim, za doktorovu ženu nije se moglo reći da je lepa. U prvi mah i Ivanka i njena mati su se iznenadile kad su u sebi uporedile doktorovu lepotu s tom bolešljivom, anemičnom i suvonjavom ženom. Imala je blag pogled, što je upućivalo na to da ima dobru dušu. I u njenom osmehu bilo je neke čudne bolećivosti i dobrote, kao kod osoba koje su bolešljive, a strpljivo se mire sa svojim bolovima. Iako je sijalo sunce i bilo toplo, ona je imala na sebi vuneni žaketić i mali pelc oko vrata.

– Pa kako vam se sviđa ovde? – upita lekar gledajući toplim očima mladu devojku.

– Ja mislim da na svetu nema ništa lepše od Slovenije.

– Mene kao Slovenca to veseli.

– Vi ste Slovenac? A tako lepo govorite srpskohrvatski.

– Zato što sam jedno vreme studirao u Zagrebu.

– Koliko ostajete ovde? – upita doktorova sestra.

– Koliko mama pristane, a mislim da se i mami ovde dopada.

– Onda ćemo šetati zajedno – reče Jerica – i ići ćemo na kupanje.

– Samo dok gospođica prezdravi. Sutra ću vam promeniti zavoj. Doći ću oko deset.

Iz daljine se začu pisak i tutnjava voza.

– Ovde često prolaze vozovi?

– I to je jedina razonoda – primeti doktorova žena. – A jeste li zadovoljni u pansionu?

– Vrlo smo zadovoljni. Hrana je dobra i soba nam ima lep pogled.

– Onda ovde ostajete sve vreme odmora? – upita doktor.

– Zašto bismo menjale? Moja kći je došla da uživa u prirodi, a priroda je najlepši provod.

– Vitoj, da ne odocnimo na voz. Neki naši prijatelji će proći ovim vozom – objasni doktorova žena.

– Doviđenja!

– Doviđenja!

Mlade devojke se opet srdačno rukovaše.

– Ja ću vas videti iz naše vile – reče Jerica – pa ću izaći. Eno, ono je naša vila. – Ona pokaza rukom na jednu lepu kuću u podnožju borova.

Doktor se udalji sa suprugom i sestrom.

Mati i kći su gledale za njima.

– Sestra mu je divna devojčica – reče Ivanka.

– A žena mu nije lepa. Kako li se ovako lep čovek oženio njome? Samo, vidi se da je dobra.

Ivanka ustade da bere margarete. Na livadi među cvetovima i ona je ličila na beli cvet. Voz opet pisnu i otutnja dalje. Na čistom plavom nebu za lokomotivom se izvijao dim, kao neki crni oblačak.

Student plavih očiju

Gospođa Bisa je sedela kraj prozora i radila ručni rad, a Ivanka je pisala pismo. Mlada devojka podiže glavu:

– Mama, da li da napišem čiki kako smo mogle da izginemo?

– Ne, to nikako da ne pišeš! To ćemo mu reći usmeno. Svašta bi mislio i verovao da smo povređene pa krijemo. Znam da bi kazao: „Ti pametna žena, šta si trebala automobilom da putuješ?" Kad se priča to je sasvim drukčije nego kad se piše. Piši mu kako nam je lepo, kako se prijatno osećamo...

Ivanka nastavi pismo, a mati rad.

– Sad ću da odnesem na poštu ovo pismo – ustade kći.

– Nemoj ti, daj meni. Sinoć si se žalila da te boli koleno, a juče si dosta šetala. Sad je pola devet. Lekar je kazao da će doći u deset. Dotle ću ja da se vratim.

– Onda ću ja i mojoj drugarici Anđi da napišem pismo.

Mati ode da odnese pismo, a mlada devojka osta da piše. Ustade da uzme još jedan tabačić, priđe prozoru i na onoj istoj klupi ugleda Bečliju. Sedeo je i gledao u njen prozor. Ona se skloni.

– Edi – ču se na nemačkom ženski glasić – hajde s nama!

– Izvinite me, hoću da čitam – odgovori Eduard.

Ivanka priđe drugom prozoru, na kome je bila razređena šalona, i pogleda.

To ga je zvala ona mlada devojka s crnim obrvama i tamnoplavim očima. Druga, ona plava kao lutka, okruglih očica i punih nogu, nabureno je ćutala, kao da se ljuti.

Oni se odališe. Ona lutkasta je nešto gunđala. U prolazu baci pogled na Ivankin prozor, kao da je predosećala da Edi zbog tog prozora neće s njima u šetnju.

O, pa ova mala kao da je ljubomorna!, nasmeja se u sebi Ivanka. *Ne boj se, neću ja tvog Edija otimati.* Smeškajući se, sede za sto da nastavi pismo.

Neko zakuca.

– Slobodno!

Pojavi se lekar.

– Izvinite što sam došao u devet, jer u deset imam neka posla. Mogu li sad da vam previjem nogu?

– Možete – reče zbunjeno mlada devojka. – Samo, mama nije ovde, otišla je na poštu, ali će se odmah vratiti.

– Ništa. Dajte da vam promenim zavoj, a dotle će i gospođa doći.

Ona mu zbunjeno pruži nogu. On privuče stolicu, sede ispred nje i poče da razvija zavoj.

Sva rumena i zbunjena, Ivanka je ćutala i posmatrala šta on radi. Kad on pritisnu vatu, ona se malo namršti.

– Boli vas?

– Pomalo. Nikad nisam bila kod lekara...

– Bili ste zdravi. To je najlepše.

– Ja ne znam šta je to bolest.

– I nemojte želeti da znate.

Ona je opet zaćutala i posmatrala kako on previja.

– Gotovo – reče lekar, podiže glavu i pogleda mladu devojku. Jedan trenutak zaustavi svoje gorde, sive oči na njenim mekim, somotskim očima.

Ona sva pocrvene i ustade. Bila je tako lepa i vitka. Imala je na sebi crvenu bluzicu od vunice, koja je isticala njene savršene linije. S tom bluzicom se lepo slagala suknjica od škotskog štofa.

Lekar ustade. Ona primače stolicu i ponudi ga da sedne:

– Mama samo što nije došla.

Doktor sede.

– A kako je gospođica Jerica? Ona je tako zlatna. Sinoć smo dugo šetale i razgovarale.

– I ona je očarana vama. Sinoć mi je dugo pričala o vama.

– Mi ćemo biti dobre prijateljice. Tako mi je prijatno što imam društvo. Ona će sad neko mesto da traži?

– Da, pokušaćemo. A šta ćete vi da studirate?

– Mislim prava.

– Zašto ste se odlučili za prava? Zar za mlade devojke nije bolje filozofija?

– Pravo da vam kažem, i ja bih volela da studiram filozofiju, ali bih onda morala ostati za stalno u Beogradu, a naša materijalna sredstva ne dozvoljavaju da ja živim u Beogradu, a mama u unutrašnjosti. Moja mama nema penzije. Živimo od rente dveju kuća, što je dovoljno za unutrašnjost, ali ne za Beograd.

– Znači, nemate oca?

– Nemam. Moj tata je poginuo u ratu devetsto četrnaeste... Meni je tada bilo godinu dana. Nisam ni zapamtila oca. Mama mi je bila i otac i mati.

Lekar je zamišljeno gledao mladu devojku:

– I vaša mama, kao mlada žena, sama se probijala kroz život?

– Da, sama. Nije htela da se ponovo uda. Sav svoj život posvetila je meni...

– To je retka plemenitost.

– Oh, mama je divna žena! Nije što je moja mama, ali ja je obožavam.

Jedna vaza s ciklamama bila je na stolu; ona je privuče, zagnjuri lice u cvetiće i osta nekoliko trenutaka zamišljena.

– Dopuštate li da zapalim cigaretu? – upita Vitoj.

Mlada devojka se trže; njene sanjalačke oči se otvoriše, razveseliše i dobiše neki detinjast i mio izraz.

– Izvol'te, gospodine doktore.

Onda se priseti i veselo ga zapita:

– Hoćete li kafu?

– Hvala, gospođice. Zašto biste se vi trudili?

– O, nije to nikakav trud! Kafa je već kuvana. Moja mama ne može bez kafe, pa svuda nosi pribor. A pored nje i ja sam navikla. Ali prvo ću da vas poslužim slatkim. Vi ovde ne služite slatko?

– Ne. Ali ja sam imao prilike u Beogradu da se služim.

– Dolazili ste u Beograd?

– Više puta.

– Evo, izvolite kafu.

– A ko je ovo kuvao?

– Mama, ali ja joj uvek pomažem. Volim domaći posao. Sve sam naučila pored mame. Pomalo kuvam, mesim i šijem...

– Vi ćete biti prava domaćica kad se udate...

– Ah, ja treba da studiram prava – nasmeja se mlada devojka i po-crvene. – Na udaju i ne pomišljam.

Lekar uze jednu knjigu i otvori je.

– Nemački. A ko čita nemački?

– I ja i mama.

– Znate dobro?

– Mama odlično zna. Bila je kao devojka četiri godine u pansionu u Beču, a ja sam naučila pored nje...

– Mama vam je davala časove?

– Davala je i meni i drugima. Posle tatine smrti ona je davala časove iz nemačkog i klavira, pa sam i ja učila.

– Svirate klavir?

– Pomalo...

– Ja vrlo volim muziku.

– To je najlepša razonoda, naročito šopen, Betoven...

– Šopen i Betoven? A vi kažete da pomalo svirate! Onda, jednom dođite k nama, da vas čujemo. Moja supruga ima klavir, i ona svira, samo sad je bolešljiva, pa je prestala.

– A vi leto uvek provodite ovde?

– Da, ovde... Vrlo je prijatno.

– I meni se sviđa. Priroda je veličanstvena. U Srbiji je drukčija. Kod nas su brežuljci i pašnjaci. Leti se svuda čuju vršalice kako tutnje. A ovde sam osetila čudnu neku tišinu.

Mlada devojka govorila je ushićeno. Njeno lice je svaki čas menjalo izraze. Čas je bila ozbiljna, čisto starija, s nekom setom u očima, a onda bi joj oči najednom postale vedre, nasmejane, detinjaste...

Lekar ju je posmatrao ćuteći, puštajući lagano kolutove dima, kao što obično čini muškarac kad posmatra i sluša neko mlado žensko biće, čija reč ljupko prelazi preko slatkih usnica i čije su oči umiljate da se od njih ne može pogled da odvoji.

– Ah, evo i mame!

Gospođa Bisa uđe, sva zarumenjena od žurbe.

– Gle, gospodin doktor je došao! A ja se zadržala, razgledala sam neke ručne radove. Ovde izrađuju tako lepe čipke. A, to si dobro uradila što si poslužila kafu. Pa kako je njena povreda na kolenu?

– Dobro, i brzo će zarasti.

– Oh, hvala bogu... Evo, i meni je dobro. Ne boli me ništa.

Lekar previ ruku i gospođi.

Posle njegove posete devojka zapita mamu:

– A kako se on preziva? Vitoj mu je ime.

– Vitoj Planinšek, tako se predstavio ono jutro kad je došao. Divan čovek. Liči mi na Dalmatinca...

– Pa, njegovi su, mama, iz Istre. To mi njegova sestra kaže. Vidiš kako su oboje crnpurasti, kao primorci, i visoki, snažni. A šta si to kupila, mamice?

– Malo krušaka. Što je ovde jeftino voće! I svet je pitom. Stajala sam kraj jedne seoske kuće i posmatrala kako je unutra. Sve po varoški. Baš ću i tebe da vodim da vidiš.

– Kako tebi, mama, prija šetnja! Tako si mi lepa jutros. Bogami, kao moja starija sestra! – Ivanka nežno poljubi mamu.

Posle ručka mati se diže od stola:

– Ja idem malo da odspavam. A ti?

– Ja neću. Videla sam jutros jednu klupicu u šumi, a dole potočić; hoću tamo da sedim. Poneću knjigu i ručni rad. Ovde treba iskoristiti svaki trenutak. Ti znaš da ja ne volim posle ručka da spavam.

Mati ode u sobu, a mlada devojka se uputi jednom putanjicom u šumu. Sunce je sijalo blago i bojažljivo se probijalo kroz grane četinara. Čak i kad je najtoplije, ono je mlako i nežno, nekako razblaženo dahom i vlagom šume. Stoletna stabla uzdizala su se gordo u visinu. Četinari, hrastovi, bukve, a u njihovom hladu carevala je bujna paprat, kao zelene lepeze; u vlazi suvog lišća krile su se ljupke ciklame, svetlije i zagasitije. Bilo je tiho, kao u podne u šumi, kad i ptice dremaju. Tek poneki šušanj veverice uznemiri tišinu, i od njenog hitrog skoka zadrhte grane, ili se odlomi koja suva grančica. Čuje se i neko kljucanje. To detlić udara svojim oštrim kljunom u koru. Zašušti i suvo lišće, kad neka veća buba mili po njemu. A slatko žuborenje potočića, u podnožju brda, delovao je uspavljujuće.

Ivanka je sedela na klupi, ruku opruženih preko naslona, čudno uspavana šumskom tišinom i mirisom. Trže se iz tog dremeža, otvori knjigu i poče da čita. Na krilu joj je stajao rad, bluzica od roze vunice. Malo je čitala, malo sanjarila. Kao da san poče da je hvata, opružila se na klupi, s jednom rukom ispod glave, i zaklopila oči. Najednom je iz polusna trgoše koraci. Ona se naglo pridiže, klube joj pade s krila i poče da se kotrlja nizbrdo. Taman ona htede da poleti za klubetom, a jedna vitka silueta, u belom puloveru, pritrča, polete za klubetom i dočepa ga baš kad htede da bućne u potok.

Bio je to Bečlija. On uze klube i poče da ga mota. I dok je motao, peo se lagano uzbrdo i nasmejanim plavim očima posmatrao devojku, koja ga je gledala i smešila se.

On priđe, pokloni se i na nemačkom reče:

– Izvolite.

Mlada devojka mu na nemačkom kratko odgovori:

– Hvala.

– Vi govorite nemački? – uzviknu student.

– Pomalo...

– Oh, pa to je iznenađenje. Gde ste naučili nemački?

– Naučila sam pokraj mame.

– Gospođa je Austrijanka ili Nemica?

– Ne. Moja mama je Srpkinja, ali je bila u Beču u zavodu.

– U Beču u zavodu? A vi, jeste li vi bili u Beču?

– Nisam nikad.

– Oh, onda treba da dođete. Beč je divan. Ali, vi tako lepo govorite – ushićeno je govorio Bečlija, tražeći temu za razgovor. Malo je poćutao, i kao da se prisetio šta mu je dužnost, prišao je bliže:

– Ja se nisam predstavio.

Pokloni se i izgovori svoje ime, ne pružajući ruku.

– Eduard Huber, student.

Mlada devojka mu pruži ruku:

– Ivanka Protić.

Bečlija uze njenu ruku i poljubi je.

– A šta studirate? – upita ona.

– Hemiju. A vi, jeste li vi studentkinja?

– Ne, ja sam ove godine maturirala.

– Pa, još malo, bićemo kolege. Šta mislite da studirate?

– Prava.

– Dopada li vam se ovde? – upita Bečlija.

– Ovde je tako romantično...

Austrijanac se uozbilji:

– Ali vi ste izbegli strašnu nesreću! Vaš auto se survao...

– Mi smo imale sreću da se spasemo.

– Oh, to je strašno – govorio je student, gledajući brižno mladu devojku svojim lepim plavim očima. – A koliko ostajete ovde?

– Mesec dana, a možda i više.

– I mi toliko ostajemo. Ja se tako radujem što ću imati prilike s vama da govorim nemački, ako mi dopustite?

Iznad njih na jednoj stazi začuše se koraci.

Bečlija podiže glavu i pogleda. Jedan ljutit blesak odrazio se u njegovom pogledu. Ivanka pogleda gore i vide one dve mlade Bečlike. U istom trenutku stiže i Jerica, lekareva sestra, i sve tri pođoše Ivanki i Eduardu.

– O, kako ste vi našli lepo mesto! – uzviknu veselo Jerica. – Ovde i ja često dolazim.

Devojka plavih očiju, crnih obrva i trepavica, milo je posmatrala Ivanku, dok ju je druga, ona plava lutka, gledala ozbiljno i čisto nabureno.

Student ih predstavi. Prvo onu plavu s crnim obrvama:

– Ovo je moja kuzina Štefi, a ovo je gospođica Linči, njena najbolja drugarica.

Ivanka ih pozdravi na nemačkom i gospođica Štefi uzvikne:

– Ah, vi znate nemački!

I dok se u njenim očima ogledala radost što lepa Ivanka zna i nemački, dotle je mala Linči sumorno ćutala, kao da joj je još teže palo što će Edi moći sada s njom da razgovara, a ne samo da je gleda.

Mlade devojke otpočeše razgovor. Maloj Štefi odmah pade u oči Ivankin ručni rad. Ona ga uze i poče da razgleda. Raspitivala se kako se radi i između njih se razvi razgovor kao da nisu strankinje. I Jerica je dosta dobro govorila nemački; konverzacija je bila živa. I dok su mlade devojke sedele na klupi, Edi je stajao ispred njih. On pogleda nizbrdo i uzviknu:

– Ah, šta je ciklama! Idem da berem...

Linči ustade i poče da bere s njim zajedno. Dok su mlade devojke sedele i pričale, Edi nabra veliki buket. On ga razdeli na tri kitice: jednu dade Ivanki, drugi Jerici a treću svojoj rođaki Štefi.

Mlade Bečlike ustadoše:

– Hoćeš i ti, Edi, s nama?

– Hoću – odgovori ravnodušno Edi, kao da mu je bilo žao da se rastane...

Štefi se vrlo srdačno rukovala s Ivankom, dok je Linči bila rezervisana.

Kad one odoše, Jerica joj objasni situaciju. Linči je zaljubljena u Edija, ali Edi je ravnodušan prema njoj... Ona je kći bogatog trgovca iz Beča i njeni roditelji bi voleli da je udaju za Edija. Njegova staramajka nema ništa protiv, samo Edi ne misli na taj brak... Jerica je hvalila Edija:

– On je vrlo vaspitan mladić, kako samo može da bude jedan Bečlija. I muzikalan je... Svira violinu i klavir... Bečlije su vrlo muzikalni... A osim toga, on ima i fabriku parfema i sapuna, dobro su situirani... Zato je Linči ovako tužna i ljubomorna je. Ja verujem da ona sad pati što se upoznao s vama.

Ivanka se nasmeja:

– Nema razloga da pati... Šta može da znači za mene jedan stranac koga ću poznavati mesec dana i nikad više u životu... Onda ona može i na vas, Jerice, da bude ljubomorna. Vi ste vrlo lepi...

– Ne toliko kao vi. Oh, moja snaha je bila iznenađena kad vas je videla i ona kaže: „Ta mlada devojka je lepa kao anđeo!“

Ivanka pocrvene.

– Ah, to su preterani komplimenti... A zar Linči nije na vas ljubomorna?

– Nije, jer zna da ja imam mladića.

– A gde je vaš mladić?

– U Ljubljani. On završava tehniku ove godine i dogodine ćemo se venčati. – S ljubavlju i oduševljenjem Jerica je pričala o svom mladiću. A posle je prešla na svoju porodicu:

– Imam još jednog brata, Luku. On studira prava. Dogodine će da diplomira.

– A imate li roditelje?

– Ne, oni su umrli... Upravo, otac mi se ubio, a mati je umrla. – Ućutala je, tužno gledajući preda se.

Ćutala je i Ivanka. Mlada Slovenka nastavi:

– Vitoj je izdržavao mene i Luku dok smo se školovali. Ah, ja mislim da nema takvog brata na svetu! Kako je on nežan i dobar. Bio nam je i otac i mati. – Opet je ućutala. Njene lepe sive oči prevukoše se melanholijom.

Ivanka prošaputa:

– I vaša snaha je dobra?

– O, Roža je divna, tako plemenita, kao da mi je sestra, a ne snaha. – Jerica uze Ivankin ručni rad.

– Baš da mi pokažete ovu bluzicu. Istu ovakvu bih izradila. Imam plavu vunicu, meni će to lepo stajati.

– Kad god hoćete... Eto, sutra donesite igle i vunicu, pa da otpočnemo.

Ustadoše s klupe i Jerica povede Ivanku jednom alejom... Spustiše se na drugi kraj brda, pođoše preko poljane i nađoše se pred vilom Jeričinog brata...

Lekar je stajao u bašti kraj bokora ruža. Upravo je bio odsekao jednu rascvetalu ružu.

– Oh, što imate lepe ruže! – uzviknu Ivanka.

Jerica se okrenu bratu:

– Vitoj, daj tu ružu da je dam gospođici Ivanki.

Vitoj pogleda rascvetalu ružu u ruci:

– Ne, za gospođicu je pupoljak... Uzbraću vam najlepši...

On uze nožić, odseče jedan lep roze pupoljak i pruži ga mladoj devojci:

– Ovaj pupoljak odgovara vama – reče, pružajući joj cvet i gledajući je dubokim očima boje oblaka.

Šapat uz zvuke muzike

Kiša je počela rano izjutra, najpre pljuskom iz raskomadanih oblaka, a posle se nebo ujednačilo, postalo metalno sivo. Kiša je padala – planinska, sitna, kao iz tuša rominjala je ceo dan, s nekim prijatnim i uspavljujućim šumorom. Najednom je zahladnelo. Čim je sivi pokrivač oblaka skrio sunce, sve se zatvorilo u sebe. A priroda kao da se umiva: sva je ustreptala od rosnih kapi i ispranog šljunka na beličastim stazama i drumovima – čista, neobično svečana i melanholična.

Ivanka sedi s mamom u sobi. Rade. Iz neke sobe dopire plač deteta. Mici peva dole u trpezariji; čuje se zveckanje tanjira...

– Jel' ti dosadno? – upita mama kćer.

– Ni najmanje. Ovde je tako lepo. Uživam i kad posmatram kišu.

– Hajde nešto zapevaj!

Kći poče, najpre tiho pa sve jače, dok najzad sasvim ne pusti svoj puni, topli mecosopran. Pevala je sa zanosom, posmatrajući visoke četinare i paprat. Pevala je pesmu mladosti, pevala je o ljubavi, koju još nije poznavala, o čežnjama koje su se budile u njoj... Njena nežna pesma se razlegala kroz sivilo kišnog dana... Dečji plač je ućutao, umukla je pesma Micina, a mlada devojka se sva zanela pesmom: „Kupiću ti zlatnu grivnu...“

Kiša najednom stade. Sivo planinsko nebo, koje nad velikim gradom može da stoji tako nemilosrdno, po nekoliko dana neprobojno, ovde poče da se kida i cepa. Iz sivog tona oblaci pređoše u beličastu boju, s nekim srebrnastim odbleskom. Ukaza se nežno plavo nebo, čisto kao detinje oči.

– Ah, prestala je kiša! Možemo, mama, da izađemo. Taman do večere malo da prošetamo.

Obukoše žaketiće i izađoše u hodnik. U istom trenutku izađe iz svoje sobe i Bečlija s rođakom i staramajkom. Susretoše se i Edi ne mogaše da uzdrži svoje divljenje:

– Gospođice, vi ste ono pevali? Ah, kakav divan glas! Pa vi treba da školujete glas. Postali biste izvrsna operska pevačica. I te vaše pesme, tako su nostalgične, sve u molu. Mnogo su mi se dopale.

Stara Bečlika je takođe milo gledala mladu devojku i izjavila:

– Divno, zaista divno pevate!

Eduard se priseti i predstavi im staru damu:

– Moja staramajka, gospođa Hedviga Huber.

Svi se rukovaše i pođoše, ali se Ivanka najednom seti Linči.

– A gde je gospođica Linči? Da je zovemo?

– Njenoj mami nešto nije dobro.

Linči u tom trenutku otvori vrata. Da bi otklonila njenu sumnju, Ivanka joj prva priđe:

– Gospođice Linči, hoćete li s nama da šetate? Tako je sada prijatno.

Bečlija je ćutao, a Linči veselo utrča u sobu, uze žaketić i pođe s njima.

Četvoro mladih pođoše napred. Linči, malo raspoloženija prema Ivanki zbog njene predusretljivosti, uze je ispod ruke. Edi je išao pokraj njih, vrlo elegantan u teget odelu. On nastavi svojim komplimentima Ivankinom pevanju i najednom zapita:

– Kako se zove ta pesma koju ste pevali? Čekajte, setiću se. – On poče da pevuši.

– Oh, kako vi imate fini sluh! – uzviknu Ivanka. – To je „Kupiću ti zlatnu grivnu...“ – Ona mu tiho otpeva prvu strofu.

Edi je ponavljao:

– Kupiću ti zlatnu grivnu... A šta to znači?

Ona mu prevede.

– Tako su lepe reči – uzviknu Edi. – Hoćete li da me naučite te vaše pesme. Prvu ovu: „Kupiću ti zlatnu grivnu...“

On je ponavljao reči, grešeći u akcentu, a Ivanka ga je popravljala. Šetajući, već je naučio prvu strofu.

Ivanka se veselo okrete mami i reče joj na nemačkom:

– Mama, gospodin Edi, zamisli, već je naučio „Kupiću ti zlatnu grivnu“! Neverovatan sluh!

– To ne treba da te čudi. Beč je najmuzikalniji grad.

– Moj Edi vrlo voli muziku, svake večeri išao bi u operu – reče njegova staramajka.

– Oh, blago vama – prošaputa Ivanka okrećući se Ediju. – A mi u palanci nemamo opere. Samo kad idem u Beograd, onda slušam.

– Dođite u Beč, pa ću vas ja voditi!

Na te reči Linči tužno obori glavu, a Ivanka veselo odgovori:

– Ah, ko zna da li ću ikad videti Beč!

– Treba da dođete da vas ja provedem i da vam pokažem periferiju Beča, jer periferija je pravi Beč. Naročito treba videti one male kafane, sa orkestrom od četiri instrumenta: violina, violončelo, harmonika i gitara. Posle bih vas vodio u operu...

Govorio je oduševljeno i ne obraćajući pažnju na malu Linči, čije su detinjaste oči bile tako tužne. Da bi je oraspoložila, Ivanka poče razgovor s njom i Štefi.

Išli su sad alejom kestenova. Tu se sretoše s doktorom, njegovom ženom i sestrom. Zastadoše i Jerica se pridruži mladim devojkama a lekar, sa ženom, otpoče razgovor s gospođom Protić i gospođom Huber.

– Kako se osećate, gospođo Huber? – upita staru Bečliku lekareva žena na nemačkom.

– Vrlo dobro. Još sam sada našla društvo – gospođu Protić koja perfektno govori nemački, pravi bečki govor.

– O, već sam pozaboravljala.

– Ne, ne, vi izvanredno govorite, i gospođica vaša kći isto tako. A čoveku je tako prijatno kad u tuđoj zemlji može razgovarati svojim jezikom. Ja kažem tuđa zemlja, ali ja Sloveniju volim, kao da je moja zemlja. Navikla sam ovamo da dolazim još kao mlada devojka. Moja mati je takođe mnogo volela Sloveniju, pa smo sva mesta obišle.

Lekar je išao pokraj njih i zamišljeno ćutao. Njegov pogled je rasejano bludeo u neodređenom pravcu, a oči su mu imale gord izraz u gustoj senci trepavica.

– Vitoj, koliko su visoke Kamniške Alpe?

Lekar se trže iz nekih tajanstvenih sanjarenja i upita:

– Šta kažeš?

– Koliko su visoke Kamniške Alpe? – ponovi njegova supruga.

On joj odgovori i opet utonu u ćutanje.

Izađoše iz aleje. Put je dalje vodio pokraj reke. Talasići su bili penušavi, preskakali su preko kamenja kao kakvi mali slapovi. Sunce najednom probi oblake i veličanstveno zasja na vrhu planine. Oblaci nad suncem kao da se zapališe. Sve dobi neku blešteću, ružičastu boju, kao da iz kratera izbija lava i dim. Eduard i devojke zastadoše, iznenađeni tim prizorom. Navikla da sve utiske deli s mamom, Ivanka joj priđe s ushićenjem:

– Pogledaj, mama! Ovako nešto nisam nikad videla! – Zastala je i u zanosu posmatrala zalazak sunca. Njena bujna kosa, od vlage sva u spiralnim kovrdžama, ljupko je uokvirivala njeno lice, s velikim somotskim očima, koje su izražavale retku lepotu naivnosti i čednosti. Crni somotski žaketić, koji se tesno pripijao uz njen stas, ocrtavao je njenu figuru; sjaj somota davao je neku mlečnu belinu njenom licu i prelivao se kao njene oči. Stojeći tako ispred njih, bila je božanstveno lepa: kao sunce, cela priroda, sve unaokolo. I dok su dame posmatrale sunčev zalazak, Edi se okrete i njegove oči ostadoše prikovane na mladoj devojci, širom otvorene, sanjalačke i tužne. A lekar se trže iz onih sanjarija, pogleda sunce, pa Ivanku... Zenice mu se raširiše da upiju lepotu te mlade devojke. Zaboravljajući sve oko sebe, on ju je gledao kao da uživa u najlepšem delu prirode.

Njegova žena se okrete, kao da htede nešto da mu kaže, ali samo otvori usne, reči zamreše na njima, ostade tako nekoliko sekundi, posmatrajući ga kako gleda tu lepu devojčicu. On instinktivno oseti njen pogled, trže se, napravi veselo lice, i da bi skrio svoje ushićenje, uhvati je nežno ispod ruke, pa pođoše dalje.

Lekareva sestra pritrča bratu i snahi:

– Vitoj, hoćeš li večeras da idemo u njihov pansion? Ima igranka.

– Ako hoće Roža – okrete se lekar ženi.

– Pa... možemo – reče Roža.

– Inače je kišno, pa ćemo se raspoložiti i slušati muziku – reče gospođa Protić.

– A ko je ono danas pevao? – zapita lekar.

– Moja Ivanka.

– Oh, mi smo je slušali – uzviknu Jerica. – Tako se lepo čulo sve do naše vile.

Radio se to veče nije najbolje čuo, negde je morala smetati neka nepogoda. Ali mala konobarica Mici donese veliki gramofon i pusti jedan tango.

Svi iz pansiona behu došli na igranku. I iz drugih vila dođe nekoliko devojaka i mladića. Čim otpoče tango, jedan mladi učitelj, Slovenac, priđe Ivanki.

On je zaljubljenim očima gledao lepu devojčicu i odmah joj počeo davati komplimente. Bio je to veseo, plav mladić, pravi tip Slovenca; govorio je brzo, gledajući je pravo u oči.

Edi je taj tango odigrao s malom Linči. Potom je birao Jericu, a nestrpljivo je čekao da pozove Ivanku.

Pokloni se pred njom i obgrli joj stas... Ona je igrala gledajući preko njegovog ramena. Najednom začu njegove reči:

– Nikad mi leto nije bilo prijatno kao ove godine...

– A zašto?

– Zato što sam se s vama upoznao. Osećam da ću biti vrlo tužan kad se vratim u Beč.

– Zar u Beču muškarac može biti tužan? Svi kažu da su u Beču najlepše žene!

– Ona najlepša neće biti u Beču...

– Ali će biti Linči... Zar ona nije lepa devojčica?

Kao u trenutku neke iznenadne srdžbe, Edi joj jače steže stas i nesvesno je privuče malo sebi, pa progovori ozbiljno, gledajući joj pravo u oči:

– Da, Linči je simpatična devojčica, ali nije najlepša. Nema oči kakve imate vi, najlepše oči koje sam ikada video...

Ivanka pocrvene, okrete glavu i preko Edijevog ramena srete hladni, gordi pogled lekarev, koji je netremice gledao u nju skrivajući svoje lepe oči iza oblaka duvanskog dima.

– Vi ste izuzetan utisak ostavili na mene od prvog časa, otkad sam vas ugledao na onom prozoru – šaputao je zaneseno Edi.

Ona je nastojala da veselo primi njegovu izjavu ljubavi i odgovorila mu je uz vrlo ljubak osmejak:

– I taj utisak će trajati samo do vašeg Beča.

– Vi mene ne poznajete – šaputao je Bečlija, utapajući svoj pogled u njene somotske oči.

– Priznajem da vas ne poznajem – reče Ivanka veselo – ali verujem da na celoj Zemljinoj kugli muškarci vole da laskaju.

– I na celoj Zemljinoj kugli svi muškarci bi zaključili ovo isto što i ja – da vi imate najlepše oči.

Ona spazi kako ih Linči tužno gleda i prošaputa mu:

– Linči je tako tužna. Treba da budete nežniji prema njoj.

Bečlija htede nešto da kaže, ali tango prestade.

U trpezariji svi zapljeskaše da se muzika nastavi.

Ivanka je već bila za jednim velikim stolom, gde su svi sedeli.

Tango opet poče. Jerica se okrete bratu:

– Vitoj, hoćeš li ti da igraš?

Lekar se okrete svojoj ženi:

– Roža, bi li ti igrala?

– Neću, Vitoj. Igraj ti – nasmeši se ona blago.

On obavi stas svojoj sestrici.

Bili su oboje tako visoki, lepi i slični jedno drugom. Učitelj Slovenac opet je ugrabio Ivanku. Kad je posle te igre sela na svoje mesto, priđe joj lekar i pokloni se.

Ona ustade.

Igrali su ćuteći. Ona podiže glavu i srete njegov pogled. Sive, velike zenice blistale su tako toplim sjajem. Ona i nesvesno sva zadrhta od tog čudnovatog pogleda. Zbunjeno skrete pogled i začu njegov melodični, tihi glas:

– Da li biste mogli živeti u Sloveniji?

– Oh, još kako bih mogla!

– A ne mislite li da bi vam bilo dosadno?

– Ja u životu uopšte ne znam za dosadu.

On poćuta, a ona opet srete njegov duboki pogled.

– Koliko ćete još ostati? – pitao je tišim glasom.

– Ne znam, to od mame zavisi.

Ućutao je opet. Ona je osećala neku čudnu tremu u njegovom zagrljaju. S tim lepim, snažnim visokim Slovencem nije mogla da se smeje kao s Edijem. Pokraj Edija je bila vesela, i ta veselost je nije napuštala ni kad joj je izjavljivao ljubav. A ovaj gordi, ćutljivi Slovenac, sivih hladnih očiju, ali ponekad tako toplih, zbunjivao ju je. Osećala se pokraj njega kao mala nejaka ptica, koja se svega plaši.

Igranka se završila i gosti su se razilazili u svoje vile. Ivanka i njena mati su legle. Prozor je bio otvoren, mirisali su četinari. Mesec se dizao – okrugao, crven i nasmejan – bacajući svoju žućkastu svetlost u sobu.

Ivanka se okrete, nije mogla da zaspi. Nasloni se na jastuk i pogleda u noć. Šuma je bila crna, a nebo sivkasto kao svetli ram oko nepregledne tamne mase. Začu se cvrkut neke ptice i neko kreštanje u šumi. Izbi i sat na crkvi, pa se sve stiša... Ivanka se okrete na drugu stranu, otvorenih očiju, nekako uznemirena. Oseti kako joj krv udara u obraze, jedan uzdah joj se otrže i izgubi se u sobi osvetljenoj mesečevim zracima...

Rat je bio užasan

Na klupi, u senci jedne mirisne jabuke pune zrelih plodova, sedele su i razgovarale stara Bečlika i gospođa Protić. Malo dalje dva kosača su kosila livadu. Osećao se fini miris pokošenog sena. Jedan auto je stajao pred hotelom, huktao i širio zadah benzina. Dve seljančice rumenih obraščića priđoše i ponudiše kruške. One kupiše, razviše džepne maramice i uviše voće, a devojčice se udaljiše.

Stara Bečlika se okrete gospođi Bisi Protić:

– A imate li muža, gospođo?

– Nemam, poginuo je u ratu – uzdahnu gospođa Bisa.

– I meni su dva sina poginula u ratu... Baš u Srbiji – tiho reče starica.

Mlađa žena pogleda saosećajno staru damu i shvati zašto su joj oči tako ugašene.

– Rat je bio užasan, toliko je žrtava pokosio. Kod nas u Srbiji retko koja porodica da nije dala neku žrtvu.

– I kod nas je tako – uzdisala je Bečlika. – Moj stariji sin bio je Edijev otac... On je s mojim mužem vodio fabriku parfema, a drugi, mlađi sin, bio je inženjer. I obojica su poginuli... Čekajte, sećam se i mesta. Kažu, negde blizu Save... Kraj se zove Macva.

– Mačva – ispravi je gospođa Protić živo – pa tu je i moj muž poginuo. Tu je mnogo vojnika izginulo...

– A kako izgleda ta Mačva?

– Ja nisam bila u tom kraju, ali moja Ivanka je išla. To je ravnica, vrlo plodna, daje mnogo žita, a ima i jednu planinu – Cer, gde je bila najveća borba.

– Doneli su ih obojicu mrtve, ali mi nisu dali da ih vidim – uzdahnu gospođa Huber. – Moj jadni Rudi, kako je bio lep! Edi je isti otac. A Franček, tek je bio završio univerzitet...

Iz njenih usahlih očiju potekoše obilne suze. Bolne uspomene rastužiše i srce Bise udovice, koja nikad nije mogla da prežali muža i više se nije udala. I te dve žene, čiji su sinovi i muž stajali jedan prema drugima kao neprijatelji, sa smrtonosnim oružjem u rukama, sedele su jedna pored druge, sa istim bolom, istim ranama, bez mržnje, bez prekora, sažaljevajući jedna drugu i plačući zajedno... Njihov nemi, zajednički bol, izražavao je svu plemenitost ženske duše. Sedeći jedna pokraj druge, sa suzama u očima, one su pričale o Rudiju, Frančeku i Miloju, kao da nisu bili neprijatelji, kao da nije bilo mržnje među njima.

Zajednički bol još više je približio dve žene. Pričale su jedna drugoj svoje patnje:

– Vi se niste više udavali? – upita gospođa Huber.

– Nisam. Mnogo sam volela muža... Roditelji su rano umrli, pa sam živela kod tutora. U četrnaestoj godini on me pošalje u zavod u Beč. Tu sam ostala četiri godine, i kad sam se vratila on me je udao. Kako je to bio srećan brak! U mužu sam našla sve: roditelje, braću, sestre. Pet godina života prošlo mi je kao najlepši san. A on je bio lep, dobar, karakteran seljački sin: čuvao me kao dete, sve mi ugađao. Posle njegove smrti bila sam kao luda. Da nisam imala Ivanku, ubila bih se. Ali ona, još je ličila na oca, tešila me je... Moj Miloje imao je brata, on mi se našao u teškim danima... Taj dever mi je odmah rekao: „Snaho, ja ću da ti dam nekoliko hektara zemlje, neću da se mučiš s detetom kad je moj brat poginuo za otadžbinu...", ali ja nisam htela da on deli to imanje, da ga prodajem, jer novac začas nestane, nego mu kažem: „Ti ćeš mene u namirnicama pomagati, a ja imam kiriju od dve kuće što mi je od oca ostalo, pa ćemo nas dve živeti". I zbilja, on me je pomagao. Ništa nisam brinula. Ako mi treba brašno, on donese, krompir, pasulj, luk, mast – sve me je snabdevao i, hvala bogu, nismo osećale oskudicu. Penzije nisam imala, jer mi je muž bio advokat, ali opet sam umela sve da rasporedim i lepo sam dete vaspitala.

– Zaista lepo. Ona je zlatna devojčica. I tako je lepa. Kad ju je moj Edi prvi put video, dojurio je meni, pa mi reče: „Mama, što sam video jednu mladu devojku, lepu kao Madona!" On, znate, mene uvek zove mama.

– Važnije je što je dobra i poslušna, i vrlo umiljata.

– A zašto se niste udali, gospođo, vi ste ostali mlada udovica?

– Govorili su mi da se udam, čak i moj dever, i tražili su me, ali onih prvih godina moje velike žalosti nisam htela da čujem za udaju. Zar ja da zaboravim mog Miloja? Jedno njegovo pismo, umrljano krvlju, koje mi je pisao u poslednjem času, bilo mi je amajlija; na njemu sam se zavetovala da se neću udati. To pismo i dan-danas čuvam i često plačem nad njim... Pisao mi ga je u poslednjim časovima, pred smrt. A evo šta je napisao: „Umirem s bolom u srcu što ne mogu da te vidim – tebe koja si bila moja najveća ljubav u životu, i što ne mogu da te zagrlim, tebe i naše malo anđelče, našu Ivanku."

Govorila je kroz prigušeno jecanje, suze su joj lile iz očiju. Plakala je i stara Austrijanka, savladana i njenim i svojim bolom.

– A vaša snaha, je li se ona udala? – upita gospođa Bisa.

– Da, ona se udala posle četiri godine. Šta ćete, i ja sam joj govorila neka se uda. Samo sam tražila da Edi ostane kod mene. Ja sam ga i očuvala; on mi je bio jedina uteha u mom velikom bolu... Jer, posle dve godine, umre mi naprasno i muž. Tri smrti za kratko vreme... Ostao mi je još najmlađi sin i kćer. Štefi mi je unuka od kćeri. Taj najmlađi sin preuzeo je fabriku, lepo radi, a sada je i Edi s njim. Obojica su vredni i rade, materijalno dobro stojimo, samo što mojih dragih nema, i što je to u srcu večna rana. Vi me razumete, jer vidim da još žalite svog muža.

– Nikad ja njega neću prežaliti. Kad samo pomislim čemu taj rat? Zašto ljudi da se ubijaju? Mi žene nikad ne bismo ratovale, jer imamo jako materinsko osećanje i kao majke i kao žene razumemo bol jedna druge.

– Da, mi nikad ne bismo ratovale – uzdahnu stara Bečlika.

Na pokošenoj livadici začu se smeh. Pojaviše se Štefi, Ivanka, Linči, Jerica i Edi.

– Ko će pre da stigne do staramajke? – uzviknu Štefi.

– Edi, ti imaš dugačke noge, da te vidimo! – smejala se Linči.

– Brže, brže, gospodine Edi! – vikala je Ivanka.

Devojčice pojuriše. Jerica zamalo da stigne prva do klupe, ali Edi je prestiže i sede kod staramajke smejući se.

Ivanka spazi mamino uplakano lice, pa joj pritrči grleći je:

– Mamice, ti si plakala! Zašto si plakala?

– I naša mama je plakala? – zapitaše uglas Edi i Štefi.

– Ništa, sine, podsetile smo se nečega, pa smo se rastužile – reče gospođa Bisa. – Gospođi Huber su poginula dva sina u ratu, i to baš u Mačvi gde i tvoj otac.

Svi ućutaše za jedan trenutak da ne naruše tužne uspomene.

Edi i Ivanka se pogledaše. Možda je ista misao istovremeno prošla kroz njihovu svest: *Vaš otac je ubio moga oca...*

Ali oni odbaciše te misli, pogledaše se bez mržnje, s razumevanjem.

– Ivanka, dušo moja – reče joj mati – gospođa Huber mi je maločas kazala da mnogo voli našu tursku kafu. Idi u sobu, skuvaj, pa donesi džezvu i šoljice.

– Idem da vam pomognem – uskliknu Edi.

Linči obori svoju malu detinjastu glavicu. Ivanka opet spazi tugu u njenim očima. Ona se veselo okrete Ediju:

– Ne, vas ne primam, nego će Linči da mi pomogne. Hoćete li, Linči?

Devojčica veselo potrča i uhvati je ispod ruke.

Edi osta naburen.

– Ja sam hteo da budem kavaljer, a vi ne primate moje kavaljerske usluge.

– U ovom slučaju ne primam. Kod nas u Srbiji je običaj da žene ne daju muškarcima da rade ženski posao. Je li tako i kod vas, gospođo Huber?

Osećajući svu čistotu srca mlade devojke, stara Bečlika je pogađala zašto ona zove Linči, a ne Edija, i nežno je pogleda, potvrđujući:

– Jeste, tako je i kod nas. Edi ne bi umeo da skuva kafu.

Mlade devojke žurno odoše i uskoro se vratiše s kafom.

– Izvrsna, izvrsna kafa! – reče gospođa Huber.

Edi otpi malo i naburi se, pola šaljivo, a pola kao ljutito:

– Ništa nije dobra kafa.

– Edi, ti si nevaljao! – grdila ga je staramajka. – Kako da ne valja! Nije istina, kafa je odlična.

– Ne valja zato što je ja nisam skuvao – tvrdio je mladić.

Svi se nasmejaše.

Vetrić pirnu i još jače zamirisa pokošeno seno. Sunce se utopi iza planine, ostade još samo zlatna magla nad visom.

– Da vam ne bude hladno? – zapita mlađa žena staru gospođu.

– Pa možemo da idemo. Osećam malu jezu.

Pođoše svi.

– Ja zaboravila moj štap.

– Uhvatite me ispod ruke, gospođo – ponudi joj se gospođa Bisa.

Uputiše se lagano prema pansionu.

Iz Ivankinog dnevnika

I ovde, u ovoj romantičnoj prirodi, pridržavam se maminog saveta. Ona mi je uvek govorila:

„Piši dnevnik, analiziraj sva svoja osećanja. Tako ćeš moći samu sebe da proučavaš i kritikuješ. I videćeš kako će ti kasnije biti prijatno da čitaš taj dnevnik.“

A ovde je toliko utisaka. Ne mogu sve ni da pribeležim.

Počela sam da crnim na suncu, jer se kupam u reci svakog dana. Mama kaže da mi vrlo lepo stoji bronzana boja kože, a Edi tvrdi da je mnogo crnji od mene iako je blondin. Ali niko nije pocrneo lepo kao doktor. On je kao od bronze, a oči su mu još sjajnije. Samo se mala Linči čuva sunca i čim izađe iz vode otvori suncobran. Osećam se vrlo prijatno u ovom slovenačko-bečkom društvu...

Edi juče kaže: „Mi mladići i devojke uvek se možemo razumeti, ma kojoj narodnosti pripadali. Jezik srca je internacionalan.“

I ne znam zašto, najednom je zapitao:

„Gospođice Ivanka, da li biste se udali za Austrijanca?“

Zbunila sam se na to pitanje, ali sam mu odmah odgovorila:

„Sumnjam. Ne bih mogla da se odvojim od svoje zemlje.“

„Zar ni onda kad biste nekog voleli?“

„Te mogućnosti nema – da se u nekog tako zaljubim.“

On se na to ućutao, ustao je i ceo taj dan bio je sumoran. Srećom, Linči nije čula taj razgovor, jer bi na svoj način tumačila njegovu sumornost. Ja i Linči smo postale dobre prijateljice, jer se ona uverila da nisam koketna i da izbegavam Edijevo udvaranje. Ali, otkako sam s njom sklopila taj prećutni savez, osećam da se Edi nekako promenio. U početku je bio tako veseo mladić. Sad i kad ide s nama često ćuti, ne priča, a više puta mi šetamo same, a on ode sâm. Opazila sam da uvek traži priliku da ostane nasamo sa mnom, a ja se toga čuvam. Čak više ne izlazim u one moje šetnje po šumi, bojeći se da će me tamo naći. I ako pođem, zovem Jericu ili Štefi i Linči. Nekoliko puta uhvatila sam njegov pogled pun melanholije...

Jednom kad smo se vraćali iz šetnje, slučajno sam za trenutak ostala s njim sama. On je izgovorio brzo, kao da je jedva čekao taj trenutak:

„Hoće li vam biti žao kada se rastanemo?"

„Pa... razume se, biće mi žao, tako sam zavolela i Štefi, i Linči, i Jericu..."

„I moju staramajku, i gospođu Rožu... sve ste zavoleli, samo ste zaboravili mene da spomenete."

„Pa, upravo sam htela da kažem i vas", nasmejah se da bih dala veseo ton razgovoru.

„I mene, naposletku..."

Pogledao me je prekorno i zaćutao.

Siroti mladić. On je, zbilja, zlatan. Ali ja nisam zaljubljena u njega. Eto, baš hoću da zavirim u svoje srce. Osećam da ga simpatišem, ali to nije ljubav, nije ono što zamišljam da treba da bude ljubav. S njim mi je prijatno, gajim prema njemu drugarsko osećanje, i nije me strah kao od lekara... Vitojeve oči su vrlo čudnovate! Ne mogu nikad da izdržim njegov pogled. I njegovo ponašanje mi je čudnovato. Ponekad je hladan kao stena. Kupa se i on s nama, ali dok mi pričamo i smejemo se, on leži na pesku utonuo u svoje misli. Ili zatvori oči kao da spava i da nas ne sluša. I tek najednom ustane, i vraća se na neki naš razgovor, kao da je slušao sve što pričamo...

Jednom me je Edi molio da pevušim „Kupiću ti zlatnu grivnu". Ja sam mu učinila po volji. Zatim smo pričali, smejali se, i tada nam je prišao lekar, pogledao me smešeći se i kazao:

„Hoćete li da otpevate opet onu pesmu koju Edi voli?"

Edi se obradova i naivno uzviknu:

„Dakle, i vama se, doktore, dopada ta pesma?"

Ali, ja sam osetila ironičan pogled lekarev, koji se za trenutak zaustavio na mojim očima.

Taj mi je doktor sav zagonetan. Kažu da je odličan lekar, da ovde leči svakog besplatno. Ni nama nije hteo ništa da uzme za lečenje kad mu je mama ponudila. To dokazuje da nije materijalista. Ali po onome što sam čula, oženio se iz računa. Njegova žena je vrlo bogata, on ju je izgleda uzeo samo zbog novca... Zato mi je nesimpatično kad me nekad fiksira. Oženiti se iz računa ružnom ženom, samo zbog njenog novca, i posle gledati mlade devojke! Meni je žao njegove žene. Izgleda mi da ga ona mnogo voli. Istina, moram priznati, on je vrlo pažljiv prema njoj. Nikad ne pođe u šetnju s nama bez nje, uvek je ogrće šalom, uhvati ispod ruke, ali sve mi se čini da to radi iz dužnosti, ili po navici. Opazila sam da me doktorova žena nekad posmatra. Tada su joj oči tužne. Ja se tada veoma čuvam da ne pogledam doktora. Sve mi se čini da je ona ljubomorna, pa to prikriva. Ja zaista ne volim da gledam oženjene ljude. Uvek sam zbog toga osuđivala moju drugaricu Nadeždu. Ta je stalno imala neku simpatiju među oženjenima. Izgleda da joj je činilo zadovoljstvo baš to da prkosi njihovim ženama.

I moja mama ju je osuđivala i savetovala joj:

„Šta će tebi oženjeni? Oženjeni hoće samo da se provode s mladom devojkom, a vi imate drugove, pa se zabavljajte s njima."

Moram priznati da nisam ništa opazila kod lekara, samo te njegove poglede i te male ironije...

On je, zbilja, lep čovek. Ima u njemu nečeg veličanstvenog. Primetila sam da ga Štefi rado posmatra, čak ne krije svoje divljenje pred Jericom. Juče, na primer. Kupale smo se. Sedele smo na pesku i sunčale se... Lekar je plivao. Bio je otišao daleko i vraćao se niz vodu. Blizu nas ustade... Voda je klizila niz njegove bronzane mišiće; izgledao je kao statua stojeći tako na obali. Štefi ga je s ushićenjem posmatrala, njene oči su blistale, i nije se mogla uzdržati da ne kaže Jerici pred svima:

„Baš je divan vaš brat! Da je slobodan, ja bih se zaljubila u njega."

„Hoćete li da mu to kažem?"

„Možete."

Ja sam ćutala. Bilo mi je krivo, ne znam zašto, ali nalazila sam da je to neozbiljno sa Štefine strane da upućuje komplimente oženjenom. Inače, Štefi je vrlo mila, ali vrlo temperamentna.

Lekar je pošao prema nama i mene je zanimalo koga će prvo da pogleda. Videla sam kako ga Štefi gleda sjajnim očima. I tada, ne znam zašto, okretoh se Ediju... Pričala sam nešto veselo, ne gledajući lekara. Uzeh pet kamičaka, da mu pokažem kako se igraju piljci. Nas dvoje smo se zabavljali za sebe i ne obraćajući pažnju na lekara, Jericu i Štefi. Linči se toga dana nije kupala, te se nisam morala plašiti njene ljubomore. Posle nekog vremena se okretoh. Videla sam lekara. Ležao je na pesku, podlakćen na jednu ruku, s onim njegovim hladnim i gordim očima, i neodređeno je gledao u daljinu... On kao da oseti da sam se ja okrenula – baci na mene jedan pogled... Ne znam zašto, ali osetila sam kako mi u tom času srce snažno zalupa.

I sama se pitam: zašto sam se uzbudila?

Da li sam bila zadovoljna što nije gledao Štefi, ili što sam umela da mu pokažem da on, oženjen čovek, ne predstavlja za mene predmet interesovanja.

On me više ne pogleda. Spusti ruku, leže na pesak i ostade tako nepomičan, ne govoreći ništa.

Mi ustadosmo da se obučemo.

„Hoćete li vi još da se sunčate, gospodine doktore?“, pitala je Štefi.

„Da, još malo.“

Jerica pođe s nama.

Već smo odmakli, kad se Štefi priseti.

„Zaboravila sam tašnu u kabini.“

„Hoćeš li da ti je ja donesem?“, pitao je Edi.

„Ti ne možeš da ulaziš u žensku kabinu, moram ja da idem.“

I ona se brzo vrati. Znala sam da je namerno ostavila tu tašnu, da bi se vratila do lekara. I bilo mi je nešto krivo. Išla sam ćuteći.

Posle sam grdila samu sebe. Šta ima da mi bude krivo, i šta se mene tiče što se Štefi dopada lekar. Možda se i ona njemu dopada. Ko zna da se nisu nešto dogovorili kad se ona vratila... Na tu pomisao rešila sam da budem još hladnija prema lekaru i da ga više ne gledam.

Kad sam se vratila u pansion, mama me radosno dočekala:

„Dobile smo pismo od Dace i Cice. Kaže, opravila zube, ništa se ne pozna, a sad idu u Dubrovnik.“

„Baš se radujem! Bar će tetka Daca biti na miru.“

„Samo mi je žao što nije s nama.“

Za ručkom sam bila nekako sumorna... Ali Edi je bio veseo i gledao me svojim lepim plavim očima.

Zbilja je zlatan. On bi mi mogao biti odličan drug.

Od mame ne krijem da me Edi gleda i izražava mi simpatiju. Opazila je to i sama; ona me je uvek učila kako da se ponašam. Razume se, i mama je mog mišljenja – da nipošto ne treba da ožalostim Linči.

„On je Austrijanac. Sad ste se videli, pa nikad više. Ti treba da ostaviš utisak da si inteligentna devojka, jer on u tebi ne treba da gleda samo Ivanku Protić, već jednu jugoslovensku devojku. Kao stranac, on će prema tebi formirati mišljenje o svim mladim Jugoslovenkama.“

Što se tiče lekara, mami nisam ništa govorila. Ali šta sam mogla reći? Sem toga, bojala sam se da ma kakvu sumnju bacim na njega, da ne pokvarim mamino mišljenje o njemu. Ona je uvek najpohvalnije govorila i o Vitoju. A ja ne znam zašto, ali tako volim da mama lepo misli o njemu, i uvek mi godi taj razgovor kad bismo pričale o lekaru.

Samo, danas posle onog Štefinog vraćanja, malo sam pokolebala mišljenje o njemu. Nemam iskustva da bih mogla o tome svemu da rasuđujem, ali toliko znam da nijednom muškarcu ne treba verovati.

Posle ručka sam pošla s akvarelama i blokom da preslikam jedan motiv u šumi koji mi se svideo. Padina se spušta, s mladim bukvama, a dole suvo lišće naslagano još od prošle godine. Sunce se provlači kroz grane, a suvo lišće ima divnu zlatnu boju. I dok gore na granama sve trepti u zelenilu – listići su prozračni kao da su od celuloida – dole je meki vlažni pokrivač od lišća, mestimice prošaran zlatnim mrljama. Vidim mnogo boja, a da li ću ih sve preneti na hartiju, to je pitanje. Glavno je da imam oko za boje, što kaže mama, i što ne prenesem ja ću zamišljati. Ne uobražavam da sam neki talenat. Oh, tako sam daleko od toga, ali volim da slikam i možda bih razvila talenat kad bih posećivala umetničku školu.

Poljubih mamu posle ručka, ostavih je da leškari s njenim novinama i podlistkom koji stalno prati, a ja se uputih preko livadice. Taman da zavijem jednom stazom, a stiže Edi. Izgleda da me je vrebao odnekud. Bilo mi je tako neprijatno, jer sam znala da ga Linči posmatra s prozora. I da bih otklonila svaku sumnju, umesto da nastavim u šumu, sedoh na klupu u livadi.

„Šta, nećete da šetate?“, razočarano je pitao Edi.

„Neću, hoću ovde da uživam. Sedite i vi“, rekoh.

Na njegovom licu primetih onaj izraz tuge, koji mu tako lepo stoji. Ali bio je i malo ljut.

„Hoćete da ste na vidiku Linči, da bi nas ona kontrolisala.“

„A šta ima Linči da nas kontroliše?“, pitala sam naivno. „Sela sam prosto zato što je ovde lepo.“

On je ćutao i gledao preda se. Onda se naglo okrete:

„Gospođice Ivanka, zar vi ne vidite da ja patim zbog vas?“

„I zbog tih patnji ste dobili dva kila, kao što sami kažete, kad ste se onomad merili?“

On se nasmeja, ali se odmah uozbilji:

„Lako je vama ismejavati me kad ništa ne osećate.“

„A zar je sada lako maloj Linči kad nas posmatra i verovatno pati?“

„Linči, opet Linči!“, naljuti se Edi.

„Gospodine Edi, nemojte takvo lice da pravite! Izgleda da se svađamo.“

„Vi na sve sitnice mislite“, ironisao je on.

„Ne, samo na jednu sitnicu. A to je da vas Linči voli.“

„Ali ne mislite na drugu sitnicu, da ja nju ne volim.“

„Vi ste bezdušni prema njoj.“

„A vi ste bezdušni prema meni. Jer treba da znate, više vam neću kriti: ja vas volim.“

Ćutala sam.

„Volim vas i patim.“

„Patnja je neminovna, jer vi idete na jednu stranu, a ja na drugu“, rekoh.

„A mi bismo oboje mogli na istu stranu.“

„Šta vi to govorite, Edi?“

„'Edi', kako ste to kazali! Hajde, zovite me tako. Kako je to slatko čuti. A smem li ja vama da kažem Ivanka?“

„Zašto da ne smete. Samo, ja vas molim, Edi, da ne mislite na mene.“

„Vama bi to bilo prijatno?“

„Prijatno utoliko da ne patite, inače ja vas neću nikad zaboraviti.“

„To su utešne reči, ali te vaše reči neće izlečiti moje srce.“

„Sigurna sam da će vaše srce sasvim ozdraviti u Beču.“

„Da li ste vi, zaista, tako nemilosrdni da mi ne dajete nikakve nade...“

„A kakve bih ja nade mogla vama dati?“

„Kakve?“, iznenadi se on, nasloni se na klupu i gledaše me netremice nekoliko trenutaka. Oči su mu bile lepe, tople i nežne. Bio mi je simpatičan, ali ta simpatija zaista se ograničavala samo na osećaje drugarstva.

A on je šaputao:

„Ivanka, kako vas volim! Vi imate u sebi sve što očarava jednog muškarca... A ljubav ne poznaje ni granice, ni narodnosti. Vi me, možda ne volite, zato što sam Austrijanac?“

„To i jeste izvesna prepreka, ali drugo je važnije: vas voli Linči.“

On se naljuti.

„Slušajte: Linči je dobra devojčica, ali ja ću je omrznuti zbog vas. I što god mi vi budete više govorili o njenoj ljubavi, ja ću je manje voleti. Vi ste čudna devojka. U Beču bi me svaka devojka otela od Linči i kad bih je voleo.“

„Možda bi vas otela i kod nas.“

„A vi nećete moju ljubav, iako vas uveravam da ne volim Linči?“

„Ali ona vas voli...“

„Zato ću ja u inat vas da volim.“

„Nisam znala, Edi, da ste tako kapriciozni.“

„Ljubav može da bude i kapric, ali kod mene je ljubav jača od moje volje, zato i patim.“

„Ali ćete se utešiti kad ja odem.“

On opet zaćuta i zamisli se, zatim se okrete i poče da me posmatra. Bilo mi je tako neugodno. Ustadoh s klupe. Diže se i on.

„Izvinite me, Edi, ja ću u šumu, pošla sam da slikam...“

On me tužno gledao.

„A zašto ne bih pošao i ja s vama? Vi slikajte, a ja ću samo da vas gledam. Pustite me da vas pratim.“

„Edi, molim vas, nemojte da navaljujete. Meni bi bilo vrlo neprijatno, ja vas veoma cenim, vi ste simpatični, ali ostavite me, hoću sama da idem.“

Pružila sam mu ruku.

On je uhvati, steže i pritisne poljubac na moje prste. Osetih kako su mu vrele usne.

Brzo se udaljih od njega, uđoh u šumu i nađoh onaj moj lepi predeo. Otvorih kutiju sa akvarelama i blok. Jedno presečeno stablo služilo mi je kao taburet. Sela sam i počela da radim. Brzo sam skicirala olovkom i onda počela da nanosim boje. Žmirkajući, da bih videla sve boje i senke, bila sam potpuno zadubljena u to i nisam ni obratila pažnju na korake koji se začuše iza mene.

„Šta, vi ste i slikarka?“, progovori meki bariton. Ja sva zadrhtah i osetih kako mi krv jurnu u lice.

Bio je to doktor.

„Ah, kakva slikarka, bolje recite mazalo“, zbunjeno odgovorih. Htela sam da se svladam, da budem hladna i prisebna, ali me je jedilo crvenilo u obrazima, koje sam osećala po buktanju lica. Ljutilo me i to što se uvek zbunim kad sretnem ovog doktora.

On se nasloni na jedno stablo nedaleko mene i osta stojeći. Nisam smela da podignem oči, pravila sam se da radim, a sve sam brkala boje. Osećala sam da me on posmatra i taj njegov pogled kao da je prljio moje obraze... Savladah se ipak i pogledah ga.

„Da su meni oči tvoje...“, izgovori on nekako tajanstveno.

Ja brzo spustih pogled na crtež i sasvim ravnodušno upitah:

„Dopada vam se ta pesma?“

„Najviše od svih... Ali vi je najmanje pevate...“

„Vi niste rekli da biste to želeli.“

„Nisam rekao ali sam želeo i ćutao. ’Da su meni oči tvoje...’“, ponavljao je kao za sebe.

Bila sam vrlo zbunjena.

„Kako je vaša gospođa?“, upitah da bih se pribrala.

On se prenu i hladno odgovori:

„Zahvaljujem, dobro je.“

Ja sam slikala, on je ćutao. Pođe dva-tri koraka, pomislih otići će, ali on mi priđe i stade iza mojih leđa... Osećala sam kako mi srce lupa i obrazi gore. Htela sam da ustanem, a nisam mogla da se maknem, kao da sam prikovana za taj panj...

„Vi pevate, slikate, govorite lepo nemački, za sve ste talentovani. Da vidim šta ste naslikali?", progovori tiho iza mene. „Ovde ste stavili suviše smeđe boje", dodade još tiše.

„Gde?", prošaputah zbunjeno, mada sam znala da sam brkala boje ne misleći.

On se naže preko mene, uze mi kičicu iz ruke i pokaza na jednu senku... Osetih dodir njegove ruke i njegov dah na mome obrazu.

Obuzelo me odjednom čudno uzbuđenje pomešano sa strahom.

On se odmače od mene i nasloni opet na ono stablo. Bio je veoma bled i gledao me raširenih zenica ne govoreći ništa.

Ne znajući šta da radim, zbunjeno zapitah:

„Koliko je sati?"

On izvadi sat i pogleda:

„Tri i četvrt."

„Ah, treba da krenem."

Začuše se koraci. On pogleda na stazu, ja pogledah u njega i videh kako mu oči postadoše hladne i gorde.

„Ostanite vi, ja idem. Eto, Edi vam dolazi."

Iznenađeno okrenuh glavu:

„Edi, otkud vi?"

On me hladno pogleda. U njegovim očima pročitah prekor.

Edi se lagano spuštao do nas. I na njegovom licu videla sam razočaranje i bol. Ipak je prišao ljubazno i pozdravio se s doktorom.

„Da vidim šta je naslikala gospođica?", govorio je usiljeno veselo, ali njegove plave oči tražile su moj pogled, da vide šta se u njima krije.

Bilo mi je sve to neprijatno. Edi je sigurno pomislio da sam udesila sastanak s lekarem.

To još nije bilo sve... Opet se začuše koraci. Podigoh pogled i – koga vidim? Lekarevu ženu.

Doktor se zbuni.

„Roža, otkud ti?"

„Pa i ja pošla malo u šetnju", odgovori ona nekako hladno i setno.

„Dobar dan, gospođo", javih joj se veselo, trudeći se da otklonim svaku sumnju na sebe. Cela situacija bila mi je strahovito neprijatna. Bila sam potpuno nevina, a verovatno su me svi sumnjičili: Edi je mislio da sam udesila sastanak s lekarem, lekar je sumnjao na Edija, a lekareva žena je verovatno pošla za njim iz ljubomore. Zaricala sam se u sebi da više neću ići sama u šumu. Treba još samo da dođe i Linči, pa da se napravi čitav zaplet... jedino me je Edi mogao spasti u očima lekareve žene. Ipak je sreća što se on pojavio.

„Hoćete li, Edi, da me pratite onom stazom?"

Zvala sam ga na stazu suprotno od lekareve kuće da bi oni otišli na drugu stranu. Videla sam kako je Vitoj bled, ali me se nije ticalo. On je oženjen čovek, ima svoju ženu, pa neka ide s njom. Šta je i imao sa mnom da razgovara... Čisto sam bila ljuta. Koketno se nasmeših Ediju, da bih ga ohrabrila i otklonila svaku sumnju gospođe Rože. Ali u dnu srca, moram priznati, bilo mi je žao lekara. Ne znam zašto sam ga žalila, ali onaj njegov prekorni pogled prodirao mi je do dna srca. Nešto me je bolelo i vređalo.

Oprostili smo se i ja pođoh s Edijem.

Išli smo ćuteći. On je bio tužan i ništa nije govorio. Ja mu se okretoh.

„Zašto ste, Edi, pošli za mnom kad sam vas zamolila da ne idete?"

„Oprostite, nisam mogao da se savladam, ali posle sam se pokajao. Video sam da nije imalo smisla što sam pošao."

„Šta hoćete time da kažete?"

„Ono što vi znate i što sam video i sâm."

„Ja vas ne razumem. Šta ste videli? Gospodina Planinšeka?"

On potvrdi glavom.

„Edi, vi ste ljubomorni na doktora?", nasmejah se i zastadoh.

„Do danas nisam bio, ali od ovog trenutka jesam... Možda ste udesili s njim randevu..."

„Edi, to nije lepo od vas! Vi me vređate. Nikad se to od vas nisam nadala. Vi mene ne poznajete kad možete da pomislite da bih išla na sastanak s lekarem. Ja neću Linči da povredim i ožalostim, a još manje jednu udatu ženu..."

„Je li to istina?"

„Zaklinjem vam se. Lekar je šetao i zastao."

Njegove oči se razveseliše, ali u njima je ostao tračak tuge.

„Gospodin Planinšek je izvanredno lep čovek, za kojim moraju ludovati mlade devojke... Moja Štefi ne krije da joj se on dopada. Verujem da je već zaljubljena u njega."

„A jesam li ja ikad kazala da mi se lekar sviđa?"

„Niste... Ali ja sam uveren da se vi njemu dopadate. Vi zaluđujete svakog muškarca. On nije mogao ostati neosetljiv prema vašoj lepoti, možda to samo krije."

„Onda nemate ništa da mi prebacujete."

„Ja to i ne mislim, ali ne mogu sebi da zabranim da ne patim. A mogu da budem ljubomoran, strašno ljubomoran.“

„Zar vi, Edi?! A ja sam dobila utisak da ste tako nežan i dobar...“

„I rđav, još kako.“

„To bih želela videti, kakav ste kad ste rđav.“

On se nasmeja. Oči su mu opet bile vesele.

„Ah, šta je ciklama!“, uzviknu on. „Hoćete li da vam naberem?“

„Možemo zajedno.“

„Ne, vi sedite na onu klupu, a ja ću da berem.“

Brzo mi je nabrao veliki buket i doneo. Ja ga podelih nadvoje:

„Ovo ponesite Linči.“

On se naljuti: „Sve ću da bacim! Hoću da vam pokažem kako sam rđav.“

„To ne smete“, uzviknuh i istrgoh mu cveće koje je hteo da zavitla.

On se nasmeja, pomirisa ciklame i gledajući me pravo u oči prošaputa:

„Kad se vratim u Beč, napraviću jedan nov parfem i nazvaću ga *Njene oči su moj san.*“

Ne odgovorih ništa i pružih mu ruku:

„Vi ostajete još u šumi?“

„Kad vi naređujete, ostajem. Znam, nećete da vas Linči vidi sa mnom. Jelte, a da nije ovde Linči, vi biste bili drugačiji?“

„Ko zna“, odgovorih koketno.

On se uozbilji: „To sam i verovao...“

„Znate, Edi, da vam vrlo lepo stoji kad ste tužni.“

„Jel’ to kašičica medicine za moje bolesno srce?“

„Ne, nego drugarski kompliment.“

„Pomiriću se i s tim.“

Uhvati me za ruku i poljubi je više članka.

Ja otrgoh ruku i požurih nizbrdo jednom stazom...

U podnožju brda, taman da izađem na livadicu, sretoh Štefi. Išla je žurno. Ne znam otkud mi u tom trenutku sinu misao: „Dogovorila se jutros s lekarem da se nađu.“ Ta misao me grubo ošinu. Osetih gnev i neprijateljstvo i prema Štefi i prema lekaru.

Štefi je bila čisto zbunjena:

„Ja pošla da prošetam. A vi?“

„Ja sam slikala. Gore je i Edi.“

Njoj kao da to nije bilo prijatno. S livadice u daljini ugledasmo gospodina Planinšeka sa ženom. Ulazili su u vilu.

Štefi se najednom sneveseli. Pravila sam se ljubazna, ali mi je sve postalo tako odvratno, i ova Štefi i taj lekar.

„Ja idem do mame, a vi, Štefi?"

„Pa, ja ću malo da prošetam", odgovori ona bez volje, sigurno razočarana što je videla lekarevu ženu.

Oprostismo se. Ono raspoloženje koje sam osetila u razgovoru sa Edijem odjednom iščeze. Uđoh u sobu... Mama se spremala da izađe.

„Hoćeš kafu?"

„Neću. Hoću malo da legnem."

„Nemoj da zaspiš. Dockan je."

„Ne, samo malo da se odmorim..."

Analizirala sam u sebi lekarevo ponašanje. Izgledao mi je neiskren, a ja sam to najviše mrzela. Šta se pravi svetac, a zakazuje sastanke! Bile su mi sada otužne njegove reči: „Da su meni oči tvoje..." Toliko nisam naivna da ne znam da je pravio aluziju na moje oči. Meni pravi komplimente, a drugu očekuje... Znači, svejedno mu je. Neka je samo mlada devojka, pa bila ja ili Štefi, obema će praviti komplimente. A kako samo pozira... Jadna ona njegova žena! Zbog nje mi je zaista krivo. Nije da je ovo neka ljubomora kod mene, nego mi je teško da se razočaram u toga čoveka. Zar se tako vešto pretvara? Ah, gospodine Planinšek, videćete vi da li će vas Ivanka više pogledati! Još sam ispala na pravdi boga krivac u očima njegove sirote supruge, zato što je njen muž udesio sastanak s drugom, pa nabasao na mene... Skočih iz postelje, uzeh čašu vode... Sebični su muškarci, zaista jesu... I to oženjeni koliko mogu da budu pokvareni... Legla sam opet i zaricala se da se doveče – ako lekar dođe sa ženom u pansion – ponašam kao da taj gospodin Vitoj i ne postoji. A oni su ponekad dolazili da večeraju u našem pansionu. Samo neka dođu, videće oni kako ću se ponašati. Eto mu Štefi, pa neka se do mile volje kibicuje...

„Ivanka", zvala me je mama, „sine, ustani! Što si se toliko uspavala? Znaš li da je sedam sati?"

Ja se trgoh:

„Bože, zar sam toliko spavala! A tako sam slatko zaspala."

„Noćas nećeš spavati."

„Ne boj se, mamice, spavam ja uvek dobro."

Umih se, obukoh drugu haljinu i izađoh u baštu.

Bilo je mlako veče, puno mirisa begonija i četinara.

Već su svi sedeli za stolovima, jer smo u pola osam večeravali. Došao je i lekar sa ženom. Jerica mi pritrča da mi krišom pokaže fotografiju svog mladića, koju je dobila to poslepodne. Bio je to lep, plav Slovenac, sličan onom učitelju... Ja ga pohvalih kako je vrlo lep, a ona je bila sva srećna...

Posle večere mama, gospođa Huber i mama male Linči priđoše za lekarev sto, a mi ostadosmo za drugim stolom da igramo domine. Igrali smo ortački: ja i Linči, Edi i Jerica. Štefi je bila kibicer. Sela je tako da bi mogla da kibicuje gospodina Planinšeka. Znala sam da zato nije ni igrala domine. Nisam htela da pogledam lekara i bila sam vrlo zadovoljna. Edi mi je sedeo s leve strane i veselo sam razgovarala s njim... Htela sam da otklonim svaku sumnju sa sebe u očima Vitojeve žene. Ali Štefi me je prosto jedila. Kako je ta mlada devojka neobazriva! Kako se ne ustručava bar pred njegovom ženom? Podlakćena na ruku, ona je svaki čas piljila u njega. Interesovalo me je samo to da li je on tako smeo da se u prisustvu žene kibicuje s jednom mladom devojkom. Jednog trena sam bacila brz pogled na njega, baš kad ga je Štefi gledala. Videla sam da on ćuti, gleda preda se i da je nekako sumoran... Imao je boru na visokom čelu... Ta njegova poza popravljala je moje mišljenje o njemu.

Bilo bi mi veoma žao gospođe Rože da je Vitoj u tom trenutku gledao Štefi. Jadna žena, ona je sigurno svesna da nije lepa... A to mora da je tužno za jednu ženu – ne biti lepa, a imati izuzetno lepog muža, koga sve žene gledaju kao plen i nadaju se da će ga lako oteti od te neprivlačne žene. A ona je te večeri bila tako bleda i nešto tužna. I zašto je ova Štefi ovako drska, zašto prkosi ženi koja nije srećna i koja zna da nije lepa? Razmišljajući o tome nisam ni opazila kako mi je Linči dala znak da ima duplo pet. U nepažnji, izgubismo partiju ja i Linči. Ali, Edi je ipak platio račun, jer je svima poručio maline...

Ja se digoh od stola, priđoh mamici, zagrlih je, a drugu ruku spustih preko ramena gospođe Rože.

„Kako ste vi? Što vam ta plava haljina lepo stoji. Vi uvek treba da nosite plavu boju", rekla sam vrlo nežno.

Njoj je to izgleda bilo milo, i ona me pomilova po obrazu.

Činilo mi se da ona ne može da sumnja u mene, jer njenog Vitoja nijednog trenutka nisam pogledala. Trudila sam se da ga što više ignorišem...

Izađosmo svi u šetnju...

Mesec je izlazio iza brda, ogroman i crven. Noć je bila mlaka... Izašli smo iz kestenove aleje i uputili se belim drumom. Seoske kuće su ličile na bele školjke u tamnom zelenilu četinara... Negde je svirala harmonika i turisti su podvriskivali.

Edi je išao s lekarem, nešto su diskutovali.

Moja mama, gospođa Huber, gospođa Roža i mati male Linči išle su napred, a mi mlade devojke za njima. Štefi je sve nešto zastajkivala. Osećala sam da bi rado pružila ruku i Ediju... Zastade, kao da joj je tobož šljunak upao u cipelu, skide je da je istrese i uto je stiže lekar i Edi. Ona pođe s njima. Čula sam iza nas njen smeh i smeh lepog lekara.

„Gospođice Ivanka, zapevajte nešto", zamoli me Edi. Gospođa Huber i mlade devojke me takođe zamoliše. Ja se veselo obratih Ediju:

„Jel' vašu pesmu da zapevam?"

„Naravno", reče on sav srećan.

I ja zapevah: „Kupiću ti zlatnu grivnu..."

Naiđosmo na tri klupe i posedasmo. Štefi je stajala kraj lekara. Ja sam pevala. Pevala sam sve moje najlepše pesme i osećala da mi je glas lep i čist... Ali lekarevu pesmu nisam htela da pevam... Na drumu se začu huktanje automobila i farovi osvetliše put, pa se izgubiše...

Pođosmo... Edi priđe. Stiže i lekar. Išao je s moje desne strane, a Štefi pokraj njega... On je ćutljiv i tako čudno visok među nama, kao džin...

„A moju pesmu niste hteli da pevate?", začu se njegov somotski glas.

„Zar je toliko volite?"

„Volim... Više nego što vi mislite..."

Opet sam zadrhtala od njegovih reči. Ljuta na sebe, odgovorih veselo:

„Nisam se setila."

On ništa ne odgovori, samo zastade da priđeka svoju ženu. Odvoji se od nas i priđe gospođi Roži:

„Da ti nije bilo hladno, Roža?"

„Ne, Vitoj, večeras je tako prijatno."

„Ali, treba da idemo kući. Vazduh je već vlažan za tebe..."

Kad sam legla te večeri setila sam se Vitojevih reči: „Volim više nego što vi mislite."

Nasmejah se u sebi. To isto bi rekao i Štefi...

Ali, te večeri dugo nisam zaspala. Valjda zato što sam spavala to poslepodne.... Ustadoh iz kreveta i naslonih se na prozor. Mama je spavala. Noć je bila kao u bajci. U daljini se videla lekareva vila... Meni se učini da videh na terasi jednu visoku tamnu siluetu... Sklonih se s prozora i legoh...

Lekareva slušalica otkriva devojačku tajnu

Bilo je oblačno te nedelje i neki hladni vetrić duvao je s planina. Gospođa Protić i gospođa Huber su se dogovorile da idu u crkvu.

Ivanka se spremala na plažu i gledala da li će se razvedriti. Mati je opomenu:

– Ako se ne razvedri, nemoj da ideš. Možeš da nazebeš.

– Ah, da nazebem? Ne brini, mama.

– Bolje da se čuvaš, ovo je planinski kraj.

Gospođa Huber kucnu.

– Evo, evo, gotova sam – uzviknu gospođa Protić, poljubi Ivanku i ode.

Ivanka raspremi sto, tabačiće za pisma sve posloži lepo i nasloni se na prozor gledajući oblake. Mici i još jedna konobarica trčkarale su po bašti. Jedan zrak sunca se probi kroz oblake i kao da ih rascepi. Ivanka se razveseli i priček još malo... Sunce je sve više rasterivalo oblake. Još se gdegde vidi poneki oblačak, kao zmaj. I njegova senka na planini. Ona uvi kostim i žurno ode na reku... Samo je Jerica bila tamo. Štefi i Linči nisu htele da se kupaju, a Edi je otišao to jutro u grad. Bile su vesele, plivale su, preganjale se u penušavim talasima. Voda je bila prilično hladna. Ivanka se stresla kad je ušla. Ali osećaj hladnoće brzo se izgubi. Sad joj se činilo da je voda sasvim topla. Sunce naglo zađe, kao iz kaprica, a iza planine se podigoše oblaci. U planini je priroda ćudljiva. One su se još kupale, nisu ni gledale oblake. Boreći se s oblacima, jedan snop zrakova se opet probi. Bledunjavo sunce je sijalo, a vetar je počeo da duva. Ivanka se najednom strese i oseti jezu.

– Mogle bismo već ići, šta mislite, Jerice?

– Možemo. Izgleda da će kiša.

Uđoše u kabinu, obukoše se. Požuriše. Rastadoše se i Ivanka potrči kući. Ali potrčaše i oblaci; jedan je zapljusnu. Uletela je mokra u sobu. Mati se bila vratila iz crkve. Uzviknu kad je vide:

– Ti si se kupala? Zašto po ovom hladnom danu da se kupaš?

– Ah, mama, voda je bila tako topla, nikad toplija nego danas!

– Dobro, dobro, pitaću te ako si nazebla. Kako topla, kad je meni bilo hladno kad sam se vraćala iz crkve. Nego, obuci sad nešto toplije, pa da siđemo da ručamo.

Za vreme ručka mati pogleda kćer:

– Tako si ubledela!

– Ne brini, mama. Ništa mi neće biti.

Ivanka nije smela da kaže da oseća jezu.

Posle ručka oseti potrebu da legne. Legla je, pokrila se, ali bilo joj je zima. Uvijala je pokrivač oko sebe, ali svejedno je osećala hladnoću. Kiša je počela da pada, i one nisu izlazile do poslepodne. Uveče su sišle na večeru i vratile se brzo. Ivanka oseti groznicu. Više nije krila od mame:

– Mama, mene kao da trese groznica.

– Trese te, dabome, kad se kupaš po ovako hladnom danu. Nego, odmah lezi i popij jedan aspirin.

Ali u toku noći Ivanka oseti još jaču groznicu. Sva se tresla. Čas je osećala toplinu, čas hladnoću. Mati ustade, očajna i ljuta:

– Zašto da se kupaš? Ti ne znaš kako se lako može nazepsti u ovim planinama. – Pipnu joj obraze, bili su vreli. Imala je temperaturu.

Izjutra groznica ne popušta. Mati zovnu konobaricu:

– Mici, molim vas, otrčite do gospodina doktora Planinšeka, recite da je Ivanka sva u groznici i da sam ga molila da dođe.

Konobarica otrča. Mati se ljutila:

– Vidiš, možeš i neko zapaljenje da navučeš. Jaoj, kad ona mene ne sluša!

– Pa zar sam mogla da pomislim da ću da nazebem?

– Sad vidiš da si nazebla. Nego, ja ću tebi jedan čaj da skuvam.

Nađe paklence. Vide da nema šećera.

– Gledaj, šećer nam je nestao, a nemam ni špiritusa. Idem da kupim. Doktor neće još doći. Da požurim, jer vidim otud ide jedan oblak.

Ona se obuče i ode, a Ivanka ostade u postelji. Kajala se što se tako dugo kupala...

Neko tiho kucnu na vrata.

– Slobodno.

Lekar uđe.

– Šta je, gospođice? – upita prilazeći postelji. – Kako vi da se razbolite? To se vi mazite.

Ivanka se smešila:

– Ne znam, ali osećam čas jezu, čas vrućinu...

Lekar privuče stolicu i sede kraj njene postelje.

– Kupali ste se juče. Da, i moja Jerica se kupala. Da me je pitala, ne bih joj dopustio, jer je bilo hladno... Osećate li kakve bolove?

– Ne, samo jezu i vatru. Mama se više uplašila nego što treba. Ode da kupi šećer. I ljuti se što sam išla.

– I treba da se ljuti kad ne slušate.

– Ah, ja sam vrlo poslušna.

– Ne verujem. Umete vi da budete neposlušni. Nećete da ispunite ničiju želju...

Ivanka se nasmeši. Seti se našta to lekar pravi aluziju i smešeći se reče:

– Ne ispunim želju samo kad nešto zaboravim.

– Kad zaboravite?

On se zagleda na trenutak u njene lepe oči i odjednom se uozbilji:

– Treba da vam pregledam pluća.

– Čekajte dok mama dođe. Sad će ona...

On se nasmeši:

– Dobro, dok mama dođe. Onda metnite toplomer. Dajte da vam puls izmerim. – On izvadi sat i pogleda. Posle nekoliko sekundi opet se nasmeši.

– Neće biti ništa opasno.

– Ja sam već mislila...

Lekar je i dalje držao njenu ruku u svojoj. Ona je osećala toplinu njegove meke, muške ruke. Taj dodir ju je strahovito uzbuđivao. Pokuša lagano da izvuče ruku, ali lekar se pravio da to ne opaža. Gledao je kroz prozor. Odjednom upravi pogled na nju... Nekoliko sekundi ju je posmatrao svojim lepim očima. Takav pogled nikad nije osetila. Oči su mu bile beskrajno nežne i tople. Bilo je u toj nežnosti neke tuge, divljenja i zanosa... Ona sva zadrhta, strese se celim telom, ruka joj zatreperi u njegovoj, zubi joj zacvokotaše; naglo istrže ruku. Uplašena sama sebe, toga gesta, i stideći se, prošaputa:

– Tako mi je hladno. Oh, da mi je još neki pokrivač...

Lekar je i dalje gledao onim istim pogledom, a potom tiho prošaputa, naginjući se prema njoj:

– Hoćete li da vas pokrijem još jednim pokrivačem?

– Neka, kad mama dođe.

– Zašto, mogu i ja.

Njoj čisto laknu kad se on diže i njene oči se oslobodiše tog moćnog, opijajućeg pogleda, od kojeg je osećala nesvesticu; krv joj je strujala, kao da je taj njegov pogled spojio električne žice. On priđe s pokrivačem, raširi ga, spusti nežno i lagano po njoj. Naže se. Njegove oči opet susretoše njene. Nekoliko trenutaka ostao je u tom položaju, nagnut nad njom, s rukama kraj njenih ramena, kao da je širio ruke u zagrljaj, da je podigne s jastuka i privuče sebi. Bio je i sâm u zanosu. Njoj su obrazi morali biti kao žar, usnice poluotvorene, oči čisto uplašene. Sva je bila obamrla; nije imala moći da se pokrene... Osetila je kako se njegova glava bliži njenoj, videla je njegove rumene, fine, senzualne usne tako blizu njenih i najednom jedna misao kao oštar čelik sinu: *Oženjen čovek*... To je u sekundi osvesti, ona se trže, naglo podiže pokrivač, pokri usne... Njen gest kao da i njega osvesti. On se naglo ispravi, odmače se jedan korak od postelje, okrenu se, priđe prozoru i ostade okrenut leđima... Ona vide kako on podiže ruku, kao da steže čelo, i onda provuče ruku kroz kosu, kao da hoće da odagna neku misao... Stajao je tako, nepomičan. Posle se okrete, nasloni se na prozor i prekrsti ruke. Njegove oči upraviše se opet na Ivanku i ona oseti u njima beskrajan bol... Uplašena od same sebe, od njega, ona sakri pogled, okrete se zidu i ostade nepomična...

Mati žurno uđe.

– Ah, vi ste već došli, gospodine doktore... Kako da vam zahvalim? Jeste li videli: nazebla, zato što me nije slušala. Zar je jučerašnji dan bio za kupanje?

Lekar je već bio povratio hladnokrvnost. Priđe gospođi Protić, poljubi joj ruku, i odmah je uteši:

– Nemojte se plašiti, nije ništa opasno.

– Molim vas da je pregledate, i pluća da joj pregledate, tako sam se uplašila.

– Nemojte se plašiti.

Priđe postelji, uze toplomer i pogleda.

– Nije visoka temperatura. Podignite se malo, gospođice.

Ivanka se podiže s jastuka, sede, spusti pokrivač i osta u spavaćoj košulji od nežnoplavog batista s belim valensijskim čipkama.

– Treba li da skine košulju? – zapita mati.

Obrazi mlade devojke buknuše, a lekar prošaputa:

– Ne treba.

Ona oseti njegovu toplu ruku, koja joj dodirnu rame, oseti kako joj srce snažno zalupa. Lekar spusti slušalicu na njena pleća. Njeno srce je snažno kucalo; on je morao to čuti... Njegova ruka razmaknu malo njenu košulju. Ispod finog prozračnog batista ukazaše se divne bele grudi – čvrste, kao dve male kupole od sedefa s ružičastom dugmadi... Ocrtavala se preplanula linija kostima na dekolteu, a ispod te linije grudi su sačuvale svoju nežnu belinu... Lekar je slušao i ćutao. Njeno srce bilo se prosto razbesnelo u grudima. Bilo ju je stid tih udaraca, a uzbuđivala ju je njegova lepa, muška glava nad njenim razgolićenim grudima. Neki prijatan, diskretan miris kolonjske vode osećao se s njegove kose i glatko obrijanih obraza, i taj miris joj je udarao u glavu; osećala je kako joj nestaje dah i činilo joj se da će se sad onesvestiti. A srce, to njeno ludo srce, prosto besni u grudima. Ona ga oseća kao da se popelo u grlo pa tu kuca; čuje njegove udarce, a čuje ih i doktor... Ali on je naizgled hladnokrvan. Njegove trepavice su spuštene. Ona gleda njegove duge, guste trepavice, fini profil, kosu tako talasastu, sjajnu i kestenjavu. Sve joj se zamagli pred očima...

Lekar se diže i ona oseti kako joj laknu. Glava joj klonu na jastuk, zatvori oči.

– Na plućima nemate ništa – reče lekar. – Nazeb samo i groznica. Aspirin i čaj joj dajte.

– Dala sam joj sinoć jedan aspirin.

– To ste dobro učinili. Dok se preznoji biće bolje...

– Hvala bogu, samo kad nije nešto na plućima... Tako je to kad ona ne sluša. A ovde sam joj previše pustila...

Ivanka se bila malo povratila od uzbuđenja, pa se smejala:

– Pa ti znaš, mamice, kazala sam ti da ovde neću da budem poslušna i ti si mi to dopustila. Znači, s tvojim odobrenjem sam bila i neposlušna...

Gospođa Protić se okrete lekaru:

– Znate, ona je bila najbolji đak, oslobođena usmenih ispita, a pored redovne škole daje i instrukcije đacima...

Lekar je nežno gledao Ivanku.

Mama priđe postelji. Ivanka uze njenu ruku, prinese je usnama i nasloni uz svoj obraz. Mati, raznežena, pomilova je po kosi, diže joj kovrdže s čela, a ona ugrabi još jednom da poljubi njenu ruku.

Lekar je posmatrao tu nežnu scenu između majke i kćeri. U njegovim lepim očima mogla se naslutiti neobična tuga.

Ivankino srce bilo se umirilo, ali ona se stidela one malopređašnje njegove lude lupnjave u grudima. Nije želela da on, kao oženjen čovek, to rđavo protumači. I dok je njena mati govorila s lekarem, ona veselo pogleda doktora i reče:

– Znate, gospodine doktore, ja sam uvek bila zdrava, pa sam se tako uplašila kad ste me pregledali...

Lekar priđe njenoj postelji:

– Zašto da se plašite? – reče nežno. – Zar su lekari tako strašni?

– Nisu – smešila se ona – ali ja sam se tako uplašila... – Nije smela da ga pogleda, da ne bi opet srela one njegove zanosne oči, a osećala je kako joj obrazi gore dok je govorila.

Najednom neko bez kucanja otvori naglo vrata. Sav usplahiren, Edi upade u sobu, a za njim Štefi.

– Gospođo, šta je gospođici Ivanki? Ja sam se uplašio kad ste mi kazali da se razbolela... – obrati se gospođi Protić.

– Dobro je, dobro – uteši ga gospođa Protić. – Kupala se, pa nazebla. Sreća njena, a moglo je svašta biti.

Edi pritrča postelji, naže se, uze Ivankinu ruku i poljubi je.

– Staramajka me je tako uplašila. Kaže, može i zapaljenje pluća da bude.

Tada tek spazi lekara, koji je stajao kraj prozora i hladno posmatrao tu scenu, skrštenih ruku. Mladić se trže, kao da blesnu ljubomora u njegovom pogledu, ali priđe lekaru i rukova se s njim.

– Kod gospođice Ivanke nije opasno?

– Nije, nemojte se plašiti – odgovori lekar s malo ironije u glasu, koju Edi nije osetio, ali jeste Ivanka.

Stojeći kraj Ivankine postelje, Štefi je strasno posmatrala gospodina Planinšeka. Lagano se odmače od postelje da bi se približila doktoru:

– Ah, kako će danas biti lep dan! Eno, razvedrava se. Hoćete li vi da se kupate?

– Neću – odgovori hladno lekar.

Edi je seo na stolicu pokraj kreveta. Posmatrao je Ivanku zaljubljenim očima i govorio:

– Dva dana sam se zadržao u gradu čekajući jedan paket, a tako mi je bilo dosadno. – Onda se okrete gospođi Protić: – Hoćete li mi, gospođo, dopustiti da jedan mali poklon predam gospođici Ivanki?

– Poklon? – iznenadi se mati. – Treba da znam kakav poklon.

Mladić izvadi iz džepa jednu finu šatulicu, podstavljenu svilom, i iz nje izvadi bočicu mirisa.

– Parfem? – iznenadi se Ivanka.

Lekar se trže, odmače od prozora i pogleda ozbiljno Ivanku.

– Da, parfem. Pisao sam stricu da mi pošalje jedan od najfinijih parfema koji ja volim, da bih mogao vama da ga poklonim. I zbog ovog parfema sam sedeo dva dana u gradu.

– Samo zbog parfema? – nasmeja se gospođa Protić.

– Ali, ja ću biti slobodan i vas, gospođo, da zamolim da primite od mene ovaj losion – reče mladić i iz drugog džepa izvadi veću bočicu sa zelenkastom tečnošću.

– O, zašto ste se trudili? Nije trebalo...

– Molim vas, meni će biti veliko zadovoljstvo da to primite.

On pruži Ivanki bočicu, a losion spusti na sto.

Mlada devojka pomirisa staklence:

– Ah, kako divno miriše! Oseća se čak kroz staklo.

Kao sve mlade devojke, ona se obradova poklonu ali ga je uzela nekako bojažljivo.

– Zahvaljujem vam, gospodine Edi – reče Ivanka gledajući ga milo.

U tom trenutku, dižući pogleda, ona srete lekareve oči. On ju je posmatrao ledenim pogledom.

Štefi ga nešto zapita, a on se okrete njoj, poče da joj odgovara, sa osmehom, kao da je hteo da prkosi ovoj mladoj devojci, koju je toliko oduševila bočica parfema.

Ivanka to oseti, spusti bočicu i ostade nekoliko sekundi zamišljena. Edi ju je posmatrao sav ushićen, verujući da je ta zamišljenost zbog njega. Ivanka je ćutala i slušala smeh lekara i Štefi. U njoj planu gnev na tog oženjenog čoveka koji koketira sa svakom devojkom... Bila je besna zbog uzbuđenja koje je osetila kad ju je lekar pregledao. Da bi se osvetila, i sebi, i lekaru, da bi mu pokazala kako se on vara ako nešto misli, ona se nasmeši Ediju i poče veselo da razgovara i da ga zadirkuje. Urođena, instinktivna koketerija, koja tinja u svakoj ženi, planu u njoj i ona ponovo poče da koketuje sa Edijem:

– Šta, bilo vam dosadno?! Ne verujem. Vi ste nas potpuno zaboravili.

– Vi onda o meni ne mislite lepo kad možete i da pomislite da ću vas zaboraviti.

– Ne kažem ja mene – popravljala se Ivanka – nego celo naše društvo...

– A ja sam mislio samo na vas – uporno nastavi Edi.

On je to izgovorio tiho, ali lekar je mogao da čuje.

Ivanka se glasno nasmeja i taj njen smeh kao da ubode lekara. On se naglo okrete, pođe dva-tri koraka, pogleda je onim istim ledenim očima i njen smeh se sledi u grudima.

Lekar je stajao Ediju više glave, ali on to nije primetio.

Devojčica se povrati i prkosno pogleda lekara. Ali taj njen prkos trajao je samo nekoliko sekundi. Spazivši bol u Vitojevim očima, Ivanka se uozbilji.

Lekar progovori mirno, mada malo podsmešljivo:

– Sad će gospođica Ivanka odmah ozdraviti kad je dobila parfem od gospodina Edija.

– Kad bih to znao, doneo bih dve bočice...

– Dosta je i jedna. Parfem oduševljava mlade devojke.

U njegovim rečima bilo je ironije, ali on je govorio kao da se šali. Pruži ruku Ivanki za pozdrav.

Štefi je tužno gledala lekara. Videlo joj se na licu da joj je žao što on odlazi.

Lekar joj rasejano pruži ruku, oprosti se s gospođom Protić i Edijem, i udalji se. Štefi se nasloni na prozor i ostade tako, gledajući tužno kako lekar odlazi.

Želeo bih da te oči budu samo moje...

Kad je Ivanka sasvim ozdravila, društvo se dogovorilo da napravi izlet do varoši. Vozom se išlo dva sata, a jedan voz je polazio rano izjutra. Iz varoši su mogli krenuti nazad u šest sati poslepodne. Edi je imao da vodi mlade devojke: Jericu, Ivanku, Štefi i Linči. I gospođa Protić je htela da ide, ali staroj Bečliki nije bilo nešto dobro, pa se ona rešila da ostane i pravi joj društvo s majkom male Linči. One su se bile veoma sprijateljile. Gospođa Huber se divila udovici, koja je ostala verna uspomeni svoga muža, i tako lepo vaspitala svoju kćer.

Voz je polazio u pola sedam izjutra i Ivanka je ranije ustala. Ona otvori šifonjer i uze belu haljinu.

– Nemoj belu – reče mati. – U vozu je gar, pa će ti se haljina isprljati. Obuci škotsku suknjicu i crvenu bluzu. I nemoj da ideš bez žaketića.

– Pa onda da obujem crne cipele?

– Crne, dabome. Bele bi ti se isprljale u vozu.

Mlada devojka je bila sva srećna.

– Znaš, mama, Jerica priča da tamo ima jedan divan park, i neko čuveno brdo, a s tog brda je izvanredan pogled na celu okolicu.

Mati se izljubi sa svojom devojčicom. Pošto je bilo rano, nije išla na stanicu da je prati. Celo društvo ode zajedno. Jerica je rano došla u njihov pansion.

– A gde je gospođa Roža? – pitala je Ivanka. – Zašto i ona nije pošla?

– Ne mari Roža da ide, a i boli je glava.

– A gospodin Vitoj, hoće li on s nama? – zapita Štefi.

– Vitoj je još juče otišao. Sačekaće nas u jednom restoranu o ručku. Ja ću vas odvesti u taj restoran.

Štefine oči zablistaše od radosti. Ona živahnu i razdragano uhvati Ivanku podruku. Edi je nekoliko trenutaka išao ćuteći, ali mu se raspoloženje brzo povrati u vozu. Voz je zastajkivao na stanicama, a te male slovenačke stanice ostavljale su vrlo prijatan utisak sa svojim baščicama i korpama cveća, okačenim po peronu. Slovenci i Slovenke, izletnički odeveni, veselo su ulazili u voz. Mlade Slovenke bile su rumene, zdrave i vitke. Imale su razvijene listove nogu, cipele s potkovanim đonom i turističke torbe na leđima. Neke su bile u suknjama, a neke u pantalonama do kolena i u kratkim čarapama.

– Ovde se svet mnogo bavi turizmom – primeti Ivanka.

– Svaki Slovenac je turista – reče Jerica. – Slovenci retko idu u banje. Oni se radije pentraju po planinama. Ispeti se na Triglav ili na Kamniške Alpe, to za njih nije ništa. Poneki svake godine idu do vrha da uberu alpske ružice.

Voz je jurio kroz planinski predeo. Četinari su bili tamnozeleni, kao bedemi kraj pruge... Gotski tornjevi crkvica dizali su se prema plavom nebu, a svaki čas ukazala bi se pokraj puta kapelica, s Madonom u uštirkanim haljinama i buketima veštačkog i prirodnog cveća.

Ivanka se divila lepoti Slovenije i u njenoj duši, prepunoj ljubavi prema lepoti, bujalo je osećanje ponosa. Prvi put je gledala sve lepote Jugoslavije. Njen horizont užeg zavičaja, s palankom i brežuljkastim selima, sad se širio. Pred njom su se ukazivale veličanstvene planine snežnih vrhova, more četinara i planinske reke, čije su obale bile obrasle alpskim zelenilom.

Ona je ćutala i upijala lepotu predela svojim radoznalim lepim očima.

– Što ste se tako zamislili, Ivanka? – zapita je Edi.

– Ah, razmišljam kako je sve ovo neopisivo lepo.

A Edi je u tom trenutku mislio o tome kako je ona neopisivo lepa.

Stanice su prolazile jedna za drugom. Ukaza se i varoš.

Edi pomože devojkama da izađu. Uputiše se širokom ulicom od stanice. Ivanka je sa interesovanjem posmatrala varoš. Bila je sasvim drukčija od njene palanke. Jednospratne i dvospratne zgrade, sa šalonima na prozorima, bile su sive i verovatno stare. Poneka moderna višespratna zgrada, ili koketna vila, unosila je svežinu u stari stil. Videla je tu i onaj isti gotski stil i kuće obrasle divljom lozom. Drvoredi, cveće na balkonima i brda, koja su svud unaokolo opasivala grad, davali su ovoj slovenačkoj varoši izgled letovališta.

Izlozi su bili moderni: s konfekcijom, šeširima, štofovima i svilama. Devojke su zastajkivale i posmatrale. Grupe mladih Slovenaca zagledale su devojke; Ivanku su najviše posmatrali. Njena lepota je bila upadljiva, gledali su je i žene i muškarci.

Ulicama su jurili bicikli. Mlade devojke, u pantalonama, kao vihor su promicale na biciklima.

– Ovde mnogo žena vozi bicikl – začudi se Ivanka.

– Da, to je obična stvar kod nas – reče Jerica.

Zastadoše pred jednim knjižarskim izlogom. Tu je bilo mnogo knjiga i onih lepih stvarčica koje se nose za uspomenu s letovanja kroz Sloveniju. Slike na staklu ili kori drveta, ogromne dopisnice, čitavih pola metra dugačke, mali i veliki albumi...

– Ovde možemo da kupimo nešto za uspomenu. Ja ću da uzmem albume, da ponesem mojima – reče Ivanka.

– Hajde, Linči, i mi da kupimo – predloži Štefi.

Dok su se one dogovarale, Jerica uzviknu:

– Eno Vitoja!

– Gde je? – trže se Štefi.

– Eno ide. Video nas je.

Elegantan i visok, u sivom odelu koje mu je divno pristajalo, i sa šeširom čiji je obod bio spušten na oči, on je išao pravo prema njima, sa osmehom. Edi se sneveseli, okrete se diskretno i pogleda Ivanku. Ona je gledala jednu sliku u izlogu i mladić je bio vrlo zadovoljan što ona ne gleda Vitoja kao Štefi, koja se još izdaleka smešila na njega.

Ivanka se okrete tek kad im lekar priđe i pozdravi se s njima.

Uđoše u knjižaru.

Mlade devojke su gledale albume. Ivanka izabra dva albuma i dve slike Bleda na okrugloj kori drveta. U jednom ramu bila je slika koja je predstavljala Bohinj. To je bila kopija neke umetničke slike u masnim bojama. I voda je tako lepo predstavljena – sva prozračna, sa senkom patine. Ivanka se divila slici i posmatrala je.

– Dajte mi da vidim – zamoli prodavca.

On joj pruži, ona se zagleda, zatim izmače sliku ispred očiju i ostade zadivljena.

– Koliko košta?

– Sto dvadeset dinara.

Lekar je stajao iza Ivanke i posmatrao tu sliku.

– Hoćete li da je uzmete? – zapita knjižar.

– Ne. Samo sam htela da vidim.

Lekar spazi kako se njene lepe oči još jednom zaustaviše na slici.

On se, onako visok, naže malo k njoj i prošaputa:

– Hoćete li mi dopustiti da vam kupim ovu sliku za uspomenu?

Mlada devojka se trže:

– Ah, ne, neću. To je skupo, sto dvadeset dinara. Ne, ne mogu zaista da primim.

– Jel' to samo zato što sam vam je ja ponudio, a od drugog biste primili? – prošaputa on prekorno.

– Kako možete tako nešto da pomislite? – šapnu Ivanka.

– Molim vas, uvijte tu sliku! – reče lekar knjižaru. – Neću da vas slušam – šaputao je Ivanki.

Mlada devojka je stajala sva zbunjena. Da bi otklonio sumnju, Vitoj kupi i Štefi i Linči po jedan veći album, koji su one bile izabrale.

Izađoše iz knjižare. Bilo je već vreme ručku. Pođoše u jedan veliki elegantan restoran, koji je imao i baštu. Lekar je išao između Štefi i Ivanke, a Jerica i Linči s Edijem. Na jednom uglu su razgovarala tri mlada oficira. Oni prekidoše razgovor, videći grupu lepih devojaka. Ali sva trojica, kao opčinjeni, raširiše oči kad ugledaše Ivanku. Ne obazirući se na to što s njom ide jedan muškarac, i tako lep, oni su je gledali netremice. Očito je bilo da ih je njena lepota prosto zadivila. Naročito crnomanjasti poručnik, sjajnih crnih očiju i malih brčića, nije mogao da odvoji oči od Ivanke. Lekar ga pogleda hladno, zatim baci pogled na Ivanku. Ali ona je išla gledajući preda se i ne osvrćući se na oficire.

Koketna i vragolasta Štefi ipak im je dobacila jedan pogled.

Kad prođoše, Ivanka ču kako jedan od njih reče, sasvim čisto srpski:

– Videste li? Ovo je pravo božanstvo!

Lekar ne reče ništa, samo pogleda Ivanku. Ona je mirno išla, kao da to nije čula. Štefi nije mogla da otrpi da se ne okrene, kao bajagi da vidi izlog, ali iskosa je pogledala oficire. Lekar, psiholog i iskusan čovek, nasmeši se na tu njenu koketeriju.

Bilo je vrlo toplo.

Edi zastade i okrete se lekaru:

– Hoćemo li posle da idemo na brdo, da vidimo okolinu?

– Možemo, samo ako ne bude kiše. Ali meni izgleda da će kiša.

– Šta mari kiša – reče Jerica. – Zar smo malo puta po pljusku išli u šumu?

– Jesmo, ali smo bili izletnički odeveni.

Za stolom, lekar i Jerica čitali su i objašnjavali jelovnik. Bili su svi veseli. Ivanka se trudila da bude podjednako ljubazna i prema Vitoju i prema Ediju, razgovarajući i s jednim i s drugim. Kad su bili u polovini ručka, uđoše ona tri oficira i sedoše za jedan sto preko puta njih. Crnomanjasti poručnik sav se zanese posmatrajući Ivanku. Devojčica se držala vrlo gordo i ravnodušno, što je Edija veselilo i sa ushićenjem je posmatrao Ivanku, dok je lekar umeo da zadrži svoje gordo držanje i da ne pokaže ništa. Štefi je sedela okrenuta oficirima. Vrpoljila se na stolici. Čak su i Linči i Jerica krišom bacale poneki pogled na oficire.

– U koliko ćemo sati poći, gospodine doktore? – upita Edi.

– Još malo. Treba nam sat i više da se popnemo, a već kad se spuštamo ide brže. Možemo poći u tri, tako da se vratimo najdalje do pola šest da uhvatimo voz... Ali, zapara je, može biti kiše...

– Zar se vi plašite kiše? – upita ga veselo Ivanka.

– Ne plašim se ja zbog sebe, nego zbog vas gospođice. Koliko puta je mene uhvatila oluja i mećava u šumi.

– To mora biti divno! – uzviknu Ivanka.

– Nije baš tako divno kad gromovi pucaju i cepaju stabla.

Linči razgorači oči:

– To mora da je strašno!

– Ali ti, Linči, uvek nosiš suncobran – dirao ju je Edi – pa ćeš se zakloniti, a mi ćemo se svi sakriti pod tvoj suncobran.

– Šta ti, Edi, mene diraš za suncobran! – branila se detinjasto.

Uz kolače mlade devojke postadoše veselije.

Konobar priđe da naplati. Lekar ga pozva. On je računao sve što su imali.

– Gospodine Planinšek, ostavite, ja ću da platim – reče Edi.

– Ne, vi ste danas svi moji gosti.

Ivanka je isto tako protestovala i vadila svoj mali novčanik, ali lekar je nežno uhvati za ruku, da bi je sprečio.

Poznavajući svog brata kavaljera, Jerica se smejala na taj Ivankin gest. Ova je bila sva rumena i zbunjena. Navikla od detinjstva da s majkom udovicom skromno živi, Ivanka nije navikla na kavaljerstvo muškaraca, jer nigde nije ni izlazila.

Oficiri su posmatrali celo društvo. Čuli su da se tu govori nemački i slovenački, pa čak i srpski, i nisu mogli da povežu ko je kome rod. Edi je ljubomorno posmatrao onog s crnim brčićima i sjajnim očima i vrebao svaki Ivankin pogled.

– Sad možemo ići – reče lekar. Štefi uluči priliku da pogleda onog plavog i onog crnomanjastog, koji nije skidao pogled sa Ivanke, dok je ona odlazila – vitka, visoka i graciozna hoda.

Napolju je sunce širilo neki bledunjavi sjaj, kao kad je pomračenje, ili ga zakloni oblak. Nekoliko beličastih oblaka, kao snežne stene, valjali su se po nebu...

Lekar pogleda u nebo:

– Ako počne kiša, ja neću biti kriv.

– Mi ćemo biti krivi – uzviknu Ivanka. – Šteta bi bila da ne vidimo okolinu. Jelte, Edi?

– Ja sam za to da idemo.

– Onda ćemo ići...

Prođoše kroz park i uputiše se jednom velikom alejom platana. U dubini su se videle cvetne rondele geometrijskih oblika. Vetrić pirnu i donese svežinu. Aleja je bila vrlo duga; na završetku se penjala uzbrdo. Staza je bila široka, od belog sitno istucanog šljunka. Zatim su išli kroz šumu četinara. Drveće je bilo visoko i tanko s krunom na samom vrhu. Od povetarca, igličasto lišće četinara padalo je s grane; čuo se tihi šum... Jedan beli oblak nadvi se nad šumom i senke se ublažiše. Dunu jači vetar. Oni nisu na to obraćali pažnju. Išli su u grupi i veselo razgovarali. Ivanka je zastajkivala, posmatrajući lepotu četinara. Što su se više peli, kroz granje su se jasnije pomaljale plavkasto-bele planine, koje su se dizale jedna za drugom kao talasavi lanci, sve bleđi i plavičastiji u daljini, a sve zeleniji što su bliže...

Oblaci postadoše gušći. U šumi zaigraše tamnije senke.

– Kažem ja vama, biće kiše. Ne samo kiše već i olujine! – reče lekar.

Kroz malo razeđena stabla ukaza se vidik. Najednom svi ugledaše jedan tamni oblak, koji je stajao pred njima kao neko utvrđenje...

Štefi se čisto pribi uz lekara, kao da hoće da kaže: „Kad ste vi tu, među nama, tako visok i snažan, mene nije strah.“

– Treba da požurimo do paviljona, da nas ne uhvati pljusak.

Ovde se staza od šljunka pretvarala u običnu brdsku stazu. Išli su jedno za drugim.

Vetar dunu jače. Onaj crni, strašni oblak, sve više se približavao. Svi ga pogledaše. Bio je osenčen mutnom, žućkastom bojom i preteći se približavao. Čulo se kao neko hučanje...

– Sad ćete imati prilike da vidite olujinu u šumi.

Lekar samo što to izgovori, a vetar nalete s fijukom, cikom i urlikom. Zanjihaše se stabla, počeše da se uvijaju, desno i levo, grančice su pucale i padale, i neka igličasta kiša zamagli celu šumu. U daljini zagrme i ciklon kao da se razbesni.

– Brže, brže! – viknu lekar. – Nismo daleko od paviljona.

Devojčice su žurile napred, Linči spade cipela s noge. Edi je brzo dohvati. Suknjice su se uvijale oko njihovih nogu, kosa je letela. U šumi sve potamne. Ciklon je fijukao i urlao... Jedno stablo se savi i iščupa, ogromne grane su se kršile, a iz daljine je dolazila potmula grmljavina kao kanonada topova...

Oni su se brzo peli, teško dišući.

– Eno paviljona, ne bojte se! Samo kad smo od kiše pobegli...

Utrčaše u paviljon. Odatle je bio veličanstven pogled. Ali oblak, kao neki gvozdeni teški poklopac, prekri naglo celu prirodu. U šumi se smrači. Sve je bilo u kovitlacu, uskomešano, sve se kršilo i lomilo. Kao da se vodila bitka u šumi: neko ječanje, stenjanje, pucanje, besomučni urlik vetra, koji sa svih strana šibaše stabla.

Stojeći u paviljonu, devojčice su posmatrale tu strašnu stihiju.

Ogromne kapi kiše počeše da udaraju u krov paviljona. Munja blesnu brzim, kratkim sjajem, kao da prelete neka usijana žica, i odmah se začu prasak groma. Devojčice prebledeše i sabiše se jedna uz drugu. Štefi je stajala kod lekara, Jerica do nje, a Linči između Ivanke i Jerice. Munja opet sinu. One zadrhtaše. Kiša poče jače, vetar ošinu i najednom – kao da se izruči oblak... Šibani vetrom, mlazevi kiše su udarali u paviljon sa svih strana. Oni se skloniše u jedan kraj, gde ih je najmanje dohvatila kiša. Na otvoru paviljona videla se samo zavesa od vode, kao da je neko sipao vodu iz kotla. Kapi se nisu videle, sve se slilo u reku koja se izlivala s neba...

Kiša najzad ujednači, vetar se stiša, gromovi prestadoše, tek poneki se javi, samo tutnji...

– Predosećao sam ovu olujinu – reče lekar.

– I ovo je divno videti – nasmeši se Ivanka.

– Nije vas strah? – prošaputa Edi.

– Nije – odgovori mu ona sa osmehom i pogleda ga nežno. – Vi ste tu kavaljer da nas štitite.

Nekoliko trenutaka su razgovarali smešeći se. Ona oseti kako se lekar odmače od Štefi i priđe malo bliže izlazu. Gledao je nebo, zatim se okrete i reče:

– Neće se skoro izvedriti, nebo se tako ujednačilo.

Pritom pogleda Ivanku brzim hladnim pogledom, kao da hoće da joj kaže: „Vidim kako koketujete.“

– Da li ćemo, gospodine Planinšek, stići da uhvatimo voz? – zapita Edi.

– Od voza nema ništa! Nećemo stići.

Ivanka ga uplašeno pogleda:

– Pa šta ćemo onda da radimo?

– Moramo prenoćiti u hotelu.

– Ah, moja mama! – uzviknu Ivanka. – Ona će se prestraviti...

– Ona će znati da smo noćili ovde – reče Jerica.

– To je divno što ćemo prenoćiti ovde. Bar da se malo provedemo u gradu – veselio se Edi.

Ali Ivanka se nije mogla pomiriti s tim. Ona je videla uplašeno mamino lice i zamišljala kakvu će ona noć provesti... Sva radost ovog izleta kao da iščeze pri pomisli na mamu. Ćutala je sva sumorna. Najednom se okrete Vitoju:

– Jelte, gospodine doktore, a može li da se telefonira odavde?

– Može, ako samo nije prekinuta veza, jer je ovo bio pravi ciklon... Ako može, ja ću telefonirati.

– Ali mama mora moj glas da čuje. Znam ja nju kako se boji. Svašta će misliti.

– Dobro, onda ćete vi ići sa mnom da telefonirate.

Ivanka se umiri.

– Vedri se! – uzviknu Edi.

Kiša je posustajala. Sad je tiho rominjala. Ono čudo od crnih oblaka valjalo se u daljini, a na drugoj strani ukazivalo se divno plavetnilo neba iznad beličastih planina.

Izađoše iz paviljona, panorama je bila neobično lepa. Četinari kao da su bili tamniji, a sve tako čisto i svetlo. Ali u šumi je bio čitav krš i haos. Ivanka je oduševljeno gledala prirodu, htela je da upije ovu sliku zauvek. Ali u očima joj je bila tuga. Edi je pogleda:

– Tužni ste nešto?

– Ja se uvek rastužim kad posmatram prirodu.

– Zar vam priroda stvara bol? – pitao je tiho lekar.

Ona ga pogleda i odgovori:

– Zato što putujem za nedelju dana, a Slovenija je tako lepa. Ove lepote nikada neću zaboraviti.

– Za nedelju dana – trže se Edi. – Kako je to brzo prošlo.

– Za nedelju dana putujete – reče lekar mirnim glasom, u kome se nije naslućivalo nikakvo uzbuđenje.

– Još samo jedna nedelja – prošaputa Ivanka, a njene lepe oči ostadoše tužne.

Kiša je bila prestala. Plavo nebo je osvajalo. Pođoše nizbrdo. Sad su imali da se bore s granama i izvaljenim stablima.

U daljini se začu pisak voza.

– Voz! – uzviknuše devojčice.

– Kazao sam da ćemo izgubiti voz. Uzećemo sobe u hotelu gde smo ručali. To je vrlo dobar hotel, u njemu sam noćivao – reče Vitoj.

Štefi je bila vesela. Mislila je da će opet večerati u restoranu i sigurno ponovo videti one oficire. Ona je bila koketna bečka devojka, kojoj se dopadao lekar, ali kad ima drugih mladića, onda su joj se i oni dopadali. Njena ženska koketarija bila je sastavni deo njenog bića.

Kad su stigli u hotel, lekar odmah ode da nađe sobe za Edija i mlade devojke, jer on je već imao sobu u tom hotelu. Za mlade devojke dobio je jednu sobu.

– Ima dva kreveta i jedan otoman – reče im Vitoj.

– Oh, divno, da spavamo zajedno! – veselile su se devojke.

– Mi sad možemo ići da se javite mami telefonom – zovnu lekar Ivanku.

Ivanka se uputi za lekarom. Nosila je žaketić preko ruke.

– Obucite žaketić, hladno je – reče on, uze žaketić i pridrža joj ga.

– Koliko još vi ostajete na selu? – upita Ivanka na ulici.

– Ja mislim još petnaest dana. Roža će ostati malo duže s Jericom.

– Imate mnogo pacijenata?

– Prilično. I u bolnici me čekaju bolesnici. Ja sam lekar internog odeljenja.

– Ja sam jedno vreme maštala o tome da studiram medicinu, ali sam posle uvidela da nemam nerve za to.

– To je najvažnije, imati nerve. Kao medicinar imao sam prilike da vidim kako se mlade studentkinje onesveste na vežbama i napuštaju medicinu. Mlade žene mogu biti dobri lekari...

– Čudi me da niste surevnjivi.

– Zašto bih bio? Ja cenim rad svake žene, samo nikad ne bih želeo da moja žena bude zaposlena.

– Ipak mora i žena da radi. Vidite slučaj moje mame. Udala se tako srećno i jednog dana ostala bez ičega. Zato i hoću da završim školu.

Vetar dunu, zatrese i kišne kapi s lišća ih zasuše. Vitoj pruži ruku, kao da hoće da je zaštiti od te kiše. Ona se izmače i pođe brže. Sijalice su osvetljavale asfalt. Mestimice je bilo suvo, a negde još mokro. Lišće i grančice ležali su po trotoaru; osećao se miris šume, kao pod kakvim venjakom.

Voz pisnu, a Ivanka uzdahnu:

– Ah, da li je onaj naš voz stigao?

– Stigao je pre dvadeset minuta.

– Jaoj, mama će biti očajna kad vidi da nas nema.

Ona požuri.

– Kako vi volite mamu! – reče Vitoj. – Da li ćete voleti tako muža?

– Ako mi bude prijatelj kao što mi je mama, sigurno ću ga voleti.

– Vama svako mora da bude prijatelj. Svaki će vas voleti – govorio je onim tihim glasom, koji je uzbuđivao Ivanku. Ovoga puta ona je umela da vlada sobom i da sačuva hladnokrvnost.

– Samo jedno opažam: vaš muž će biti ljubomoran. Vi suviše privlačite pažnju...

– Ja to ne opažam – reče ona hladno.

– Vi ne opažate, a drugi opažaju i postaju ljubomorni...

Ona je žurno išla ne odgovarajući na te njegove reči. Da bi skrenula tok razgovora, opet se vrati mami:

– Mama je kazala da će nas sačekati i mogu da zamislim njeno lice... Molim vas, je li blizu ta telefonska centrala?

– Još jedna ulica.

Ućutao je, a posle prošaputao:

– Ja sam ljubomoran na vašu mamu...

– Vi ljubomorni? – nasmeja se Ivanka. – Ne mogu da verujem da vi uopšte možete biti ljubomorni.

– Zašto mislite da ne mogu biti ljubomoran?

– Pa... muškarac kome se mnoge devojke i žene dopadaju ne može biti ljubomoran.

– Kome se mnoge devojke dopadaju? – ponovi lekar. – Zaboga, ne mnoge... Samo jedna.

Ivanka se nasmeši i ubrza. Vitoj je išao lakše, a ona odmače ispred njega. Videći da je zastao, uspori i ona hod.

– Voleo bih da mi kažete koje su te devojke.

Ona je videla da će se uplesti u konverzaciju, pa hladno odgovori:

– Šta imam da vam kazujem. To je vaša lična stvar.

– Ne, ja hoću da mi kažete, jer vidim da ste vi u meni pronašli čoveka koga ja ne poznajem. Jesu li to samo vaše pretpostavke o meni, ili ste se uverili?

– Možda sam se uverila.

On živo prihvati:

– Gde ste se uverili? Hajde, recite mi.

– Vi sami znate, šta imam ja da vam govorim.

– Ja apsolutno ne znam, zato baš želim da mi kažete.

Ona je već počela da se kaje što je taj razgovor uopšte počinjala. Budući neiskusna, u prvi mah je mislila da ume da vlada sobom i da može malo da bude ironična prema Vitoju. Sad je osetila da njenu ironiju on može drugačije da protumači.

Lekar je navaljivao:

– Hajde, recite šta ste se uverili?

Ona podiže gordo glavu i hladno ga pogleda:

– Uverila sam se onda u šumi. Sećate se, kad sam ja slikala, a vi zastali?

– Sećam se toga, ali drugog ničega se ne sećam.

– Ne smete da se setite – nasmeši se ona.

On progovori prigušeno, hvatajući je za mišicu, kao da hoće da je zadrži:

– Zašto da ne smem? Naprotiv, ja se toga uvek rado sećam. Sećam se samo vas, vaših rumenih obraza, vaših očiju, tih očiju koje me zaluđuju.

Ona se trže od njega, trudeći se da bude hladna, i odgovori mu gordo:

– Uverila sam se da ste onda očekivali Štefi na sastanak.

– Štefi? – trže se lekar iznenađeno.

– Jeste, nju... Kad sam sišla s brda videla sam je kako žuri sva usplahirena. A to jutro ona se vraćala na kupanje zbog tašne, i vi ste s njom dogovorili da se sastanete. Zašto glumite?

Lekar žustro odgovori:

– Gospođice, ja vam dajem časnu reč da nisam imao nikakav sastanak, najmanje sa Štefi, niti sam ja ikad po šumi imao s kim sastanak.

Ivanka je ćutala.

– Još mi ne verujete?

– Ne verujem. Štefi vam isuviše daje dokaza svojih simpatija.

Lekar se nasmeši raspoložen, ne zbog Štefi, nego zbog Ivankinih reči.

– Štefi je koketna bečka devojka i ja na to i ne obraćam pažnju. To nije tip devojke koja se meni sviđa, a ja nisam od onih muškaraca koje uzbuđuje svaki umiljati pogled.

Kako je ona išla pored njega ćuteći, on progovori tonom ljubomore:

– Vi mi prebacujete samo zato što ste je sreli... A vi ste meni dali dokaza da verujem da ste tada imali sastanak sa Edijem.

Prilazeći joj bliže, nastavio je tiho:

– Jeste li imali sastanak sa Edijem? Ja sam bio strašno ljubomoran, zamišljao sam da idete sami kroz šumu.

Ona se trže, uvređena:

– I da sam išla sama, ja umem da se ponašam. Ediju nisam zakazala sastanak...

– Čime ćete me uveriti?

– Ja se zaklinjem. Vi znate koliko mamu volim. Eto, ja vam se kunem: mame mi moje, nisam imala sastanak s Edijem!

Ta njena naivna, detinjasta kletva i te lepe oči, koje su ga gledale tako iskreno i toplo, razveseliše lekara i on se glasno nasmeja:

– Mame mi! Vidite, vi možete da se zakunete u mamu, ali pošto ja nemam majku, vi meni treba da verujete na moju časnu reč. Hoćete li da mi verujete?

Ona poćuta, a zatim prošaputa:

– Dobro... verovaću vam.

– Dakle, sad smo načisto. Niti sam ja Štefi zakazao sastanak, niti vi Ediju.

Išli su ćuteći. Ivanka potom začu tih i uzbuđen Vitojev glas, od kog joj opet zalupa srce:

– Recite mi iskreno, da li bi vam bilo krivo da sam ja Štefi zakazao sastanak?

Njegove reči kao da probudiše nešto u njenoj podsvesti. Ona se naljuti na samu sebe što je bila tako detinjasta da uopšte pominje Štefi, jer je sad osetila da on misli kako je ona ljubomorna. Savlađujući uzbuđenje, mirnim glasom, u kome se osećalo samo malo ironije, ona mu odgovori:

– Šta ima meni da bude krivo ako biste vi nekome zakazali sastanak? Vi ste oženjen čovek. Meni bi bilo žao samo zbog gospođe Rože, koja to ne zaslužuje.

Te njene mirne i ironične reči ućutkaše lekara. Posle izvesne pauze on prošaputa s tugom u glasu:

– Za vas sam ja, dakle, samo oženjen čovek, koji nema nikakve vrednosti?

– Vašu vrednost inteligentnog čoveka i dobrog lekara ne može da potisne to što ste oženjeni.

– Ali, kao muškarac, ja nemam vrednosti, ne smem da imam ni oči, da vidim nešto lepo, ne smem da dopustim svojim osećanjima na volju. Jednom reči, treba da budem, bez čula...

– Vaša čula treba da pripadaju vašoj ženi.

Uzdrhtala glasa, uzbuđen i gorak, on izgovori:

– A sva moja čula u ovom trenutku samo vide, čuju i osećaju vas.

Ona požuri i odmače se od njega, kao da se boji. On je išao za njom isto tako brzo, ne govoreći ništa. Pred jednom zgradom naglo zastade.

– Evo telefonske centrale.

Uđoše. Vezu su brzo dobili. Pozvaše Ivankinu mamu.

Posle četvrt sata ona se javi.

– Mamice, to si ti? Uplašila si se. Oh, ja sam to znala, zato sam te i pozvala. Molim te, nemoj da se uzbuđuješ. Mi smo dobro. Preživeli smo olujinu na brdu. Ali to je, mama, bilo veličanstveno! Reci i gospođi Huber da ništa ne brine. Prenoćićemo u hotelu, sutra dolazimo. Doneću ti kolača, tako su izvrsni. A sad da te poljubim...

Vitoj je stajao kraj telefona i slušao kako Ivanka razgovara. U njegovim očima osećala se ljubomora i bol.

On uze slušalicu i zamoli telefonistkinju da izvesti njegovu suprugu da će prenoćiti u gradu.

Izađoše opet na ulicu.

– Hoćete li da prođemo kroz park? – predloži lekar. – Nije daleko. Da vam pokažem bazen s lokvanjem.

Ivanka je bila neodlučna:

– Zadržaćemo se mnogo. Oni će misliti gde smo.

– Ništa lakše: reći ćemo da je bila prekinuta telefonska veza, pa smo morali pričekati.

– Ah, to znači da lažemo. Ja nisam naučila...

– U ovom slučaju dopustite meni da slažem.

– Zar se vi služite takvim stvarima?

– Samo kad ste vi u pitanju. Inače, kad je u pitanju Štefi, ne lažem.

Ona podiže gordo glavu, kao da hoće da mu da na znanje da njoj nije stalo da li on laže ili ne zbog Štefi.

– Je li daleko park?

– Ne, sasvim je blizu.

Ona je stajala u nedoumici.

Lekar se naljuti:

– Žurite u hotel. Zbog Edija? Onda hajdemo. – Pođe dva-tri koraka.

Ona je stajala na istom mestu.

On zastade i okrete se... Ivanka prošaputa:

– Dobro, ići ćemo, samo zato što neću da mislite da žurim zbog Edija.

Vitoj joj priđe i ne govoreći ništa pogleda je značajno svojim toplim sjajnim očima.

Ona oseti uzbuđenje od tih njegovih očiju i ubrza korak, kao da hoće da pobegne.

– Nemojte toliko da žurite. Dopustite mi da uživam ove trenutke pokraj vas koliko je moguće duže. Istina, vi u meni gledate oženjenog čoveka i osećate to kao ogroman bezdan između nas.

Ona se opet povrati od uzbuđenja i savlađujući se nežno se nasmeši.

– Da li često govorite devojkama takve reči?

Nimalo uvređen, on prošaputa:

– Ne... Samo vama ovo govorim. Otkako sam vas upoznao osećam da nisam više isti.

Ona nije odgovarala, nije izgovorila nijednu ironičnu reč. Osećala je da su te njegove reči iskrene i bojala ih se.

On tiho nastavi:

– Kako sam želeo jedan ovakav trenutak – da budem nasamo s vama! Verujte, zato sam još juče došao u grad nadajući se da će mi se takva prilika ukazati. A vi niste na to nikad pomišljali?

– Nisam.

– Da, vi ste idealna devojčica, i vas čudi šta ja sada buncam. Oženjen čovek! Ja nisam smeo sebi davati nikakve nade i zbog toga sam strahovito patio.

– Kakve nade biste vi i mogli sebi davati? – šapnu ona.

– Kao oženjen, jelte? To ste hteli da kažete?

– Pa... to se razume...

– Vi ne znate da i u životu oženjenih ima trenutaka kada zaborave dužnost, obaveze, kad su u stanju da raskinu i ništa ih ne može zadržati. Ivanka, slušajte me... Vi ste stvoreni za mene, ja to osećam.

Uplašena tim njegovim rečima, sva uzbuđena, ona je govorila čisto molećivo:

– Ne govorite mi to, molim vas. Ja nikad ne bih dopustila da budem takva žena. Meni je žao što tako govorite, žao mi je zbog gospođe Rože. Ja je tako volim...

– I ja je poštujem, ali ne mogu, morao sam ovo da vam kažem. Ja sam osetio da se nešto dogodilo u meni onog trenutka kad sam vas prvi put video u postelji, ono jutro posle vaše katastrofe sa autom. Ležali ste s rasutom kosom po jastuku, zatvorenih očiju, i ta slika je bila tako divna da sam bio opčinjen. Uvek sam dosad bio priseban, umeo sam da vladam sobom. Nisam tražio avanture u životu, nisam ih ni imao. Oženio sam se mlad, posvetio sam se radu. Sad osećam da ne umem ni da mislim ni da radim, iako izgledam uvek miran i hladan. Osećam kako mi tu, u grudima, nešto ključa i sve okove bih bio u stanju da raskinem zbog vas.

Te reči, koje su izlazile iz njegovih grudi kao bujica, Ivanku su zaprepastile. Ona se tome nije nadala, nije ni slutila, niti se usuđivala da ikad tako nešto pomisli. Jedva je prošaputala:

– Ja mislim da jedan karakteran oženjen čovek ne sme na tako što ni da misli.

– Karakter i ljubav nemaju uvek veze. Najkarakterniji ljudi mogu da prave najveće gluposti kad su zaljubljeni. Ljubav je najmoćnije osećanje ljudske prirode, jače i od samog razuma. Zar me vi osuđujete što sam se usudio da vas zavolim?

Ona zadrhta celim telom, ali prikupi svu snagu da se savlada. Gledajući preda se i žurno koračajući, ona odgovori:

– Ja mogu samo sebe za nešto da osuđujem, vas ne, ali ja ću se čuvati da ne učinim ništa što bi izazvalo moju ličnu osudu.

– Drugim rečima, vi ćete se truditi da ostanete tako ravnodušni prema meni kao sada. Kako ste vi jaka devojčica! Neverovatno vladate sobom. Da li je to sve iskreno?

– Zašto da nije iskreno? – šaputala je. – Ja se ne pretvaram. Onakva sam, kakva sam u stvari, i ne krijem šta osećam.

Osećala je kako joj obrazi gore pri tim rečima. Bili su ispod jedne sijalice. Vitoj zastade i uhvati je za ruku:

– Pogledajte me!

– Zašto?

– Hoću da vidim vaše oči, da vidim rumenilo na vašim obrazima. Ona se trže i pođe bržim korakom.

– Gde je taj bazen s lokvanjem?

– Blizu je.

Ćutao je i sumorno gledao preda se. Stigoše do bazena.

– Oh, kako su divni cvetovi! Lokvanj? To je lotos?

– Da, lotos.

– Čitala sam nešto, jedan roman. Ah, sećam se, od Pjera Lotija... *Lotosov cvet*... Jedna mala crnkinja voli belog čoveka...

– Ne, nego jedna mala crnka neće da voli belog čoveka...

Gledao ju je, stojeći pokraj nje. Ona je osećala njegov pogled na sebi i svome licu. Osećala je kako malaksava, noge joj klecaju, pogled rasejano prelazi preko bazena.

On je šaputao:

– Kako ste lepi. Ja ne smem da zamislim taj dan da vi odete i da vas više ne vidim.

Pri tim rečima on stisnu rukom čelo i ostade tako nekoliko sekundi. Okrete joj se opet naglo:

– Vi me nećete zaboraviti? Recite mi samo to, Ivanka. Meni je potrebno da znam da ćete me se makar malo sećati.

Malaksalim glasom, ali kao kroz smeh – da bi se povratila od uzbuđenja – govorila mu je:

– Kako možete pomisliti da ću vas zaboraviti? Vi ste od prvog dana bili tako pažljivi, lečili ste me...

– Samo zato što sam vas lečio? – šaputao je on. – Voleo bih sada da metnem slušalicu na to vaše malo srce i da slušam njegove otkucaje. Kako je onda kucalo vaše srce! Ali i moje je bilo isto tako uzburkano.

Ona se odmače jedan korak od njega, kao da hoće da zaobiđe bazen.

– Bežite? Vi me se plašite! Zar mislite da sam nasrtljivac?

– Ne, nego sam htela da vidim onu fontanu s druge strane.

On joj priđe:

– Još nedelju dana. Onda napuštate Sloveniju. A ja ću ostati beskrajno usamljen, misliću na jednu lepu devojčicu koja je došla da mi rani srce. Da, vas sam izlečio, ali ja sam se razboleo. A vi nećete da mi date leka, nećete da mi odgovorite samo na jedno pitanje: hoćete li misliti malo na mene?

Ona je ćutala, a on je nastavljao tihim, strasnim glasom:

– Ivanka, recite mi iskreno: da li biste me mogli voleti?

Ona je i dalje ćutala. Srce joj je jako lupalo. Osećala je kao neku maglu pred očima.

– Recite, da li biste me voleli, kad bih jednog dana bio slobodan?

Ona zadrhta celim telom i u nekom čudnom nervnom grču uzvikne:

– Ne, ne...

Pojuri, jecajući. Bežala je kao da je on goni. Bežala je od neke lude misli, želje, bežala je kao da neka neman juri za njom. Trčala je kroz aleju, naslonila se na jedno stablo i zajecala.

On je jurio za njom, sav uzrujan, govoreći:

– Nemojte da plačete! Jesam li vas ja to ožalostio? Nemojte samo da plačete, teško mi je.

Ali osećao je beskrajnu radost zbog njenih suza. Pogađao je šta se događa u njenom srcu, naslućivao je borbu njenih osećanja i volje. Sav je drhtao i prigušenim glasom šaputao:

– Mala moja, umirite se!

Njena ramena su se tresla od jecaja. On pruži ruke, uhvati je za ramena da je odvoji od stabla, da je pritisne na grudi, da joj poljupcima utre suze. Ona oseti njegove tople ruke na svojim ramenima, otrže se opet i pojuri. On je stiže.

– Umirite se! Nemojte da trčite! Hajde, molim vas, nemojte da plačete.

Ona uspori korak i pođe lagano. Jecaji su je još gušili i grudi su joj se nadimale od plača.

Jedan par se ukaza na dnu aleje.

– Hajdemo ovom drugom stazom da se umirite.

Išli su sada jedno pored drugoga, lagano, ne govoreći ništa. On je bio veoma uzbuđen, osećao je kako sav treperi i s mukom se savlađivao da je ne zgrabi u naručje i strasno pritisne na grudi. Njene suze su ga uzbuđivale. Čudna je ta devojčica – dete i čulna žena u isti mah. Voleo je njeno detinjasto maženje pokraj mame, voleo je u njoj njenu borbu, ozbiljnost i ravnodušnost, ispod koje je osećao drhtanje svakog nerva. Pogleda je u zanosu, strasno. Išla je pokraj njega, s tim kovrdžicama niz obraze i belim prstićima brisala suze. On izvadi svoju džepnu maramicu:

– Evo, obrišite oči.

Ona je uze, obrisa oči i vrati mu.

Nije govorila ništa.

Najednom se začu neka trka i zveket lanca. Nešto projuri pokraj nje.

Ona uzviknu i instinktivno polete Vitoju da je zaštiti. On je dočeka u naručje svu uzdrhtalu i uplašenu.

– Vučjak, nemojte da se plašite! Pustili su ga da se istrči.

Ona mu se naglo izvi iz naručja, sva postiđena.

– Tako sam se uplašila.

– Zašto da se plašite kada ste pokraj mene?

Izađoše opet na glavnu aleju. Bilo je sveže, mirisalo je pokidano lišće.

Jedan par prođe, pripijen i zagrljen. Lekar ih pogleda. Laki uzdah otrže mu se iz grudi.

– Da li se poznaje da sam plakala?

– Dajte da vidim.

Ona upravi na njega svoje lepe krupne oči. Nekoliko trenutaka su se gledali. On nije ništa govorio.

– Imate bagremov list u kosi. – Pruži ruku i s njenih svilenih kovrdža skide listić.

– Ne kažete poznaje li se da sam plakala?

On se opet zagleda u njene oči i prošaputa:

– Želeo bih da te divne oči budu moje, samo moje, za ceo život.

Ona okrete glavu i pođe.

– Ne poznaje se da ste plakali – odgovori on najzad – a dok dođemo do hotela vetar će vam osušiti suze.

Izašli su iz parka. Ulica je bila pusta, u daljini se čuo orkestar koji je svirao pred nekom kafanom. Muzika se sve jasnije čula. Ivanka spazi stolove ispred jedne kafane među palmama. Prođoše pokraj tih stolova gde su sedeli veseli gosti. Za jednim stolom bilo je veće društvo; neka starija dama uzviknu na nemačkom, videći lekara i mladu devojku:

– Oh, kako su divan par!

Vitoj pogleda Ivanku i tužan osmeh zaigra mu na usnama. Prolazili su pokraj izloga. U jednom je bilo veliko ogledalo. Oni spaziše svoje siluete u ogledalu. Jedan visok, vitak i lep muškarac, i pokraj njega mlada devojka, s rastresitom kovrdžavom kosom. Vitoj je u ogledalu značajno gledao mladu devojku i njegove tople oči su joj govorile:

– Zaista, mi bismo bili divan par!

Stigoše u hotel. Za jednim većim stolom njihovo društvo je već zauzelo mesto. Nedaleko su sedela i ona tri poručnika. Štefi je opet zauzela kibicersko mesto.

Ivanka se trudila da bude prisebna, a lekar odmah saopšti:

– Bila je prekinuta veza pa smo morali pričekati.

Crnomanjasti poručnik i njegovi drugovi odmah su obratili pažnju na Ivanku. U očima crnomanjastog čitalo se pitanje i iznenađenje:

„Gde je bila ova lepa devojčica, sama s ovim muškarcem?“

Njihov sto nije bio daleko od mladih poručnika. Oni su mogli čuti kako Ivanka na nemačkom govori Ediju i Štefi da je i za njih telefonirala. Jednom srpskom frazom ona se obrati Jerici. Oči lepog poručnika zablistaše kad začu srpski govor.

Edi je bio malo sumoran i uzdržljiv, a Vitoj veseo i razgovoran; trudio se da prikrije uzbuđenje koje ga je bilo savladalo.

– U kog si se oficira zaljubila, Štefi? – upita Edi.

– Izvini, ja se tako brzo ne zaljubljujem – smejala se Štefi – ali priznajem da su jugoslovenski oficiri vrlo simpatični. I uopšte, Jugosloveni su lepi – dodade i pogleda gospodina Planinšeka.

Lekar se nasmeši.

– Kad to kaže jedna mala Bečlika, onda moramo verovati.

Ovoga puta Ivanka nije promenila mišljenje o lekaru kad je čula šta je kazao Štefi.

Edi se veoma trudio da skrije neraspoloženje, pa se šalio na račun Jerice i Linči.

– Jelte, gospodine Planinšek, da smo mi muškarci stalniji u ljubavi? Mlade devojke čim spaze nove kavalere kibicuju se s njima, iako se zaklinju da vole jednoga.

– A što vi gledate u mene kad govorite? – zapita Jerica.

– Zato što sam opazio da se i vi kibicujete, i da znam vašeg, kako se ono kaže – verenika... ja bih mu kazao da dobro motri na vas.

Jerica se nasmeja, a Vitoj prihvati:

– A, voli Jerica da koketuje... Moram ja nju strože da držim.

– Šta ti mene strožije da držiš! – mazila se Jerica, hvatajući brata za ruku i stežući je. Videlo se da je brat mazi i da ona njega voli.

Edi kao bajagi ljubomorno pogleda Linči i okrete glavu. Linči ne reče ništa ali obori oči, koje je baš bila upravila na poručnika s crnim brčićima.

Kroz dim duvana Edi pusti i jedan uzdah, misleći o tome kako je Ivanka više od sata ostala sa ovim lepim Planinšekom. Pažljivo je pratio njen izraz lica ne bi li ma šta pronašao u njenim očima, ali ona je stalno bila ista; ništa nije mogao da otkrije u njenim lepim očima.

Međutim, Ivanka je bila sva uzbuđena. Ko bi se dublje zagledao u njene oči, otkrio bi čudan sjaj. Obrazi su joj goreli, i ta rumen sa sjajem očiju, pojačavala je svežinu njene lepote. Jela je mehanički, ne osećajući ukus jela, a srce joj je još snažno lupalo. Čudan kovitlac misli bio je u njenoj glavi. Kao da ju je elektrizirala blizina ovog lepog Slovenca; s naporom se trudila da bude vesela, kao da se ništa nije dogodilo.

Poručnik crnih očiju bio je te večeri uzdržljiviji. Njegove sjajne oči posmatrale su Ivanku melanholično. Malo je razgovarao sa svojim drugovima, a mnogo je pušio. Otrže se malo iz melanholičnosti kad je društvo mladih devojaka ustalo od stola. Stefi se nasmeši na plavog poručnika, udaljujući se, a Ivanka u prolazu nehotice baci pogled na crnomanjastog. Njegove oči su bile sjajne i ozbiljne; u njima se čitalo ushićenje.

– Kako ste divni!

Lekar zastade da kaže portiru da ih probudi, a Edi uluči priliku da došapne Ivanki, dok su se peli uza stepenice:

– Toliko sam se radovao ovom izletu, a sad sam nesrećniji nego ikad.

– Zašto ste nesrećni? – nasmeši se Ivanka.

– Zbog celog sveta. Verujte mi, mrzim sebe što sam se zaljubio u vas. Ovaj mi je ceo raspust zadao bol, a naročito ovo veče.

– Pa šta je to bilo ove večeri što vam je zadalo toliki bol?

Edi htede da odgovori, ali se Linči okrete i zastade na stepenicama da ih priček. Njene detinjaste oči bile su malo tužne zbog tog šaputanja. Ivanka je to primetila i da bi je razveselila, potuži se veselo na Edija:

– Što je ovaj vaš Edi ljubomoran, Linči! Sve izmišlja nešto. Sad mi se žali kako je ljubomoran na vas što ste gledali jednog poručnika.

Linčine oči veselo blesnuše, a Edi gnevno pogleda Ivanku:

– Nikad nisam mogao pomisliti da ste takvi!

– Indiskretna, jelte, što kažem to što vi mislite?

On je pogleda s ljutinom i bolom i okrete glavu.

Uđoše u sobu. Mlade devojke su veselo razgovarale. Štefi je ushićeno pričala o poručnicima.

Ivanka je slušala smešeći se, ali misli su joj bile na drugoj strani. Mala Linči se nije mogla uzdržati da ne prizna:

– Onaj crnomanjasti je baš lep.

– Izgleda da je Srbijanac – dodade Jerica.

– Da, Srbijanac, po naglasku se poznaje – reče Ivanka.

– Znači, vaš zemljak? – pitala je Štefi. – Lep kao i vi, Ivanka. I najviše je vas gledao. Ja mislim da se on već zaljubio u vas.

– Ah, kakvo zaljubljivanje! Zar vi obično kibicovanje nazivate zaljubljivanjem?

– U vas se, zaista, svi muškarci odmah zaljubljuju – reče iskreno Štefi s lakim uzdahom.

– Ja na to ne obraćam pažnju – odgovori Ivanka i priđe prozoru. Najednom se trže:

– Eno ih, oni poručnici, stoje preko puta hotela.

– Gde su? – uzviknu Štefi. Polete prozoru, ali videći da je u kombinezonu, dočepa što joj pade podruku, somotski žaketić Ivankin, obuče ga i nasloni se na prozor. Jerica takođe potrča prozoru, a i mala Linči se propinjala na prste da vidi oficire.

Naslonjeni na sablje, oni su stajali na drugoj strani trotoara i gledali u prozore – da vide gde su one mlade devojke. Bili su malo ukoso od njihove sobe i kad su pronašli njihovu sobu, približiše se i ostadoše gledajući u prozor. Štefi je šaputala:

– Baš su divni vaši oficiri!

Ali, iz ženske koketarije, njih tri se odmakoše od prozora, da bi se posle opet prikrale i provirivale.

– Još stoje – veselila se Štefi. – Ivanka, hodite i vi. Pa onaj crnomanjasti vas je toliko kibicovao. Hodite, neka vas vidi!

– Ah, nema smisla! – reče Ivanka ravnodušno. – Šta će pomisliti o nama da tako izvirujemo kroz prozor?

– Šta nema smisla? – protestovala je Štefi. – Zašto malo da se ne zabavljamo? Ja ću baš da stanem. Hodite, Jerice. Hodi i ti, Linči.

Sve tri se nasloniše opet na prozor i u isti mah odskočiše od prozora.

– Vitoj!

– Gospodin Planinšek! Evo, stoji na prozoru – šaputale su.

– Gasite svetlost! – uzviknu Linči.

Ugasiše.

– Da vidim da li su otišli?

Štefi se približi prozoru i spazi kako se oficiri lagano udaljuju. I oni su videli visokog, lepog muškarca na drugom prozoru.

Legle su u postelju.

Štefi je spavala u sredini, između Ivanke i Linči, a Jerica na otomanu. Nisu mogle odmah da se smire, pa su razgovarale. Ali, lagano ih je san savlađivao. Ivanka nije mogla da zaspi. Bila je veoma uzbuđena...

Tek sad je mogla da razmišlja o lekarevim rečima. Setila se i onih reči: *Želeo bih da te oči budu moje, samo moje, za ceo život.* Htela je da objasni sebi te reči. Šta je mislio? Zar bi se on razveo od žene! Ne, ona to ne bi dopustila, ona ne bi na to nikad pristala. Izađe joj pred oči slika Vitojeve žene, s tužnim očima. Ta žena ga voli, ali možda nije srećna. Jedna misao je Ivanku mučila: zašto se Vitoj, tako lep, oženio ružnom ženom? Ona izgleda i starija od njega. To ju je čudilo, to joj je bilo neobjašnjivo. I zašto sada da je ostavlja. Ona ne bi nikad razorila njihov brak. Ne, nikada. Htela je da odagna te misli, da se seti Edija i njegovih umiljatih očiju; izazivala je i sliku poručnika, ali visoka figura Vitojeva, njegove divne oči, sve su potiskivali. On je neprekidno bio pred njom: lep, zanosan; čula je njegov šapat, osećala njegove ruke na svojim ramenima, sećala se kako ju je strasno pritisnuo na grudi kad se uplašila. Obrazi su joj goreli, usne su joj bile suve, ruke vrele. Htela je da zaspi, zatvorila je oči, ali jedna misao, slatka kao najslađi napitak, nije joj dala da zaspi. Bilo joj je prijatno da leži tako zatvorenih očiju, da ne spava, i da se napaja tom slatkom mišlju. Ona se naljuti na sebe, na njega, dođe joj da zaplače što je taj čovek muči, što hoće silom da se uvuče u njeno srce. Ne, ona to neće dopustiti. Nikad, nikad. Zaklapa oči, hoće da se umiri, ali oseća da je on tu, blizu, iza tog zida, da i on sada misli na nju i čezne za njom. I opet onaj isti vihor osećanja i borbe...

– Spavate li? – zapita tiho Štefi.

– Ne spavam! – odazvaše se sve tri u isti mah.

– Mogu da pogodim na koga svaka misli – vragolasto šapnu Štefi.

– Na koga? – pitala je Jerica.

– Vi, Jerice, i Ivanka na crne brčiće, jer ste ga i vi, Jerice, gledali.

– A Linči, na koga?

– Na Edija – prošaputa Ivanka.

– Ne, večeras ne misli na Edija! – dirala ju je Štefi. – I ona je gledala crne brčiće.

– Ćuti, hoću da spavam! – grdila ju je Linči. – Šta me budiš?

Devojčice se ućutaše. Svaka sa svojim slatkim čežnjama za mladićima zaspaše zdravim devojačkim snom.

Sutradan su još bile u postelji kad neko tiho zakuca u sedam sati.

– Slobodno.

Pojavi se sobarica s divnim, velikim buketom crvenih ruža.

– Cveće! – uzviknuše devojčice i pridigoše se u postelji.

– Za koga?

– Evo, ovde piše.

Štefi prva skoči, pogleda vizitkartu, pa razočarano prošaputa:

– Ne mogu da pročitam. Čitajte, Jerice.

Jerica uze vizitkartu.

– Ovo je ćirilica. Čitajte, Ivanka.

Ivanka pročita: „Najlepšoj Srbijanki s crnim očima – od Srbijanca Tihomira Jovanovića, pešadijskog poručnika.“

Zbunjena, osećala se pomalo i neprijatno što je samo njoj poslato cveće.

– To je za vas, jelte? Od onog crnomanjastog? – pitala je Štefi.

– Za nju – potvrdi Jerica.

– Pa... možda i nije za mene.

– Kako da nije! – uzviknu Jerica. – Srbijanka s crnim očima. On je sigurno saznao da ste Srbijanka.

– Ah, možda je i pogrešio – govorila je zbunjeno Ivanka. – Mi ćemo ovaj buket da raspodelimo, kao da smo sve dobile.

– Ne, to nećemo – izjavi Štefi – to je vaš buket!

U duši, Štefi je bila nezadovoljna što onaj plavi nije i njoj poslao ovakav buket i malo je zavidela Ivanki.

Sobarica ponovo uđe i saopšti im:

– Gospodin doktor je u restoranu s drugim gospodinom. Kazao je da vas čekaju na doručak.

Kad su pošle, Ivanki bi neugodno da ponese buket.

– Slušajte, hajde da podelimo cveće!

Ali mlade devojke, malo sujetne, nisu htele ni da čuju.

Sva zbunjena, Ivanka se pojavi u restoranu s velikim buketom crvenih ruža.

Vitoj i Edi zagledaše se odmah u cveće. Edi prvi postavi pitanje:

– Od koga ste dobili taj buket?

Ivanka sva planu u obrazima:

– Ne znam... od jednog oficira.

– Od onog s crnim brkovima – dodade Štefi.

Edi je gledao cveće, a lekar je ćutao.

Mladi Bečlija se ljubomorno nasmeši:

– Kad se vi, Ivanka, udate, vaš muž će imati da se tuče s vašim obožavaocima.

– Ja mislim da neću nikad za to dati povoda, kao što nisam dala povoda ni za ovaj buket.

Sasvim mirno, i kao da se šali – a u stvari da bi sakrio svoje neraspoloženje – Vitoj dobaci Ivanki:

– Ono je već jedan povod kad se kroz prozor kibicuje i izviruje na oficire, kao vi noćas.

Ivanka još više pocrvene i energično odgovori:

– Ja nisam gledala kroz prozor!

– A kad su to s prozora kibicovale? – upita Edi.

– Sinoć, u hotelu. Prišao sam prozoru da popušim cigaretu i spazim dole oficire, a gospođice na prozoru...

– Slušaj, Vitoj, Ivanka je istinu kazala. Ona se nije kibicovala! Mi jesmo: i ja, i Štefi i Linči.

– Linči? – kao bajagi začudi se Edi.

– Samo sam bacila jedan pogled. A Ivanka je kazala da nema smisla da se kibicujemo.

– Ali je ipak dobila buket – smešio se Edi.

– Znate zašto sam dobila buket? On je Srbijanac, pa mi je kao zemljakinji poslao...

– Zemljakinji „s najlepšim očima“ – dirala ju je Štefi i ne znajući da zabada nož u srce lekaru i Ediju.

Konobarica donese bele kafe i oni prekidoše razgovor o buketu. A crvene ruže su ležale na stolu i njihov fini miris udario je u mozak Vitoju. Imao je želju da pruži ruku i zgnječi te kadifaste cvetove.

Kad su se vratili u selo, Linči je čekalo tužno iznenađenje. Njena mama, sva uplakana, saopšti da se Linčin tata naglo razboleo i da smesta idu u Beč. Depeša je došla to jutro, imale su vremena da uhvate jedan večernji voz.

To je pokvarilo raspoloženje celom društvu. Linči je bila tužna i zbog oca i što ostavlja društvo. Pri rastanku se nežno zagrlila sa Ivankom, govoreći joj:

– Ja sam u vama našla najbolju prijateljicu.

Ivanka je znala šta znače te reči: u isti mah i izraz prijateljstva i molbu da joj ona sada ne preotme Edija, čija je osećanja naslućivala. A dobra devojčica Ivanka odgovori joj kroz poljupce:

– Budite uvereni da ste u meni našli iskrenu prijateljicu. Ja ću vas se uvek sećati i pisati vam kad otputujem odavde.

Na stanicu je bila izašla i Jerica, ali gospođe Rože i lekara nije bilo. Jerica ih izvini: Roži nije dobro, pa je i Vitoj pokraj nje. Ivanka je primetila neraspoloženje na Jeričinom licu.

Sutradan Planinšekovi nisu došli ni na ručak. Nije ih bilo ni uveče, ni sutra ceo dan. Bio je čudan taj izostanak i Ivankinoj mami. Posle večere, kad su ušle u sobu, ona prva otpoče:

– Šta li je to s gospodinom Planinšekom i njegovom ženom? Uvek su dolazili, bar na večeru ako ne na ručak. Pa nema ni Jerice.

Osećajući neku jezu, Ivanka je odgovorila, prividno ravnodušno:

– Ne znam. Sigurno nije dobro gospođi Roži.

– Možda je njoj krivo što je on ostao s vama u gradu i prenoćio – reče Ivankina mati.

– Pa šta, mama, što je prenoćio? On je tako korektan i bilo nas je toliko.

– Baš zato što vas je bilo toliko, a sve lepe devojčice.

– Njoj neće niko muža da preotme.

– Neće, znam i ja, ali ima puno stvari koje udatu ženu vređaju, a što vi mlade devojke ne osećate. Eto, na primer, te poklone što vam je kupovao. Tebi sliku, Štefi i Linči albume. To nije prijatno nijednoj ženi kad zna da njen muž kupuje poklone mladim i lepim devojkama.

– Bože, mama, pa to su sitnice.

– Sitnice, jeste, ali takve sitnice mnogo znače u braku, pogotovo kad žena nije lepa.

– Doktor nju voli, vidi se po svemu – reče Ivanka, preturajući po svom koferu, kao da nešto traži, da ne bi mamu gledala u oči.

– Šta ti znaš šta je u njihovom braku. Svaki brak ima svoje lice i naličje. Nijednoj ženi ne bi bilo prijatno da njen muž s mladim devojkama pravi izlet.

– Zar ga ti osuđuješ, mama?

– Ne osuđujem ga, samo se stavljam u položaj njegove žene. Ona mora biti ljubomorna na njega.

– Nema nimalo razloga. Kad se udam, ja neću biti nimalo ljubomorna.

– To ne možeš sada da tvrdiš. Tek kada se udaš možeš to reći.

Ivanka nije govorila ništa više. Mati nastavi:

– Sutra, ako ne dođu na ručak, baš ću otići do gospođe Rože da vidim kako joj je. Možda je i bolesna. Ona je simpatična žena.

Legle su u postelju, ali Ivanka dugo nije mogla da zaspi. Razne misli kovitlale su joj se po glavi. Sećala se svake reči lekareve, naročito onih: *Kad bih ja bio slobodan, da li biste me voleli?* Zašto je to kazao? Otkud mu takva misao? Da te reči nisu uzrok ovom njihovom izostanku? Bilo joj je mučno u duši. Raspoloženje joj je bilo pomućeno. Nije smela ništa dalje da misli, nije htela. Jedno je samo znala: ona nikad ničiji brak ne bi razorila.

Misao o braku joj zgrči srce. Neki potmuli bol je svu obuze. Zbog čega? Zato što je taj čovek oženjen, ili što ta žena možda sada pati?

– Spavaš li? – upita mati.

– Ne spavam još, mama.

– Je li, šta ti je ono večeras Edi šaputao?

Ivanka se nasmeja:

– Edi, znaš ti njega. Kaže mi da će me odsad pratiti u svim mojim šetnjama, jer Linči nije tu.

– Nemoj da ideš. On je Austrijanac. Simpatičan je mladić, ali druga narodnost. Da li bi se ti udala za Edija da te zaprosi?

– Ne, mama. Ne bih mogla svoju zemlju i tebe da ostavim...

– Ni grob tvog oca, koji je dao svoj život za otadžbinu – uzdahnu mati.

Ja nikad neću razoriti vaš brak

Bila je nedelja.

Ivanka je ustala malo kasnije. Mama je već bila izašla u baštu. Posle doručka Ivanka se iskrade da je Edi ne vidi i uputi se jednom stazom. Obuzimala ju je tuga pri pomisli da za tri-četiri dana napušta ovu divnu prirodu. Melanholično je posmatrala drveće, vidike i planinske lance u daljini. Stazica je zavijala i provlačila se kroz mlade borove. Tu je bila jedna klupica. Mlada devojka se trže kad na klupi spazi jednu žensku osobu. Bila je to gospođa Roža.

– Kako ste, gospođo? Jeste li sada dobro? – srdačno joj priđe. – Jerica mi reče da se ne osećate najbolje, pa je moja mama mislila da vas poseti poslepodne.

– Da, nije mi bilo dobro – reče mlada žena tužnim glasom.

– Poznaje vam se i na licu. Ubledeli ste.

– Da, ubledela sam.

– Zašto vi niste išli s nama? Preživeli smo oluju u šumi. Bilo je divno.

– Nisam mogla – odgovori Roža tiho. – A, pravo da vam kažem, ni Vitoj me nije pozvao.

Poslednje reči izgovorila je tiho i bolno. Mlada devojka ućuta ne znajući šta da kaže. To neočekivano priznanje mlade žene, u kome se osećao kao neki prekor mužu, zbuni Ivanku. Ne znajući šta da odgovori, ona ipak reče veselo:

– Da sam to znala, ja bih ono jutro došla da vas pozovem da idete s nama.

Mlada žena se tužno osmehnu:

– Ah, šta ja da idem! Možda to Vitoju ne bi bilo prijatno.

– Kako da mu to ne bude prijatno? Vi odajete utisak veoma srećnog braka.

– Da, bili smo srećan brak, to priznajem, ali sada nismo, i više nikada nećemo biti – uzdahnu mlada žena.

Ivanka oseti jezu, opet se savlada i upita:

– Zar vi niste srećni?

Gospođa pokri lice rukama.

Ivanka je gledala tužno.

– To nikad ne bih mogla da pomislim. Jerica vas toliko voli. Ona kaže da ste vi njoj kao rođena sestra, a ne snaha.

Te reči rastužiše mladu ženu i ona zaplaka:

– Da, i ja nju volim, ja sam obožavala Vitoja.

– Pa vi i sada treba da ga obožavate. On je tako dobar. On vas voli.

Roža diže ruke s lica. Ivanka spazi njene uplakane oči, koje se zagledaše u same zenice Ivankine:

– Ne, Vitoj mene više ne voli...

Hladnih ruku na svom krilu, Ivanka je pogleda mirno u oči:

– Zašto da vas ne voli? Kako je moguća ta promena? Možda se vi to varate?

– Ah, kako bih želela da se varam! Žena je uvek u stanju da se zavara iluzijama, do poslednjeg časa, ali te iluzije mi je razbio on sâm, on mi je priznao.

Ivanka je htela da progovori, ali je osećala kako joj nešto steže grlo, usne su joj blede, a oči široko otvorene.

Gospođa Roža, ne gledajući je, nastavi očajnim glasom:

– Priznao mi je da voli drugu.

Ona zagnjuri lice u ruke i zajeca... Mlada devojka joj spusti ruku na rame:

– Zašto toliko očajavate? Možda se ipak varate?

Ivanka prikupi svu hrabrost i upita:

– Pa, je li vam kazao koju voli?

Mlada žena se uspravi, pogleda devojčicu, ostade nekoliko trenutaka bez reči, i najzad, preko usana joj pređoše reči, kao presuda:

– Kazao mi je... On voli vas... On bi se razveo od mene, da bi se oženio vama...

Ivanka je bila bleda kao smrt... Poluotvorenih, bledih usnica, ona je posmatrala tu nesrećnu ženu i nije mogla dugo da progovori. Tek posle, kao ropac, otrže joj se iz grudi:

– Ja nisam ništa kriva, zaklinjem vam se... Ja nikad ne bih razorila vaš brak!

U očima mlade žene ukaza se nežnost i zahvalnost.

– Vi niste krivi, ali on, on vas voli, i možda ćete vi pristati jednog dana, ako se on razvede od mene.

Mlada devojka povrati hrabrost i energičnim glasom uzviknu:

– Nikad, nikad ja na to ne bih pristala! Budite uvereni, gospođo: vašu sreću ja nikad neću uništiti. Meni to nije potrebno, ja bih to smatrala najvećim grehom.

Njeni obrazi planuše, krv joj jurnu u pobledelo lice, a oči joj zablistaše.

Gospođa Roža je pogleda sa zahvalnošću i uhvati je za ruku:

– Znala sam da ste vi dobra devojčica. I nemojte, nemojte nikad razarati tuđi brak. Vi ste lepi, vi ste divni, možete se najlepše udati, vas će voleti, a ja, koga imam ja? Samo Vitoja. Oh, kad bih izgubila mog Vitoja, ja bih se ubila!

– Vi nikad nećete izgubiti vašeg Vitoja, on će ostati vaš celog života.

– Kako ste divni! Kako vaše reči deluju kao melem. Znala sam da ste dobri. Zar biste vi mogli na tuđoj nesreći zasnivati svoju sreću?

– Nikad, gospođo! Brak treba da bude nepomućena sreća, a kad se mešaju bol i tuđe suze, to nije sreća... Ja i ne mislim na udaju. Treba prvo školu da završim.

– To je pametno.

– A kad ja odem odavde, gospodin Vitoj će me zaboraviti.

– Da, ali ja se stalno bojim. Vitoj nije proživeo. On se kao student oženio sa mnom, bio je uvek dobar, nežan, pažljiv. A sada? Sada ne mogu da ga poznam. Tu promenu sam osetila na njemu otkad ste vi došli. Ali sam ćutala, krila sam od sebe, tešila se da to nije istina. A na njemu sam osetila naglu promenu. Postao je sasvim drugi čovek: zamišljen, nervozan, samo ćuti... Opazila sam patnju u njemu, i htela sam da znam. Ah, kako je bilo strašno ono veče kad mi je sve priznao. On je karakteran, nije hteo da krije, nije hteo da bude podlac, priznao je da vas voli, priznao i plakao.

Zagnjuri opet lice u ruke i zaplaka.

Mlada devojka je bila vrlo utučena. Šaputala je, da bi utešila ovu nesrećnu ženu:

– On će me zaboraviti kad odem. Ne brinite!

Gospođa Roža se trže, ispravi, uhvati je za ruke.

– Vi nećete odgovoriti na njegovu ljubav? Nećete? Recite mi. Obećajte mi. Ostavite mog Vitoja. Ja samo njega imam...

Ivanka je zagrli:

– Draga gospođo Roža, vi ste mi toliko simpatični, vi ste tako dobri, nikad nemojte ni pomisliti da ću vam uzeti Vitoja... Zaklinjem vam se u moju mamu. Ja bih ga osudila kad bi samo pomislio na razvod braka... Budite uvereni, ja vam to iskreno govorim...

– Kako ste dobri! A svaka bi ga devojka otela od mene... On je lep, on je dobar, znam da se dopada svima... Ali vi ste me utešili. Sad ću biti spokojna... Vi odlazite uskoro?

– Da, i on će me zaboraviti kad mu ne budem davala nikakve nade. Dođite danas na ručak. Hoćete li da dođete? Bilo bi mi drago. Onda bih verovala da niste nesrećni.

– Hoću, doći ću, doći ćemo zajedno. Jeste, vi ste me umirili... A kako je bilo strašno u mojoj duši, to vi ne možete da zamislite... Samo, vi nikad nećete reći Vitoju za ovaj naš razgovor?

– Kako možete to pomisliti?

– I ako vas on nešto zapita, setite se da ja imam samo njega, i da bih se ubila kad bih ga izgubila.

Ivanka je zagrli i nežno poljubi:

– Nije potrebno ni da mi kažete da se toga setim. Za mene je brak svetinja, i nikad ne bih otimala muža od žene.

Ona ustade.

– Hoćete li vi kući, gospođo Roža?

– Da, hoću. Samo, ja ću na drugu stranu. Ne bih htela da nas Vitoj vidi zajedno. Moje oči su uplakane, pa bi se on setio da sam vam ja nešto pričala.

– Dobro, ja ću ovamo. Ali, dođite danas. Ako ne dođete, misliću da očajavate. Bilo bi mi žao, čak bi me i vređalo, jer nemate ni najmanje razloga s moje strane.

– Doći ćemo sigurno.

Ivanka se brzo spuštala nizbrdo. Osetila je najednom glavobolju, kao da joj neki šraf steže slepoočnice. Mamu je videla na onoj klupici na livadi. Sedela je s gospođom Huber. Mati je pogleda:

– Što si tako pobledela, Ivanka?

– Ne znam, mama, glava me strašno zabolela. Imamo li neki aspirin?

– Ima u mojoj tašni.

– Idem samo malo da prilegnem.

Ona se udalji a mati je brižno gledala za njom, ne govoreći ništa.

Ivanka nađe aspirin, popi ga i leže na postelju. Htela je da ne misli ništa, a misli su navirale kao roj pčela. Koliko raznih osećanja u njenoj duši! Jedna misao je jurila kroz ceo njen krvotok:

On vas voli...

To je, dakle, istina! On je voli, on pati... Na prvom koraku u životu izazvala je ljubav, patnju, čitave drame. A nije bila ništa kriva. Ko je krivac? Možda njena lepota, njeno vaspitanje, čednost, sve lepo što je bilo u njoj i što je osvajalo... Osećala je bol i nervozu, dolazilo joj je da zaplače, a nije ni sama znala zašto plače. Zbog čega, za kim? Nije smela da zaviri u svoje srce, nije smela da istražuje. Čula je samo reči: *Ja bih se ubila ako izgubim mog Vitoja.*

– Vitoj! – šaputala je njegovo ime. – Lepi Vitoj... On pati...

Stradala je zbog njegovog bola i zbog bola njegove žene...

Neko naglo otvori vrata i ne kucajući.

Štefi ulete kao vihor:

– Ivanka, znate li ko je došao?

– Ko?

– Ona dva oficira... Onaj crnomanjasti s brčićima, i onaj plavi... Evo ih u bašti. Tu će da ručaju. Došli su autom. – Bila je sva usplahirena, vesela i tek se tada seti da zapita Ivanku:

– Šta je vama? Što ležite?

– Glava me boli, pa sam uzela aspirin.

– Hajde, ustanite brže. Hoćete da ih vidite? Meni se onaj plavi sviđa. Što je sladak! – Polete prozoru da ih pogleda, onda ogledalu, da se uveri u svoju lepotu...

– Hajde, ustanite. Pa oni su zbog vas došli! Idem da obučem drugu haljinu. Šta ćete vi da obučete? Obucite onu vašu belu... Uh, kakvi ste vi to! Ne interesujete se, a onaj crnomanjasti je prosto zaljubljen u vas. Još vam takav buket poslao.

– Glava me boli – šaputala je Ivanka, pritiskajući slepoočnice i ne dižući se s postelje.

Štefi je virila iza šalona.

– Da vidite samo kako gledaju u sve prozore, traže ne bi li nas videli. Idem ja, a vi siđite odmah. Sad će dvanaest.

Mala Bečlika veselo izlete iz sobe, sva ushićena zbog dolaska oficira.

Ivanka ustade iz postelje. Još je malo osećala glavobolju. Nekakva grozničava toplota prožimala joj je telo. Priđe umivaoniku i poče da se pljuska vodom po licu. Njene kovrdže se ukvasiše i ona uze češalj da razmrsi kosu. Češljajući se, priđe prozoru koji je gledao u baštu. Šalone su bile razređene i ona je mogla da posmatra, a nju niko da ne vidi. Spazi ona dva poručnika. Onaj crnomanjasti je gledao na sve strane. Nešto ugleda i reče svom drugu. Štefi u tom momentu naiđe. Oni je obojica pogledaše, a ona im dobaci nasmejan pogled. Ivanka se nasmeši u sebi na Štefinu koketeriju.

Kako ona voli svakog da pogleda. Odmah je zaboravila lekara kad su se njih dvojica pojavila.

U tom trenutku naiđe Edi. On baci malo iznenađen pogled na oficire i sede za svoj sto. Uze jelovnik, ali ga spusti na sto i opet pogleda. Baci brz pogled na Ivankin prozor, zagleda se u jednu tačku i zamisli se. Čačkalice su stajale pred njim; on mahinalno uze jednu i izlomi je na sitne parčiće.

Ivanka ga je nežno posmatrala.

Siroti Edi, ljubomoran je!

Onaj crnomanjasti poručnik pogleda Edija, i Bečlija brzo obori oči, izvadi novine i poče da ih razgleda.

A kladila bih se da sad ne čita, reče u sebi Ivanka.

Najednom joj srce zalupa, učini joj se da se prosto skotrlja niz grudi.

Uđoše u baštu lekar, njegova žena i Jerica.

Ona je posmatrala lekara. Njegova crnpurasta boja lica bila je tako lepa. Izraz očiju mu postade najednom hladan i ukočen. Spazio je oficire. I oni njega ugledaše. Ivanka ga je netremice posmatrala. Spazi onaj njegov gest koji je znala – kad prevlači rukom preko kose, kao da je gladi ili rasteruje misli.

Gospođa Roža ga nešto zapita. On se trže, odgovori joj i opet pogleda crnomanjastog poručnika.

Ivanka ga je gledala tužnim očima i ponavljala reči njegove žene:

On vas voli!

Neki sladak bol strujao joj je kroz telo. Pritisnu oči rukom i težak uzdah joj se otrže. Opet ih je pogledala. Zapazila je bledo i slabunjavo lice njegove žene; obuze je najednom tuga i sažaljenje.

Jadna ona, kako je to bolno ne biti voljena! Ne, ja vam neću oteti Vitoja... Neću, nikada... Oči joj se opet zaustaviše na lekaru. On se u tom času javljao njenoj mami, koja je prolazila pokraj njihovog stola. Njena mama zastade i pozdravi se s njima.

Sigurno se raspituje za zdravlje gospođe Rože.

Lekareva žena je ljubazno odgovarala njenoj mami. Lekar je stajao; baci jedan brz pogled na Ivankin prozor. Njoj opet zalupa srce. Brzo povuče češalj preko kose i rukom popravi kovrdže. Uze svoju plavu haljinu, umesto bele, i obuče je. Potom požuri, siđe niza stepenice i uđe u baštu.

Svi se pogledi upraviše na nju. Ona se malo zbuni i brzo priđe mami.

– Kako ti je? Jel' te još boli glava?

– Ne, malo manje. Popila sam aspirin.

– Ti nazebeš noću. Prozor je više tvoje glave. Treba da ga pritvorimo.

– Ali, nije zbog prozora... nego onako...

Okrete se lekarevom stolu, ljubazno pogleda gospođu Rožu i javi joj se, zatim lekaru i Jerici.

Edi je sa svog stola vrebao svaki njen pogled i gest. Ivanka mu se nasmeši i klimnu glavom. Osetila je tugu u njegovim očima, što je bio znak ljubomore.

– Jesu li ovo oni oficiri što si mi pričala? – zapita je tiho mama.

– Da, oni su.

– A koji je tebi poslao buket?

– Mislim onaj crnomanjasti.

– Vidim da te neprestano gleda.

Ivanka pomisli kako treba bar da ga pogleda, jer je Srbijanac i poslao joj je buket. Ona ga pogleda i spazi njegove strasne crne oči, koje su joj tako jasno govorile da mu se dopada. Ona lako pocrvene i okrete glavu. Nije smela nigde više da pogleda, jer je znala da je lekar i Edi posmatraju. Videla je samo kako Edi lomi drugu čačkalicu.

On vas voli..., opet joj prostrujaše kroz krvotok reči gospođe Rože. Obrazi joj buknuše. Oseti slast i bol u isti mah.

– Šta ćeš da naručiš, Ivanka? Evo, pogledaj jelovnik.

– Zašto ti ne izabereš?

Mahinalno je gledala i čitala, a kroz krvotok joj je strujalo: *Ja bih se ubila da izgubim mog Vitoja...*

– Danas je tako toplo – govorila je mama. – Maločas šetam, pa mi vrućina... – Pogleda kćer: – Tu ti plavu haljinu najviše volim.

– I ja je volim.

Konobarica donese ručak na velikom poslužavniku.

– Za vas pečenje i mešana salata... Milostiva, ja bih vam preporučila puding od lešnika.

– Onda mi donesite.

Mici je letela od jednog stola do drugog, nasmejana i rumena.

Čulo se samo zveketanje noževa i viljušaka.

Jato vrabaca skakutalo je oko stolova čekajući mrvice.

Bilo je tako idilično. Jedne seoske kočije projuriše pune meštanki u narodnoj nošnji. Seljančice su se smešile iz kočija. Mahnuše rukom gostima u bašti.

Ručak se bližio kraju. Konobarice su odnosile tanjire, brišući servijetom mrvice. Vrapci su živo skakutali oko stolova.

Crnomanjasti poručnik je nešto govorio plavom. Smešio se na njega, a osećala se na njegovom licu mala zabuna. Diže se najednom, povuče bluzu, ali zastade, razgovarajući s drugom, i pogleda prema Ivankinom stolu. Onda hrabro pođe, priđe Ivanki i njenoj mami, zastade kraj njihovog stola i pokloni se:

– Oprostite, gospođo, što ovako nepoznat prilazim vama i gospođici. Ali ja sam sebi dopustio tu slobodu, kao Srbijanac, jer sam doznao da ste i vi Srbijanke. Bilo bi mi vrlo prijatno da se upoznam s vama.

Ivankina mama, koja je umela u svakoj prilici da se snađe, nasmeši se na mladog oficira i pruži mu ruku:

– Srbijanac! Milo mi je, gospodine!

Mladić joj poljubi ruku i priđe mladoj devojci:

– Vas sam već imao čast da vidim – govorio je ljubeći joj ruku.

Ivanka je bila sva zažarena u licu.

Oficir postaja nekoliko sekundi, ne usuđujući se da sedne.

– Izvolite, sedite, gospodine – nasmeši se Ivankina mati.

Mladić odahnu i sede, malo i sâm zbunjen.

– A iz kog ste mesta, gospodine?

Mladić reče.

– Pa to je blizu naše varoši. Znači, pravi smo zemljaci.

– To nisam ni ja znao. Sad mi je još prijatnije što sam se upoznao s vama. Gospođicu sam već video.

– Da – nasmeši se mlada devojka. – I treba da vam zahvalim za onaj divni buket. Mislim da je od vas.

– Jeste, od mene. Vi ste napravili čitavu senzaciju svojom pojavom. Samo se pričalo o vama.

– O njoj? Zašto? – iznenadi se gospođa Protić.

Mladić je hteo da kaže da je zbog lepote, ali se uzdrža.

– Gospođica je tako markantna pojava... Izdvaja se od plavih Slovenki... I meni je bilo vrlo prijatno što ste baš moja Srbijanka...

– I ja sam pomislila da ste Srbijanac, jer mi je do ušiju doletela jedna vaša fraza...

Ivanka baci brz pogled po bašti i opazi prvo Edija. On je gledao raširenim očima, ne skrivajući više ni ljubomoru ni tugu, čisto iznenađen i ljut što se taj oficir usudio da priđe. Kad ga Ivanka pogleda, on se naglo diže od stola, reče nešto staramajki i Štefi, uze novine i ode iz bašte, klimnuvši lako glavom Ivanki i lekarevoj porodici. Ivanka vide kako se udaljuje preko livadice prema šumi.

Jedan njen pogled prelete preko lekarevog stola. Podlakćen na ruku, on je gledao u jednu tačku ne govoreći ništa. Gospođa Roža se nežno osmehnu na mladu devojku. Videlo se da joj je prijatno što je oficir prišao – da pokaže njenom Vitoju kako se on uzalud zanosi kao oženjen čovek oko jedne mlade devojke, kad za njom trče svi mladići. A Jerica je otuda, sa svog stola, gledala lepog poručnika i verovatno je zavidela Ivanki, iako je imala dečka. Ista zavist videla se i kod Štefi, koja se koketno kibicovala s plavim poručnikom.

– Koliko još ostajete ovde? – pitao je poručnik.

– Još tri dana.

– Tako malo? – iznenadi se on.

– Pa, već smo ovde pet nedelja.

– Kako mi je žao što vas ranije nisam upoznao.

Ivanka opet oseti ono slatko strujanje kroz telo, ali ne zbog reči poručnikovih, već zbog onih drugih:

Ja ne mogu da zamislim taj dan kad vi budete otišli.

Obuze je strašan bol, ali i sreća, neopisiva sreća.

On me voli.

Smešila se tim svojim slatkim mislima, a poručnik se smešio na nju, gledajući je strasnim očima.

– Jeste li dolazili ranije u Sloveniju?

– Ne, ovo je prvi put.

– Onda vam se mora sviđati ovde.

– Izvanredno nam se sviđa, i meni i mami.

I opet ona slatka misao: *On vas voli.* A odmah zatim bol, tuga što je on tu, što je posmatra, pati...

Njene lepe oči se oboriše i melanholija, kao veo, prevuče joj sve crte.

– Sigurno ćete žaliti za Slovenijom?

– Da, žaliću! – šaputala je mlada devojka.

Ja bih se ubila da izgubim mog Vitoja, jeknu joj kroz svest i nešto joj strašno pritisnu grudi. Ona se trže, trže se od same sebe: *Šta taj čovek hoće? On je oženjen, on treba da zna da ne sme ničemu da se nada...*

Pogleda poručnika, nasmeši se na njega:

– A kako se vi ovde provodite?

– Dosta dobro.

– Oficiri se svuda lepo provode – dodade Ivankina mati sa osmehom.

– A kakav ste utisak stekli o Slovenkama? – upita Ivanka.

– Vrlo su vesele, vole da se zabavljaju, da flertuju.

– Još se možete oženiti nekom lepom Slovenkom – dirala ga je Ivankina mama.

Mladić se nasmeši i pogleda Ivanku:

– Znate kako je: kad čovek odluči da se ženi, prvo misli na devojku iz svog zavičaja.

Da bi skrenula razgovor, Ivanka zapita:

– A gospodin... poručnik, to je vaš drug. Je li on Srbijanac ili Slovenac?

– On je Slovenac. Moj najbolji drug... Vrlo dobar i inteligentan mladić.

U tom trenutku diže se od stola gospođa Huber. Štefi joj je govorila nešto malo nabureno, kao da joj je krivo što mora da ide. Ivanka pogleda njen izraz lica. Gospođa Huber i Štefi prolazile su pokraj njihovog stola.

– Štefi, hoćete li da mi date onaj roman? – zapita Ivanka, tek da nešto kaže, da bi je zadržala.

– Hoću – odgovori ona veselo.

– A šta, zar vi već idete? – reče Ivanka.

– Staramajka hoće da se odmara.

– Hoćete li vi malo s nama da ostanete?

Štefi pogleda staramajku. Ona pogodi želju svoje mlade unuke i odmah joj odgovori:

– Ti ostani, ja idem.

Ivanka i Štefi se vratiše stolu. Ivanka se obrati poručniku:

– Da vam predstavim moju prijateljicu, Bečliku.

Mladi oficir se pokloni i poljubi Štefi ruku.

– Govorite li nemački? – upita Štefi.

– Vrlo malo. Bolje znam francuski.

– Ah, a ja tako malo znam – odgovori Štefi na francuskom.

Oficir pogleda sto gde je sedeo drugi poručnik:

– Moj drug vrlo dobro govori nemački. On je Slovenac. Ako dopustite, mogao bih vam ga predstaviti.

Mlade devojke ne odgovoriše ništa, ali Ivankina mama reče:

– Pozovite gospodina. Zašto bi sedeo sâm?

Na Štefinom licu videlo se raspoloženje. Oči su joj blistale ispod gustih trepavica.

Ivanka baci pogled u pravcu lekarevog stola. Gospođa Roža je posmatrala tu scenu očigledno raspoložena. Svi ti udvarači, lepi i mladi ljudi, morali su zadavati bol njenom mužu. A njemu je to bilo i potrebno. On je umeo da vlada sobom, ali one njegove gorde, hladne oči, tupo su zurile u jednu tačku, kao da se u toj tački nalazi nešto što ga veoma interesuje. U stvari, tamo gde je bio uperen njegov pogled nije bilo ništa, ali je tu bila njegova misao – teška, bolna misao koja je udarala u mozak, u lepe oči kao oštra usijana igla.

Ivanka je sve to osetila i njene lepe oči prevukoše se melanholijom.

Oficiri se približiše. Plavi poručnik se predstavi i odmah se upusti u nemačku konverzaciju sa Štefi.

Ivankina mama je sedela još neko vreme, a onda – osećajući da nema smisla da sedi kao neka garde-dama – ustade i zamoli da je izvine, jer hoće da ide u sobu. Ivanka pogleda mamu kao da je pita ima li smisla da one ostanu. Mati razumede njen pogled:

– Ti i Štefi ostanite s gospodom... Dokle se vi ovde zadržavate?

– Do četiri sata – odgovoriše mladići. – Mogli bismo da prošetamo.

– Možemo – prihvati veselo Štefi.

Gospođa Protić se oprosti i ode. Ivanka pogleda Jericu. U očima joj je videla da bi se i ona rado pridružila njihovom društvu. U tom trenutku lekar se diže sa ženom i sestrom.

Ivanka predloži:

– Hoćete li da prošetamo?

Pođoše. Izlazili su iz bašte u istom trenutku kad i lekar sa svojima. Ivanka priđe Jerici i upita, obraćajući se lekaru i njegovoj ženi:

– Hoćete li dopustiti da Jerica malo šeta s nama?

Lekar odgovori hladno, ne gledajući Ivanku:

– Kako hoće Jerica.

Gospođa Roža ljubazno odgovori:

– Pa neka ide... Idi, Jerice!

Ivanka odvede Jericu i upozna je s oficirima, držeći je neprestano ispod ruke, kao da je želela da ostane stalno kraj nje, da ne bude sama sa ovim crnomanjastim mladićem.

Grupa devojaka i mladića krenu ispred lekara. Ivanka je išla stalno s Jericom. Pustiše mladića u sredinu, a Štefi ostade sama s plavim Slovencem.

Ivanka je mislila da je lekar gleda. Htela je da mu pokaže kako ona nije koketna. Bilo joj je nekako prijatno i lakše kad je Jerica pokraj nje. Želela je da to Vitoj vidi...

Ah, gde li je Edi?, sinu joj kroz glavu. Peli su se uzbrdo, ali Edija nigde nije bilo.

Crnomanjasti poručnik je pričao. Jerica je bila vrlo vesela i razgovorna, a Ivanka ćutljiva. Iza njih se čuo vragolasti Štefin smeh. Ona je glasno pričala i smejala se, kao da se odavno poznaju... Umela je da zabavlja mladića; njemu nije moglo biti dosadno u njenom društvu.

Ivanka se seti kako joj je mama govorila: *Kad si u društvu s mladićem, treba da razgovaraš, da budeš duhovita, da ne pomisli da si glupača. Onda će mu biti dosadno. Neka je najlepša devojka, biće dosadna ako ne ume da govori.*

Ivanka se okrete veselo poručniku i poče da razgovara.

Pričali su o različitim temama: o njenim studijama, o muzici, prirodi...

Jerica spazi ciklame i strča da ih ubere. Poručnik se obradovao što ostade bar nekoliko trenutaka nasamo s ovom lepom devojčicom. On brzo reče:

– Kako mi je žao što odlazite! Ali, ja se nadam da ćete mi dopustiti da vam pišem.

– Ako vam to čini zadovoljstvo.

– Više nego zadovoljstvo. Ja sam bio tako očaran kad sam vas video. Od toga dana vi ste mi neprestano pred očima.

Ivanka se nasmeši: – To ne verujem!

Mladićeve oči blesnuše strasnim sjajem. Upijajući se u njene kadifne zenice svojim sjajnim očima, on prošaputa:

– Ja ću vam dati dokaz za to.

Jerica se vrati.

Lekar je sa ženom bio izmakao ispred njih. Ivanka je krišom gledala njegovu visoku figuru i glavu koju je tako gordo držao. Ali u tom njegovom gordom držanju skrivalo se očajanje i bol.

– Gospodin doktor je vaš brat? – zapita poručnik Jericu.

– Da, moj brat.

– A gospođa, to je njegova supruga?

– Jeste.

Poručnik je u sebi razjasnio situaciju koja ga je mučila kad je one večeri video kako se ova mlada devojka vraća s lekarem.

Do Ivankinih ušiju dolete jedna fraza plavog poručnika, upućena Štefi:

– A jeste li u Beču u nekog zaljubljeni?

O, ovi su već prešli na ljubav, smešila se Ivanka.

Zainteresova je njihov razgovor; ču i Štefin odgovor:

– Ni u koga nisam zaljubljena.

Ah kako laže, mislila je Ivanka. *A meni je pričala da voli jednog medicinara.*

Četiri sata se približavalo.

Oficiri su se morali vratiti. Rastadoše se s mladim devojkama. Auto zahukta i odjuri. Štefi je tužno gledala. Jerica priznade, sanjalački gledajući za njima:

– Crnomanjasti je divan.

– Onda ću da vam navodadžišem za njega... Da li biste zaboravili vašeg dečka? – upita Ivanka.

– Oh, ne bih – smejala se Jerica, ali po izrazu njenih očiju videlo se da bi ga rado izneverila.

Štefi se priseti:

– A gde je Edi? Hajde da ga nađemo.

Požuriše u šumu. Štefi ga prva spazi i udari u glasan kikot.

Edi je sedeo između račvastih grana jednog hrasta.

– Edi, znaš li na koga ličiš? – dirala ga je Štefi.

Edi je ćutao.

– Na Tarzana!

Edi ništa ne odgovori.

– Hajde s nama da šetaš.

– Neću, hoću da čitam.

Ivanka se smešila:

– A zašto nećete, Edi? Zar i kad bih vas ja pozvala, ne biste hteli?

– Ah, šta ću vam ja, vi imate lepo društvo...

– Sad baš nemamo nikoga.

– Pa sam vam sada dobar i ja.

– Nemojte biti rđavi, Edi, nego siđite s tog drveta. Hajde da ga gađamo.

Štefi se okrete, uze grumen zemlje i baci na mladića. I Jerica i Ivanka počeše da ga gađaju. On se raspoloži i skoči s drveta.

– Što si ljubomoran, Edi. Nisam mogla da verujem! – smešila se Štefi.

– Na koga sam ljubomoran?

– Neću da kažem.

Štefi uhvati Jericu ispod ruke da bi Edija ostavila s Ivankom, jer je pogađala zašto je tužan.

Edi pogleda onaj buketić ciklama u Ivankinoj ruci.

– To ste sigurno dobili od poručnika?

– Jeste.

– Lep mladić, zaista. Verujem da ste u njega već zaljubljeni.

– Ja se ne zaljubljujem tako brzo.

– Devojke su pritvorne i neće da pokažu svoja osećanja. Dok se mi, muškarci, uvek prvi istrčimo i posle patimo.

– Ja mislim da vi nemate razloga da patite.

– Šta hoćete time da kažete: da me volite?

– Zar se ne može drugarski voleti?

– Zahvaljujem vam na toj milosti, ali ja se time ne zadovoljavam. Lepa devojka nikad ne izliva drugarska osećanja. Za lepom devojkom muškarci čeznu, a častan muškarac poželi da je nazove svojom ženom.

Ivanka ga pogleda iznenađeno.

– Zašto ste me tako pogledali? Čudne su vam moje reči? Vi mislite da ih ja napamet govorim, onako kako se govori svakoj devojci?

– Zašto ne bih tako mislila?

– U ovom slučaju biste se prevarili. Zato ću da ponovim svoje reči: Ja bih želeo, Ivanka, da budete moja žena.

Mlada devojka ništa ne odgovori. Mladić nastavi:

– Slušajte, Ivanka, ja vas obožavam. Ja vas volim do ludila. Mi se rastajemo za dva-tri dana, vi idete na jednu stranu, ja na drugu. Ali ja hoću da vas pitam, upravo – ja ne tražim od vas sada odmah odgovor. Ja vam samo kažem da bih bio najsrećniji čovek na svetu da vi postanete moja žena. Sve bih vam pružio što jedna žena može da zaželi: ljubav, bogatstvo, nežnost. Ako hoćete luksuz... Vi biste živeli kod mene kao princeza u bajci. Možda me dobro ne poznajete, ali vi ne znate kako mogu da volim i koliko mogu da budem nežan. Sve bih vam ugađao, svaku želju bih vam ispunjavao.

Mlada devojka je ćutala. Nju su te iskrene reči zaista potresle. Ona pogleda nežno mladića:

– Vi ste, Edi, divan mladić. Verujte mi, tako ste mi simpatični. Ali to je veliko pitanje koje mi postavljate. Ja ne mogu da vam odgovorim.

– Ne tražim sada da mi odgovorite. Čekaću koliko god vi hoćete. Dopisivaćemo se. Hoćete li mi pisati?

– Hoću – prošaputa Ivanka setno.

Jerica i Štefi zaviše jednom stazom, a Edi ugrabi priliku, dohvati Ivankinu ruku i strasno je obasu poljupcima.

– Ja ću se nadati, Ivanka, nadaću se...

Prođoše pokraj lekareve kuće. Lekar je bio na terasi. Gledao je zamišljeno u planinski venac. Okrete se najednom i ugleda Ivanku. Mlada devojka sva uzdrhta, srce joj snažno zalupa i krv joj jurnu u obraze.

On me voli, šaputalo je nešto u njoj. *Voli me...*

I ta misao je ispuni srećom, bolom i očajanjem. Zaželela je da dobije krila da se pretvori u nevidljivo biće, da poleti k njemu i strasno se pripije na njegove grudi. I u tom trenu svi iščezoše oko nje, ostade samo njegova tamna, visoka figura i te gorde oči.

Gospođa Roža se pojavi iza lekara. Ivanka se sledi od bola i oseti kako joj se srce grči.

Borba srca i savesti

Sutradan po odlasku oficira gospođa Planinšek je pozvala celo društvo da dođu k njima na poselo posle večere. Taj poziv je čudio Ivanku. Zašto ih je zvala kad zna šta se događa u srcu njenog muža? Da li je htela njoj, Ivanki, da pruži priliku da pokaže svoju ravnodušnost prema njemu? Ili je htela da on uvidi koliko je velika dobrota njenog srca, i koliko ona može da podnese i pati, pružajući mu priliku da bude u društvu s tom mladom devojkom? To je možda bio razlog, ali poverenje koje je imala u mladu devojku dalo joj je hrabrosti da učini ovaj gest. Njeno osećanje je bilo slično onome kad neko prelazi ponor preko uzanog brvna, i strepi da se ne strmoglavi, ali iza sebe oseća jednu ruku koja ga drži. Ta ruka, u ovom slučaju, bila je ruka mlade devojke, koja će je spasti, koja se nikad neće pružiti da razruši njen brak. Ona je verovala Ivanki i pozvala ih je. Njene dobre, bolećive oči, jasno su govorile mužu: „Ona je tu, eto, gledaj je! Ja ti ne branim. Ja ću patiti, moje srce je smrvljeno, ali ja se nadam da ćeš ti ipak ostati moj...“

Tu njenu nadu potvrdila je mlada devojka; kad je ušla u trpezariju, zagrlila je Rožu i sela pokraj nje, držeći je za ruku. Njene božanstveno lepe oči posmatrale su umiljato lekarevu suprugu i kao da su joj govorile: „Ne bojte se ništa!“

Ali u srcu Ivankinom bio je košmar. Ona nije smela sebi ništa da prizna, ali u njenom srcu se nešto čudnovato događalo. Izbegavajući da pogleda lekara, ona ga je ipak osećala. Osećala je njegov profil, dostojanstveno držanje i prividnu hladnoću njegovih sivih očiju.

Trudila se, ipak, da bude vesela.

Štefi je bila kao prolećni vihor – nestašna i koketna. Edi je bio sumoran i tužan. Sedeli su u trpezariji s poljskim nameštajem, sa stolicama od belog drveta i cvetnim presvlakama. Taj cvetni nameštaj bio je neka vrsta produženja bašte ispred kuće, gde su ruže divno mirisale, a dalije raznih boja gordo dizale glavice. Iz trpezarije se izlazilo na terasu; oko terase obavijale su se puzavice. Vrata su bila otvorena, noć se prikradala. Meseca još nije bilo, ali nebo je bilo puno zvezda. Jedna bela mačkica stajala je na ogradi, nepomična kao neka statua. Prolete i neka ptica ili slepi miš.

Štefi sede za klavir. Pod njenim prstima zabrujaše akordi jednog bečkog šlagera. Pevala je, veselo se klateći za klavirom, kao da igra. Edi je pušio i ćutao. Lekar izađe na terasu. Njegova tamna silueta ocrtavala se u polusvetlosti. S terase je mogao da gleda Ivanku. Ona upravi pogled tamo gde je on stajao i ugleda njegove oči, koje su noću bile tako mračne. Te oči su je uporno gledale. U njima je bio i prekor i očajanje.

– Hajde, svirajte vi, Ivanka – zamoli doktorova žena.

– Ako hoće mama. Možemo u četiri ruke.

– Da li ću umeti napamet, bez nota? – branila se mama.

– Kako da nećeš!

– Ne, pevaj ti, a ja ću da te pratim. Hoćeš onu rusku romansu?

Ivanki se nije pevalo. Osećala je strašnu gorčinu u grlu, kao da je popila kinin. A one oči s terase neprestano su je gledale.

Štefi izlete na terasu:

– Oh, što je odavde divan pogled! Vi uživate u prirodi, gospodine Planinšek?

– Da, uživam.

– Ali ste večeras nešto sumorni?

– Ja sam uvek takav, ali to nije sumornost.

Mlada Bečlika ga vragolasto pogleda:

– Jesu li svi Slovenci takvi?

Lekar se nasmeši i dirnu je:

– Onaj poručnik, Slovenac, mislim da je drugačiji.

– Ah, on je tako zlatan, i veseo je. Ume da zanima.

– Nije dosadan kao ja.

– O, vi niste dosadni. Vi ste zanimljivi. Za mene ste pomalo zagonetni.

– Bolje recite ozbiljni.

– Suviše ozbiljni.

Akordi klavira zabrujaše. Vitoj se trže i ostade nepomičan. Ivanka zapeva. Reči su bile bolne, pune tuge, one tužne ruske romanse, kad srce jeca od ljubavi. Njen topli glas je bio kao kadifa, a tihi akordi klavira izvanredno su dopunjavali lepotu njenog glasa.

Naslonjen na ruku, Edi je slušao, zaboravljajući da puši. U drugoj ruci držao je cigaretu i male spirale dima dizale su se i uvijale. Gospođa Huber je nežno gledala mladu devojku, a na licu gospođe Rože ocrtavao se neiskazani bol. Pesma se prelivala u noći, a lekar je stajao zanemeo, naslonjen na stub, kao statua od bronze.

Umukoše akordi i pesma. Svi su ćutali. Ivankina mama najednom uhvati nekoliko akorda i zasvira „Da su meni oči tvoje".

– To nisi pevala, a to je lepa pesma.

Ivanka sva pretrnu i oseti kako se ona lepa glava odmače od stuba.

Mati je svirala, kći zapeva. Štefi uđe lagano u trpezariju i sede na stolicu. Lekar ostade sâm. Njegovo celo biće je upijalo glas mlade devojke; poluzatvorene oči su u zanosu tražile njene divne oči, koje su posmatrale zvezdano slovenačko nebo. Glas joj zadrhta i ona jedva otpeva poslednje reči.

Ukloni se da je on više ne gleda. Osećala je da više nema snage da izdrži njegov pogled.

Devojka unese kolače i kafu. Vitoj uđe u trpezariju.

Pričali su veselo, Ivanka se trudila da ne oda svoje uzbuđenje.

Krišom bi pogledala lekarevu ženu. Da bi je raspoložila, obraćala joj se svaki čas s ponekom rečenicom.

Bila je blizu ponoć. Ustadoše da idu. Opraštali su se redom. Ivanka naposletku pruži ruku Vitoju i najednom sva zadrhta. Oseti da joj on stavlja nešto u ruku i steže parčence hartije. Nije smela da ga ispusti, morala je da ga zadrži. Izvukla je ruku i brzo premestila hartiju u levu ruku.

Sva je drhtala. Šta je hteo, šta li joj piše? Lagano je spustila ceduljicu u džep bluze.

Ušle su u sobu, ona i mama. Ona nije smela odmah da pročita. Priđe stolu kao da traži neku knjigu. Uze jedan roman, otvori ga, ćušnu hartiju, lagano je razvi i pročita:

Budite sutra u dva časa na onom istom mestu gde ste onda slikali. Preklinjem vas, ispunite mi ovu molbu. Ja ću vas čekati...

Ona oseti kako joj slova igraju pred očima. Zaklopila je brzo knjigu i stavila je u kofer. Bila je strašno zbunjena. Mama je nešto zapita, ona kao da ne ču. Mati opet ponovi:

– Šta kažeš? – trže se Ivanka.

– Što si tako rasejana? – dirnu je mati.

– Pročitah ovde jednu rečenicu, pa se setih Jerice – zbunjeno se branila. – Njoj se dopao onaj crnomanjasti poručnik, pa ja hoću da joj navodadžišem.

Mati se nasmeja: – Eto kakve ste vi devojke! Jednog volite a za drugog biste se odmah udale. Pa ti si mi pričala da je Jerica verena!

– Jeste, i sliku mi je pokazala. Nije zvanično verena, ali vole se.

– I zaboravila ga je zbog poručnika? Bi li i ti tako mogla?

– Ti znaš da nisam ni u koga zaljubljena.

– Nisi, ali Edi te je večeras tako tužno posmatrao i uzdisao.

– Nije ni čudo. Znaš, mama, pitao me hoću li za njega da se udam.

– A šta si mu ti odgovorila?

– Kazala sam mu da je to veliko pitanje, i da ne mogu da mu odgovorim odmah. Nisam baš htela sasvim da ga odbijem.

– Edi je simpatičan mladić, lepo vaspitan. Da je, Srbijanac, ne bih ti branila da se udaš za njega.

– A kako ti se sviđa poručnik?

– Simpatičan je i on. Pravi Srbijanac.

– To je tvoj tip, mama – dirnu je kći. – Ti voliš crne sjajne oči.

– Šta ti meni sad: „moj tip"! Tvoj otac je bio crnomanjast i ja sam samo njega volela. Ali moje je davno prošlo.

Mati skrenu razgovor s te teme:

– Gospoda Roža mi je nešto bila tužna večeras. Kao da zbog nečeg pati.

– Možda joj nije bilo dobro – tiho reče mlada devojka i uvuče se u postelju da razmišlja.

Sutradan je celo jutro mislila da li da ode ili ne... Zašto je on zove? Šta ima da joj kaže? I šta bi pomislila njegova žena da je vidi s njim? Najpre je zabranjivala sebi da ide. Ali pošto je razmišljala, uvidela je da treba da ode. Ona mora da mu razbije sve nade, da ga ubedi da ona nikad ne misli na njega, niti će misliti. Bila je pred iskušenjem da sve prizna mami, da je zapita za savet. A bojala se da mama ne pomisli rđavo o lekaru. Za nju je to bilo prvo i najveće iskušenje u životu pred kojim se našla sama i neiskusna. Jedini savetodavac bilo joj je njeno dobro, iskreno i čedno srce. Ona je osećala bol te jadne žene i nije htela da je ucveli. Ali, osećala je i bol toga čoveka i njegovu beskrajnu ljubav. I ta dva bola – sažaljenje i ta sreća koja je nju ispunjavala – borili su se u njoj. Ko će da pobedi? Da li je ona toliko jaka da odoli lepoti i ljubavi tog čoveka? Bojala se da ide, a hrabrila je samu sebe. Zašto da bude kukavica, zašto da ga ne pogleda u oči i ne kaže mu da ne može da raskine njegov brak?

Na kraju je rešila ipak da ode. Kazala je mami:

– Idem poslednji put da se prošetam mojim stazicama.

Išla je, a srce joj je lupalo. Kao da ide na ljubavni sastanak. Ali to nije bio ljubavni sastanak, morala je da ode, da razbije iluzije tome čoveku.

Što se više približavala onom mestu, srce joj je sve jače udaralo. Dah joj je bio kratak, a oči raširene, čisto uplašene. U šumi je bila tišina, samo njeni koraci. Išla je lagano, kao da hoće da sakrije samu sebe. Vitoj je sedeo na klupi, glave naslonjene na ruku. Bio je utonuo u misli. Začu njene korake, trže se, naglo ustade i pođe joj u susret. Uhvati je za ruku, poljubi joj prste i prošaputa:

– Kako ste dobri! Koliko ste mi radosti doneli što ste došli. Poludeo bih da vas nisam još jednom video.

Mlada devojka se jedva držala na nogama. Bleda, sede na jedan kraj klupe, dalje od njega.

– Možda nema smisla što sam došla? – prošaputa.

– Zašto da nema smisla. Znam šta mislite, i možda ste u pravu. Ali, da li je sve ono što čovek misli da je u pravu uvek tako?

– Mene bi osudio svako ko bi me video da dolazim ovamo.

– Ali ja vas ne osuđujem! A ovde smo u pitanju samo ja i vi. Ako je neko učinio grešku, to sam ja. Ali vi ćete mi oprostiti, vi ćete me razumeti. Ja ne želim ništa drugo, nego da me vi razumete.

– Ja vas razumem i mogu sve da vam oprostim, ali ne mogu sve da vam odobrim.

On se malo naže k njoj i prošaputa:

– Ne možete da mi odobrite! Ne odobravate mi što vas volim?

Ona je ćutala. Nije mogla ni reč da progovori, a osećala je kako je opasno to njeno ćutanje, osećala je da to ćutanje on može drukčije da protumači.

– Voleti vas, to je najveća sreća, to je moj san, ali ja želim da se taj san obistini, ja hoću da volim i hteo bih da sam večno pored vas.

Mlada devojka oseti sladak drhtaj, koji joj prođe celim telom. Opet se njeno dobro, čedno srce povrati, ona se strese od straha i jedna misao je ošinu: *Zašto si došla? Zar da malakšeš, zar da kloneš, da mu priznaš svoja osećanja?* Prikupi svu snagu i ne gledajući ga, jer se bojala njegovih očiju, ona je govorila, posmatrajući jedan listić na zemlji:

– Vi dobro znate da je nemoguće sve to što govorite!

– Ništa nije nemoguće kad čovek hoće. Ali nije dovoljna samo moja ljubav, meni je potrebna i vaša ljubav. To je ono što me muči, to hoću da znam, moram da znam, i preklinjem vas, recite mi, da li išta osećate prema meni?

Njeni obrazi bili su vrlo bledi, a oči ukočene. Do nje je dopirao njegov tihi, slatki šapat – kao melodija, kao čežnja – šapat koji zaluđuje mlado, nevino srce.

– Kako čeznem za vama, Ivanka! Kako me muči ta čežnja. To se već pretvorilo u bol, u ludilo. Gledam vas svakog dana i patim. Vi ne možete da zamislite koliko patim. A zašto da patim? Zašto da ne budem srećan? Hoćete li, Ivanka, da budemo srećni, hoćete li?

Ona je slušala, a ruke su joj malaksalo ležale u krilu. Nije mogla da progovori, ali oseti kako njegova vrela ruka uhvati njenu.

Devojka se sva strese, istrže ruku, skoči s klupe i nasloni se na drvo.

On ostade na klupi, nepomičan i bled. Gledali su se. Ona okrenu glavu od njegovog pogleda i kroz svest joj prostrujiše reči njegove žene:

Da li biste mogli na tuđoj nesreći da zasnivate svoju sreću?

To je osvesti kao hladna obloga. Ona se još više uspravi, pribra, pogleda ga i hladno odgovori:

– Vi zaboravljate da ste oženjen čovek.

On se naglo uspravi na klupi, kao da prikuplja snagu. Potom ustade, pođe jedan korak i zagleda joj se u oči strasnim, sjajnim zenicama:

– Da li je to razlog što me odbijate? Ako je to razlog, znajte da sam istog dana kad sam vas sreo doneo odluku. Samo, moram da znam, recite mi, preklinjem vas, da li me volite? Smem li da verujem u tu sreću? Ja hoću da me volite, ja verujem da me volite! Verujem, Ivanka, vi ste mladi, vi ne umete da skrivate svoja osećanja. To je ono najlepše u vama, i ja to osećam, jelte da se ne varam? Recite mi, moja mala devojčice, recite mi, da li je istina da me volite?

Ona je stajala naslonjena na stablo, činilo joj se da će sad skliznuti i pasti. Ali odnekud, iz dubine svoga bića, ona ču one bolne reči: *Ja bih se ubila da izgubim mog Vitoja.*

To joj povrati snagu, dade joj hrabrosti da ga pogleda, i ona mu odgovori.

– Vi se varate.

On joj priđe još korak i zagleda se u njene lepe oči.

– Varam se? Varam se? Je li to istina što govorite? Ne, to nije istina, to nisu vaša osećanja. Zašto tako govorite, Ivanka? Pogledajte me pravo u oči! Nemojte biti neiskreni. Ovo je najvažniji trenutak u mom životu. Ja nisam balavac, nisam ni nekarakteran. Hoću da znam, hoću da vam kažem: rastavio bih se sa ženom ako me vi volite, i odmah bismo se venčali. Lud sam za vama! Volim vas. Volim beskrajno. Vi ste sva moja budućnost, radost, smisao života. Volim vas, svaki moj nerv je prožet vama. Samo jednu vašu reč hoću da čujem, jednu reč. Recite mi. Volite li me?

Ona se odmače od stabla da pobegne, ili da poleti k njemu. Više nije vladala sobom, više nije imala moći. Ali opet one reči, strašne i bolne: *Ja bih se ubila da izgubim mog Vitoja.*

Mlada devojka ostade nema, nepomična, oborenih očiju.

On je stajao pred njom, sav zanet, i šaputao:

– Recite mi, što ne odgovorite? Ne volite me? Ne volite? Jel' to istina? Ili možda volite nekog drugog?

Ta misao mu dođe iznenada i sasvim ga užasnu. On je govorio, ponavljao, hteo da zna, uporno, očajno:

– Vi volite nekoga? Recite, koga? Volite... Možda Edija?

Priđe joj bliže i uhvati je za mišice, steže ih. Ona zadrhta, dođe joj da pruži ruke, da ih obavije oko njegovog vrata, da uzvikne:

„Volim tebe, samo tebe!"

Ali onaj glas, kao jauk, ošinu je ponovo:

Ja bih se ubila da izgubim mog Vitoja.

Ivanka oseti njegove vrele ruke na svojim mišicama, vide njegove oči kako joj se približavaju. Ona ga pogleda nesvesno, nekako očajno, otvori usne nešto da kaže, i opet one reči: *Zar na tuđoj nesreći da zasnivate svoju sreću?*

Njena kovrdžava glavica gordo se diže, ona pogleda Vitoja i prošaputa:

– Da, volim Edija.

Vitojevi prsti se zgrčiše oko njene ruke; on je drhtao nekoliko trenutaka, izbezumljen, onda je odgurnu od sebe, uhvati se za čelo i nasloni se na jedan bor.

Mlada devojka pođe kao u nesvestici, ne znajući šta se događa oko nje, pođe dva-tri koraka i oseti kako sve iščezava oko nje. Pođe jedan korak i sruši se onesvešćena na zemlju.

On skoči, pojuri k njoj, saže se:

– Ivanka, Ivanka, šta se desilo? Ivanka, mala moja! – dozivao ju je uzbuđeno.

Okrete je pažljivo i spazi njeno pobledelo lice, zatvorene oči i poluotvorene usnice. Lud od očajanja, on je podiže, uze u naručje, pritisnu na svoje grudi. Gledao ju je teško dišući, i osećao je slast tog vitkog tela na svojim rukama. Usne su mu gorele od čežnje za poljupcem. On se naže nad njeno lice, kao da hoće svojim dahom da je povrati, i šapnu joj:

– Vi me volite, volite me, a krijete od mene, od sebe krijete i patite. Ta borba je teška za vas, za vaše mlado srce. Volite me, jelte da me volite?

Steže je na grudi, glava mu se naže nad njeno lice i njegove usne dodirnuše njene sklopljene oči. Taj poljubac ga izbezumi; poče da kliza usnama po njenom licu lagano i strasno, nađe njena ustašca i u svojoj bezumnoj ljubavi pritisnu na njene usne jedan vreo poljubac, dug, beskrajno dug...

Ivanka otvori oči, pogleda iznenađeno oko sebe, ne znajući šta se događa, diže ruke, pritisnu čelo, a onda se zagleda u Vitojeve oči i odjednom sve shvati.

On se naže nad njeno lice i šapnu joj:

– Volite me, recite mi samo to. Ja znam da me volite.

Taj slatki šapat ju je opijao; njene oči se sklopiše od uzbuđenja, telo joj je malaksalo ležalo na njegovim rukama. Ruke su joj drhtale; podigoše se lagano, da mu se obaviju oko vrata, da mu vrate poljupce...

Ali, najednom, onaj bolni, prigušeni glas zajauka u njenoj svesti: *Ja bih se ubila da izgubim mog Vitoja.*

Ona se osvesti i njene ruke, umesto da se obaviju njemu oko vrata, odupreše mu se o grudi, oči joj dobiše prestravljen izraz, snaga joj se povrati i ona se izvi iz njegovog naručja.

On ju je držao još čvrsto u naručju, i njegovo lepo lice, uzdrhtalih usana, opet se nadnese nad njene usnice.

– Pustite me! Pustite me! – jeknu ona očajno.

Prikupi snagu, otrže mu se iz naručja i skoči na zemlju.

On je pusti, ostade nepomičan, bled.

Ivanka je teško disala, naslonjena na stablo. Njeni kovrdžavi pramenovi spuštali su se u neredu niz obraze. Vitoj ju je gledao svojim očajnim, toplim očima. Priđe joj, prošaputa:

– Ivanka, vi me volite, ja to osećam! Čemu ta borba?

Njena lepa glavica se zatrese i ne gledajući ga, otrže joj se jedan krik iz duše:

– Ne, ne volim vas!

On zastade, potpuno sleđen.

– A ja, ja sam poverovao. Da, poverovao sam, jer vas bezumno volim.

Pođe dva-tri koraka, dođe do jedne klupe i sruši se na nju kao mladi bor oboren sekirom. Sedeo je nepomično, lica zagnjurena u ruke. Nije ništa govorio. Mlada devojka, naslonjena na stablo, posmatrala ga je. Oči su joj bile širom otvorene i mutne. Osećala je kako joj se suze kupe u očima. Zaklopi oči kao da neće da ga gleda, ili hoće drugu sliku da vidi. Usne su joj nečujno šaputale:

– Vitoj, moj Vitoj – a dve suze joj se skotrljaše niz lice.

Pođe dva-tri koraka prema njemu, zastade.

– Htela bih da vam kažem nešto.

On diže glavu i pogleda je. Devojka spazi suze u njegovim očima.

Njene otvorene usnice, spremne da izgovore reči ljubavi, ostadoše neme. Ona ga je gledala očajnim pogledom. Taj čovek plače, plače zbog nje. On je voli! Taj gordi čovek, koji je umeo uvek da se savlađuje, sad je skrhan. Plače... Zbog nje.

Suze muškarca ženi su najveći dokaz osećanja. Suze raznežavaju više od svake reči. Žena voli suze muškarca. I te suze, jače od svih reči, ispuniše toplinom Ivankino srce. Sva je treperila; gledala ga je, a suze su joj klizile niz njene blede obraze.

On ustade, oči mu zablistaše, pođe k njoj.

– Hteli ste nešto da mi kažete. Šta? Recite mi, recite, mala moja. Zar možete ovako da me ostavite? Meni se čini da ću sve izgubiti kad vi odete.

Ona htede nešto da kaže, ali te njegove reči podsetiše je na ono: *Ako izgubim mog Vitoja...*

Pritisnu rukom usne kao da hoće da uguši svoje reči, ispravi se najednom i prošaputa:

– Htela sam da vam kažem, i da vas zamolim... da me zaboravite.

Njegove gorde oči blesnuše i on hladno izgovori:

– Jesu li to vaše poslednje reči? Ništa više nemate da mi kažete?

Njen odgovor bio je jedva čujan šapat:

– Molim vas, učinite mi nešto. Budite dobri prema gospođi Roži i nemojte se rastavljati od nje.

Više nije imala snage. Polete da pobegne s tog mesta. Bežala je kroz šumu, kroz šipražje. Gazila je paprat, lomila nežne šumske cvetove. Jurila je sa strahom, kao da je on goni, nije smela da se okrene, plašila se i sebe i njega. Najednom je stala kao ukopana, okrenula se. Njega nije bilo. Njeno telo više nije imalo snage, pala je na zemlju i zajecala:

– Vitoj, lepi moj Vitoj, zar da te nikad više ne vidim? Vitoj, ja te volim!

Ramena su joj se tresla, suve iglice bora padale su po njoj, a ona je plakala. I taj njen prvi jecaj i ljubavni bol bio je još teži u ovoj veličanstvenoj prirodi, gde je sve oko nje bilo pesma i ljubav.

Trenuci su prolazili. Ona je i dalje plakala i nije čula šum koraka. Najednom se trgla kad se jedna ruka spustila na njeno rame i uplašeni glas progovorio:

– Ivanka, zašto plačete, tako sam se uplašio? – reče Edi.

– Oh, ništa, onako. Rastužila sam se što ostavljam ovu lepu prirodu – odgovorila je zbunjeno, sa osmehom i postiđeno.

– Kakvo ste vi dete! – reče Edi. Nežno pruži ruku i podiže joj kosu sa čela.

Njegove nežne reči umiriše malo očajnu devojku i ona mu se nasmeši kroz suze:

– Da, pravo dete. Mora biti da sam vam smešna?

– Ne, niste mi smešni. Vi ste osetljivi, uživate u prirodi kao umetnica i morate žaliti za njom. Možda bih i ja bio u stanju da plačem, ali ja ne bih plakao za ovim borovima i jelama, ja bih plakao za vama, Ivanka.

– Gle, sad ćete se i vi rasplakati – nasmeši se ona. – Ne, neću ni ja više da plačem. Hajd'mo odavde.

Ustade brzo, bojeći se da ne naiđe Vitoj. Bilo ju je strah da ga Edi ne vidi, jer bi naslutio da se između njih nešto dogodilo.

Edi ustade. Mlada devojka se saže i poče rukom da skida suvo lišće sa svoje haljine.

– Poznaje li se da sam plakala? – upita Edija. – Mama će me grditi. Imate li ogledalce?

– Poznaje se – odgovori Edi. – Ali vaše oči su lepe i kad su uplakane. Evo vam ogledalce.

Ona se ogleda i popravi kosu.

– Ima tamo izvor, hoćete li da se umijete?

– Mogu.

Spustiše se sa staze i pođoše nizbrdo, da bi stigli do izvora. Bilo je strmo i mladić pruži ruku devojci. Dođoše do izvora i ona se umi. Edi joj dade svoju džepnu maramicu da izbriše lice.

– Kako vam lepo miriše maramica. Neki fini parfem.

– Samo kolonjska voda. Kad odem u Beč izabraću za vas najlepši parfem i poslati vam.

– Ako me dotle ne zaboravite.

– To sudite po sebi?

– Ne, već po muškarcima.

– Imate pravo. Muškarci su nestalni. Istina, vaš crnomanjasti poručnik biće, možda, bolji od mene. Uostalom, on vam je i bliži.

Ivanka se nasmeši:

– Vi ste, Edi, ljubomorni. Nisam pretpostavljala da jedan Bečlija može da bude ljubomoran. Za Srbijance već znam i mogu da verujem.

– A nas Bečlije smatrate beskičmenjacima koji ništa ne mogu da osete, pa prema tome ne mogu da budu ni ljubomorni. Ljubomora nije osećanje jedne nacije ili rase. Ljubomoru nosi u sebi svaki muškarac koji voli. Vi se smešite, Ivanka, a meni je tako bolno ovo što govorim. Krivo mi je što niste Bečlika. A ko zna, možda ni tada ne biste bili toliko interesantni. Nacije imaju privlačnosti jedna za drugu kada je u pitanju ljubav. Sve je novo i interesantno. Mi smo u Beču navikli na mešavinu narodnosti.

Spuštali su se nizbrdo i prolazili pokraj nekog voćnjaka. Jabuke su se rumenele kao majske ruže. Niske grane, otežale od plodova, savijale su se do zemlje. Edi pruži ruku i otkide dve-tri jabuke. Pruži jednu Ivanki i ona je zagrize svojim belim zubićima.

Voz pisnu i protutnja.

– Sutra uveče mi odlazimo.

Edi spusti ruku i baci jabuku.

– Odlazite – šaputao je. – Za šumom ste plakali, a za mnom nećete, sigurno. Vi ste od onih lepih, suviše lepih devojaka, koje su svesne da se svakom dopadaju. To ih i zabavlja, ali nikom ne poklanjaju svoje srce. Možda su krivi muškarci što ne umeju da skriju svoje divljenje pa ispadaju smešni u vašim očima, kao što je uvek smešno kada se gomila tiska da se nečemu divi.

– Onda, ispada da sam ja koketna?

– Ne, vi niste koketni. Vi ste iskreni, prirodni, a to najviše privlači. Nekad mi se čak čini da niste svesni svoje lepote, a drugi put poverujem da ste gordi na svoju lepotu. Žene su zagonetne, a naročito lepe žene, i muškarci nikad ne mogu da ih odgonetnu. One su ponekad pravi rebus.

– A vi ste, sigurno, često rešavali u Beču te rebuse? – dirnu ga Ivanka.

– Nisam imao potrebe, jer rebus-žene teže se nalaze. Takav rebus ste vi za mene. Ne mogu da vas shvatim. Znate, ponekad mislim da ste zaljubljeni u doktora.

– Otkud vam to pade na pamet? Oženjen čovek.

– Meni se tako čini, ili je to uobraženje zaljubljenog muškarca koji sumnja u svakog. Posle sam poverovao da vam se dopao onaj crnomanjasti poručnik. Na njega ću, verujte, misliti i u Beču. Nikad nisam poverovao da ste u mene zaljubljeni. A sad mi je najčudnovatije to zašto ste plakali... – On je uhvati za ruku i zagleda joj se u oči:

– Zašto ste maločas plakali, recite mi?

– Pa ja sam vam kazala, zar mi ne verujete?

– Ne, ne verujem vam. Tu se skriva neko osećanje.

– Razume se da se skriva osećanje. Plač može da izazove samo bol i ljubav.

– Ljubav – trže se Edi – ljubav prema kome?

– Ljubav prema prirodi.

Edi ućuta i zagleda se u njene oči.

– Žena će uvek ostati tajna za muškarca – prošaputa.

– Pošto ja nisam nikakva tajna za muškarce, već najobičnija i naj-jednostavnija devojka, Edi, hajde da trčimo do onog drveta tamo na livadi, da vidimo ko će pre da stigne!

– Hajde. Hoćete li da vam dam nekoliko koraka?

– Hoću.

Pojuriše. Edi uspori i Ivanka ga prestiže.

– Pa vi ste to hteli.

– Da, hteo sam. Prema ženama treba biti kavaljer.

– A kad je u pitanju žena-drug?

– Ne, vi ste za mene lepa devojka koju volim, i prema kojoj ne mogu da budem drug.

On je uhvati za ruku. Stajali su nedaleko od lekareve kuće. On se u tom trenutku pojavi na terasi i spazi njihova nasmejana lica i kako Edi drži Ivankinu ruku. Oseti strahovitu bol i seti se Ivankinih reči: *Ja volim Edija.*

Vraćali su se u pansion.

– Ivanka! – začu se najednom ženski glas.

Bila je to Jerica. Trčala je za njima.

Ivanka oseti tremu, kao krivac uhvaćen na delu, i pomisli: *Što li trči?*

Seti se one scene u šumi i obuze je stid i strah, kao da Vitojeva sestra već zna.

Ivanka zastade da je pričeka. Edi isto tako. Jerica joj reče na slove-načkom:

– Nešto ću posle da vam kažem.

– Šta?

– Neću pred Edijem. Gde se vas dvoje tako gubite?

– Našao sam je u šumi. Zamislite, plakala je za šumom. Zatekao sam je kako plače.

– Ćutite, Edi, šta sad pričate? Pa žao mi je, priznajem. Ovde sam se tako divno provela, a prvi put sam u Sloveniji.

– Dobro, dobro, plačite za šumom. Ne, to ste vi za mnom plakali.

– Jeste, za vama – nasmeja se koketno Ivanka.

– Ismejavate me samo.

– Što ste vi, Edi! Zar da vas ismejavam?

– Neka, neka. Idem, neću s vama. Sigurno imate nešto da pričate.

– Ama, ništa nemamo.

– Znam dobro da imate neke tajne. Ne, idem ja da kupim cigarete.

Edi se udalji.

– Šta ste to imali da mi pokažete? – upita Ivanka Jericu.

– Kartu. Dobila sam dopisnicu od crnomanjastog poručnika. Sad mi pismonoša doneo. Sigurno ste i vi dobili?

– Ne znam. Ja sam šetala. Možda je pismonoša doneo.

– Hajde da vidimo. Pročitajte moju.

Ivanka pročita: – „Prijatno se sećam vašeg društva i srdačno vas pozdravljam."

– A, „prijatno se seća" – dirala ju je Ivanka.

– Vama, Ivanka, jelte, nije krivo što sam ja dobila kartu?

Ivanka je iznenađeno pogleda:

– Zašto bi mi bilo krivo? Naprotiv, tako mi je prijatno što ste dobili kartu. To je lepa pažnja.

– Ali on vas simpatiše.

– Otkuda vi to znate?

– Pa to se po svemu vidi. Poslao je samo vama buket.

– Kao Srbijanki. Znate da se zemljaci svuda traže i rado upoznaju.

– Hajdemo da vidimo šta je vama pisao. Hoćete li da mi pokažete?

Ivanka joj zapreti prstom:

– Jerice, bogami, vi ste se nešto mnogo zagrejali za mog Srbijanca.

– Priznajem da mi se dopao. Ali, htela bih nešto da znam. Vi ste iskreni, Ivanka, hoćete li da mi kažete nešto?

– Hoću.

– Da li se on vama dopada? Upravo, da li biste se vi mogli zaljubiti u njega?

– Ja na to nikad nisam mislila. On je simpatičan, lepo vaspitan mladić, inteligentan, ali ja još ne mislim na brak, a da vodim ljubav s nekim, za to sad nemam vremena. Hoću najpre da završim studije.

– Ako bi on vama izjavio ljubav?

– Ja ću mu reći da se u njega zaljubila moja prijateljica Jerica. – Ivanka pršte u smeh, a Jerica sva pocrvene.

– Ne, nisam se zaljubila. Bogami, nisam. Ali sad ću nešto da vam priznam. Ljuta sam na mog dečka, tako sam se razočarala u njega. Nisam vam pričala, a bila sam toliko neraspoložena. Jedna moja drugarica mi piše kako ga često viđa da šeta s jednom studentkinjom. Ja znam da ga je ona hvatala, pričao mi je, i ja sam mu kazala da neću s njom da šeta. On mi se toliko kleo kako nju ne voli, kako ona trči za njim, pokazivao mi je čak i njena pisma i cepao ih preda mnom. Kad sad, čim sam ja došla ovamo, on šeta opet s njom. Zar se vi ne biste razočarali da vam neko piše kako vaš dečko do neko doba noći sedi u parku s nekom koja ga hvata?

– Razume se, ne bi mi bilo prijatno. A zašto mi to niste ispričali?

– Verujte, bilo me stid. Prvo sam vam pričala kako sam srećna, kako me voli, a sad najednom ispalo da se provodi s drugom. Ja sam gorda, kao i Vitoj, neću to da dopustim. Znate kako sam plakala jednog dana i Roži sam sve ispričala.

– A šta kaže na to gospođa Roža?

– Oh, Roža je divna. Ona me tako tešila: „Ćuti, što plačeš. Ako se ne udaš na njega, udaćeš se za drugog. Možeš naći još i bolju partiju. Ja i Vitoj ćemo tebi lep miraz da damo, i spremu, pa ćeš ti naći još boljeg mladića.“

– Kako je to divno od gospođe Rože. Ona je, zaista, jedinstvena žena.

Ivanka oseti radost što je bila jaka, i što neće nikad zadati bol toj dobroj ženi.

Pele su se uza stepenice Ivankinog pansiona. Njena mama je silazila iz sobe.

– Jel' pismonoša, mama, doneo štogod za mene?

– Jeste. Imaš jedno pismo i jednu kartu. Kartu sam pročitala. Od onog poručnika.

Jerica polete još brže. Uđoše u sobu. Ivanka uze kartu i pročita:

– *Nikad neću zaboraviti časove koje sam proveo pokraj vas... Pisaću vam opširnije kad se vratite. Toplo vas pozdravlja i misli na vas...*

Jerica se sneveseli:

– Vidite, po tim rečima se poznaje da je zaljubljen u vas.

– Ali ako ja nisam zaljubljena u njega?

– Zaljubićete se, on je tako simpatičan i lep.

– Ne, ja hoću da se vi zaljubite u njega.

– To ništa ne vredi kad on neće u mene da se zaljubi.

– Ja kažem da hoće.

– Kako vi to možete da tvrdite?

– Zato što vi ostajete ovde, vi ćete opet otići u grad, videćete se s njim, i pisaćete mu, a vi ste, Jerice, vrlo lepa devojka, iz dobre porodice. Vidite, imate i miraz, i svi su uslovi da se on zaljubi u vas.

Jerica zavrte glavom:

– Ne, on voli vas.

Ivanka je zagrli. Ona je osećala veliku simpatiju prema Jerici. U njoj je volela Vitojevu sestru. Imali su iste oči; te lepe, sive Jeričine oči, ličile su joj na Vitojeve.

– Slušajte, Jerice, ovako ćemo da uradimo. Vi njemu odmah sutra odgovorite, a ja neću da mu pišem. U karti napomenite kako ja večeras putujem. Njemu će biti krivo što mu nisam odgovorila, ali će mu biti prijatna vaša karta. A kad dobijem od njega pismo, ja ću opet hladno da mu odgovorim, i odugovlačiću odgovor, a vi mu pišite što češće, i što nežnije. Možete da odete i do varoši.

– Rožu ću da zovem da idemo, ona će mi to učiniti.

– Vi mu javite da dolazite, da prošetate s njim, i kad se budete češće viđali, on će se zaljubiti u vas.

– Ah, kako ste vi, Ivanka, divni! – uzviknu Jerica, zagrli je i obasu poljupcima.

Ivanka sva zadrhta i seti se kako ju je Vitoj držao u naručju. Uhvati se za čelo kao da oseti opet nesvesticu.

– Šta vam je?

– Ne znam, tako me boli glava već dva dana.

Jerica je pomilova po licu:

– Uzmite aspirin.

– Uzeću.

Iznenada Jerica reče:

– Nedavno smo ja i Vitoj razgovarali o vama. Vitoj kaže kako ste vi jedinstvena devojka, što je danas retkost. Pa meni kaže: „Treba na Ivanku da se ugledaš.“

Ivanki jurnu krv u lice.

– Sad vidim, zaista, koliko vi imate zlatno srce – nastavi Jerica. – Znam da je Edi zaljubljen u vas. To kaže i Štefi i moja Roža, a vi ste ga izbegavali, jer ga voli Linči. To sam pričala i Vitoju.

Njene reči su veoma uzbudile Ivanku i ona priđe umivaoniku da se umije. Sva ta uzbuđenja, koja je preživela to popodne, bila su prejaka za njene nerve.

Voda je osveži, oseti kako joj je lakše i nasmeši se Jerici:

– A vi ćete mi pisati sve kako se bude razvijala ljubav između vas i poručnika. Ali, ja neću da mu pišem. Samo koliko učtivost zahteva.

– A ako on bude nesrećan?

– Nesrećan? Muškarac! Isto su toliko lepe vaše oči kao i moje. A crnomanjastima se obično dopadaju plave. Nego, hoćete li jednu kafu? Znam da mama uvek ostavi u džezvi za mene.

– Mogu.

– Evo, ima za dve šoljice.

– Vi pijte kafu, a ja ću da spakujem moje knjige.

– Ne, ja moram da idem. Imaćemo goste. Samo sam dotrčala da vam pokažem kartu.

One se srdačno poljubiše i Jerica strča niza stepenice.

Idući preko livade, Jericu opet obuze seta:

Ko zna da li će on mene zavoleti? Mi tako raspolažemo srcem muškaraca i određujemo koju će da voli! A možda on baš voli Ivanku?

I Ivanka je gledala Jericu s prozora i mislila u sebi kako je lepa, visoka, divno razvijena; bila bi s poručnikom izvanredan par.

Pri toj pomisli obuze je tuga, pomešana sa očajanjem. Seti se svega onog u šumi. Tek sad je mogla da ostane sama sa svojim mislima. Pođe po sobi i mahinalno sede na postelju. Dugo je sedela nepomična kao da hoće da izazove onu sliku, onaj trenutak kad je osetila da je Vitoj drži u naručju. Prvi zagrljaj muškarca stvara beskrajnu slast i bol. I taj zagrljaj će joj ostati zauvek u sećanju. Ona skoči, pođe nervozno po sobi. Obuze je bol i gnev. Zašto je sve to bilo? Zašto je došla ovamo? Osećala je kako će njen duševni mir biti zadugo poremećen. Da li je ona katastrofa sa automobilom bila predznak da će se nešto još bolnije odigrati u njenom životu? A ovo je bilo zaista teško. Taj čovek koji je voli, i koji nije slobodan! I ta njegova žena, tako blaga, dobra. Sede na stolicu, podlakti se na sto, ostade tako dugo. Bila je u stanju da zaplače a nije smela. Bojala se svojih suza. One će je izdati, mama može da posumnja. Oh, što je to moralo da dođe. A kako je bila vedra, bezbrižna devojčica. Sad će vući taj bol kao težak, opijajući parfem, koji udara u mozak.

Čula je da se mama vraća i brzo je otvorila svoj kofer kao da se pakuje.

Poslednji pogled

Dan njihovog odlaska. Tako vedar i lep, kao da je i sunce htelo da ih pozdravi pri odlasku. Sve je bilo spakovano. Ivanka je šetala i prepodne i posle ručka. Kod njene mame bilo je drugačije raspoloženje. Ona je žalila ovu lepu prirodu, ali kao žena domaćica, volela je što se vraća kući. Već je pomišljala na slatko, pekmeze, istresanje. A posle će otići na selo svom deveru, da provedu desetak dana, kad prispe grožđe i breskve. Mama je o tome pričala Ivanki, ali je ona sve to ravnodušno slušala. Pogledala je na sat. Još samo jedan čas do polaska. Lekara nigde nije videla, ali je mislila da će izaći na stanicu. Mala plava konobarica Mici pojavi se s velikim buketom. Nosili su bukete i Edi i Štefi. Svi krenuše na stanicu. Ivanka pogleda po peronu. Planinšekovih nije bilo. Uskoro se pojaviše gospođa Roža i Jerica. Nosile su buket od raznobojnih ruža. Ivanka oseti užasan bol. Vitoja nije bilo.

– Vitoj je morao da ode u obližnje selo do jednog bolesnika. Pozdravio vas je i molio da ga izvinite što se nije oprostio – reče Jerica.

Mlada devojka je to ravnodušno slušala. Njen izraz lica je bio miran, ali srce joj je bilo ucveljeno. Edi je bio tužan i bled. Ništa nije govorio, samo je posmatrao Ivanku. Gospođa Huber se nežno osmehivala, a najveselija je bila Štefi.

– Pisaćete mi, Ivanka? – pitao je Edi.

– Hoću.

– I meni – zamoli Jerica.

– Da, i vama, čim stignem. Ali i vi meni, opširno.

– Hoću – potvrdi ona i značajno je pogleda.

U daljini se začu tutnjava voza. Svi se užurbaše...

– Kako žalim što se rastajemo – reče tiho gospođa Huber. – Tako smo se sprijateljili. Volela bih da jednom dođete u Beč.

– Možda će nas nekada put i naneti – reče gospođa Protić, ljubeći se sa starom Bečlikom.

Ivanka je osećala kako joj usne drhte i oči joj se mute. Nastadoše zagrljaji i poljupci. Ona zagrli Jericu i nešto bolno, gorko ispuni joj srce i izli se u suzama. Plakala je i ljubila se. I mlade devojke zaplakaše, i stara Bečlika. Zaplakala je i gospođa Roža. Možda je i plakala zbog nekog svog bola. Edi priđe, uze Ivankinu ruku, stegnu je i poljubi. Mlada devojka ga je gledala suznih očiju, a on je imao želju da je pritisne na grudi i da poljubi njene lepe oči.

Lokomotiva se ukaza, crna kao aždaja. Zastade. Mati i kći uleteše u voz, jer se zadržavao samo dva-tri minuta. Pojaviše se na prozoru. Ivanka ih je sve gledala, htela je da se nasmeši, a suze su joj klizile niz obraze. Voz pisnu, pođe lagano, pa sve brže. Ona je stajala s mamom na prozoru i mahala rukom. Videla ih je sve, samo njega, Vitoja, nije bilo. Kao da nikog nije bilo... I sve joj dođe tužno: te lepe slovenačke gore, oni gordi stoletni četinari, zelena polja, reke sa odsjajem smaragda, sve tužno, pretužno... Izgubi se stanica, ostade samo lepa priroda i njen bol u srcu...

Nije više mogla da izdrži – zajeca glasno, kao dete, rastuženo, ucveljeno, zajeca i spusti glavu mami na rame. Mati ju je milovala po kovrdžama, tešila je kao devojčicu:

– Nemoj da plačeš, pa doći ćemo opet. Štedećemo, pa dogodine, bože zdravlje, opet ćemo doći. I meni je žao, ali dosta smo i bile.

Ona je jecala, ne govoreći ništa, a voz je tutnjao... Opet pisnu, zastade na jednoj stanici, i opet krete dalje.

Glave naslonjene na mamino rame, Ivanka je tiho plakala.

– Pogledaj – uzviknu mati – je li ono gospodin Planinšek?

Ivanka se trže i skoči:

– Gde je?

– Eno, onde kod onih borova.

Mlada devojka polete prozoru i pogleda.

Voz je prolazio pokraj jedne borove šume. U podnožju šume belio se put. Ivanka ugleda Vitoja. Naslonjen na jedan bor, gledao je voz. Kao da je stajao i čekao ga naročito da nju vidi još jednom – bez prisutnih, sâm u šumi, kao što će ostati sam sa svojim bolom...

Mlada devojka se previ preko prozora, pruži nesvesno ruku, mahnu, i vide kad on skide šešir i osta gologlav. Bio je nepomičan, ali daleko. Ona nije mogla da vidi očajni bol u njegovim očima, niti je on mogao da sagleda njene uplakane oči...

Gledali su se tako, a daljina je postajala sve veća, veća... Voz nestade, a lekar je stajao i gledao dim. Izgubi iz vida lokomotivu, koja zauvek odnese njegov najlepši san života.

DRUGI DEO

Iz Ivankinog dnevnika

Došli smo u selo kod čike. Kako je lepa jesen na selu! Oseća se miris oraha i bresaka. Na stablima šljiva još stoje plavičasti plodovi, pčele zuje oko njih. Pišem u jednoj beloj, svetloj sobi. Miriše kita bosiljka nad ikonom. Sve je unaokolo svetlo i puno boja. A napolju kakoću kokoške, tele muče i traži majku, a strina vabi ćuriće. Ljubinko uzjahao konja i hoće da izjaše do zabrana. Tako su svi veseli. Samo sam ja tužna. Koliko vremena je prošlo, mesec i više, a meni se čini nekoliko meseci. Da li zato što je rastanak tužan i svaki dan duži? Mislila sam da će to proći, ali to ne prolazi. Verovala sam da je moja osećanja pojačavala lepota prirode i da će vremenom iščeznuti moj bol. A moj bol ne iščezava. Šta je to u meni, pitam se? Hoću da zavirim u svoje srce, hoću da se ispovedim samoj sebi. Od sebe neću ništa kriti. Uplašilo me to što osećam.

Volim Vitoja. Volim ga prvom svojom ljubavlju, volim ga bez nade. I to je ono strašno, što nemam nade. Čisto se užasnem od te reči, ali tako je. Nikad više da ga ne vidim, nikad da ga ne čujem. Zašto ga volim? Zašto ovoliko patim zbog oženjenog čoveka? Ja, koja sam uvek osuđivala drugarice koje se zaljubljuju i vole oženjene, sada patim zbog oženjenog. Dokle će to trajati i da li će se taj bol ublažiti? Proučavam sebe svakog dana i osećam da se bol ne umanjuje. Sve je tužno, u meni i oko mene. Priroda koju volim sad mi je kao pesma u molu, kao tugovanka. Kud god pođem, sve me rastužuje. Miris šume, žalosne vrbe što opuštaju svoje srebrnkaste grane, veče nad selom, mesec kad izgreva, isto onako veliki kao u Sloveniji. Meni je sve tužno. Neko bi se nasmejao i kazao: – Proći će, možda. – Ali ja ne verujem da sam od onih devojaka kod kojih to brzo prolazi. Promenila sam se. Mama to opaža, i Ljubinko, čak i čika. Zato bežim u samoću. Zavučem se negde kraj bašte, ili sedim kraj potočića ispod vrbe, ponesem knjigu, pregledam je i prelistavam, a ne čitam. Jednom me je tako zatekao Ljubinko i počeo da me dira da sam se zaljubila u Bečliju i da mislim na njega. Pričala sam mu o Ediju. Ja sam se na to nasmejala. Bolje je neka misli da je to Edi, nego Vitoj. Tako misli i mama.

Kad bih imala samo jedno njegovo pismo, ali ga nema, niti će ga biti. A Ljubinko neprestano dobija pisma od svoje Dalmatinke. Posmatram ga. Kako su čudni muškarci! Zaljubljen, tako on kaže, piše joj svaki drugi, treći dan, ona mu odgovara čitave tabake, a on po ceo dan šeta oko popove kuće, jer tu je popova rođaka iz Beograda, gimnazistkinja sedmog razreda. Čisto mi žao te Dalmatinke i kažem mu:

„Baš si mangup!"

On se na to smeje:

„Pa zar ti misliš da ja neću više nijednu devojčicu da pogledam? Ja mogu da volim, ali mogu i da se zabavljam."

„To onda nije ljubav."

„Samo ti misliš tako, a većina devojaka shvata ljubav kao ja."

Juče je čika bio u gradu i svratio našoj kući, pa mi doneo poštu: pismo od Edija, od Jerice i jedna karta od Štefi s potpisom Linči. Edi lepo piše. Sve mi priča o svom životu i opisuje Beč. Ali je stalno tužan i, kaže, misli na mene. Ja sam ga dirnula u pismu za Bečlike, a on mi odgovara: „Nisam u Beču video nijedne oči tako lepe kao vaše... Uvek su preda mnom vaše oči... One mi zaklanjaju svako drugo lice i oči... Vi ste mislili da će moja ljubav proći, ali moja ljubav je još veća. Nažalost, to ništa ne vredi, kad se naše želje ne poklapaju..."

Ljubinka je interesovalo Edijevo pismo i ja mu ga pročitah.

„Misliš li ti da se on ne zabavlja u Beču?", upita me.

„Sigurno da se zabavlja."

„To je više nego sigurno."

„Tako kao ti s popovom rođakom."

„Mi muškarci smo svi isti."

„Možda", rekoh mu, ali u sebi sam pomislila da Vitoj nije takav. Verovala sam da Vitoj stalno misli na mene, kao i ja na njega.

Pročitah i Jeričino pismo. Bogami, ona se sve više zanima za poručnika. Izgleda da će moja taktika uspeti. Nisam htela odmah da odgovorim poručniku, tek posle desetak dana, i to samo pozdrav. Dobila sam posle pismo od njega. Bio je malo razočaran, i bilo mu je vrlo žao što sam ga zaboravila. Na to pismo mu još nisam odgovorila. Ali Jerica se dopisuje s njim. I jednog dana mu je javila da će doći u grad; našli su se pa su šetali. Tako mi je drago što se to okreće kako sam želela. To se vidi iz Jeričinog poslednjeg pisma. Kako je srećna! Piše mi:

„Šetali smo, on je bio vrlo ozbiljan i pitao me za vas, da li mi pišete. Onda me, najednom, zapita:

'Jelte, recite mi iskreno, da li je gospođica Protić zaljubljena u onog Bečliju?'

Draga moja Ivanka, nisam znala šta da mu kažem. Bila sam pred iskušenjem da mu kažem da ga volite, ali sam pomislila da to ne bi bilo lepo, pa sam mu odgovorila:

'Ja ne znam voli li ona njega, ali znam da je Bečlija ludo zaljubljen u nju.'

A on na to poče da me ispituje:

'A šta je taj Bečlija?'

Rekoh mu da je student hemije i da ima svoju fabriku parfema i sapuna.

'Znači da je bogat', primeti on.

'Bez sumnje. Ima fabriku.'

'Onda verujem da ga gospođica Protić voli.'

'Zašto verujete?'

'Zato što su danas devojke materijalisti.'

Bilo mi je malo krivo kad je to rekao i ja vas uzeh u odbranu:

'Ivanka nije takva, koliko je ja poznajem. Ona je pravi idealista.'

'Ali joj laska što je u nju zaljubljen jedan fabrikant. Za nju je sigurno sasvim sporedno to što je Austrijanac.'

Bilo je neke gorčine u njegovom glasu, ali posle smo prešli na drugu temu i on je bio vrlo ljubazan. Šetali smo, a on me je pozvao da svratimo u jednu poslastičarnicu, ja sam odbila jer je bilo vreme da se nađem s Rožom i da stignemo na stanicu. Kad sam se opraštala s njim, on me je uhvatio za ruku, držao je malo, poljubio mi ruku i kazao:

'Nadam se da ćete misliti na mene.'

Oh, draga Ivanka, kako sam došla radosna kući i ne malo nego mnogo mislim na njega. Samo osećam da on, ipak, ima još simpatija za vas."

Zlatna moja Jerica, kako je srećna! Kako se raduje da se uda za poručnika.

Odmah sam joj odgovorila na pismo i kazala: „Kad se budete drugi put videli s poručnikom, recite mu da sam vam pisala da volim Edija. I ostanite uporni pri tom tvrđenju..."

Uzdahnuh posle tih reči.

To isto sam kazala i njenom bratu. Možda će mu ona potvrditi te reči i odagnati svaku misao o meni.

Tražila sam u jednom pismu bar jednu rečenicu o Vitoju, ali nije je bilo. Samo je dopisala nekoliko reči gospođa Roža:

„Uvek vas se rado sećam i volim vas."

Ah, sirota Roža! Ja sam spasla njen brak. Ona je sada opet srećna, a ja? Uostalom, ja nisam imala prava na tu sreću. Jedva čekam da odem na univerzitet, da zaboravim ove bolne uspomene koje me muče.

Beograd...

Od danas sam studentkinja. Jutros sam se upisala na fakultet zajedno s Ljubinkom. Sada sam Ivanka Protić, studentkinja prava.

Kako žalim što nije mama bila ovde da joj poletim u zagrljaj i njoj se prvoj predstavim kao studentkinja... Kako je ona želela taj dan da dočeka. Kad sam bila u osnovnoj školi, sve je govorila:

„Jedva čekam da se upišeš u gimnaziju."

A kad sam bila u petom razredu gimnazije, mama je uzdisala:

„Samo da dočekam dan da svršiš maturu."

I sve je dočekala. Sad sam studentkinja.

Kako je to prijatno osećanje! Ponosna sam nekako, idem ulicom i čini mi se da svi znaju da sam studentkinja. Ja i Ljubinko išli smo jutros zajedno. Na fakultetu gužva. A odmah se poznaju oni što su došli da se upišu.

Kad smo izlazili s univerziteta jedna grupa studenata stajala je pred zgradom. Taman smo prošli, a jedan dobaci:

„Ala je ovo lepo devojče!"

Ljubinko se naroguši i okrete, ali ga ja povukoh:

„Šta ćeš? Valjda da praviš skandal prvog dana! Mama ti nije kazala da se tučeš."

On odmahnu glavom: „Manguparija."

„A ti mi nisi mangup! Jesi li se našao s Bebom?"

„Doveče imamo sastanak."

Išli smo žurno i opet dolete do nas jedna fraza kao kompliment.

„Vidim da ću ja morati tebe dobro da čuvam", reče Ljubinko. On je ozbiljno shvatio mamine reči pri polasku: „Ja je tebi predajem, Ljubinko, da je čuvaš kao brat. Ti znaš kako ima drskih mladića u Beogradu."

Ja sam se na to nasmejala:

„Bolje bi bilo, mama, da meni preporučiš da ja njega čuvam."

Ljubinko zastade:

„Slušaj, ti ćeš sada kući. Ja moram da se nađem s jednim drugom. Hoćeš li tramvajem ili pešice?"

„Idem pešice."

Oprostismo se.

Išla sam Terazijama i posmatrala izloge. Pokraj mene je žurio svet. Zabole me ubrzo glava od mnoštva sveta. Jedna mladić prođe pokraj mene. Bio je vrlo elegantan, visok, bledunjava lica i crnih očiju. On zastade i ja osetih kako me posmatra. Bilo mi je vrlo neprijatno. Zastala sam ispred jednog cvećarskog izloga i posmatrala ogromne hrizanteme u vazi. Setih se naših hrizantema koje mama gaji. Na staklu izloga videla sam da je onaj mladić prošao; sad je ispred mene. Požurila sam i prošla pokraj njega, nisam ga ni pogledala. Opet sam osetila njegove korake za mnom. Ubrzala sam.

Najednom mi je srce strahovito zalupalo. Osetila sam kako mi krv jurnu u lice.

„Vitoj!", prošaputala sam, iznenađena, luda od sreće.

Vitoj je išao ispred mene. Onako visok, u ibercigeru, sa sivim šeširom. On, on, zaklela bih se da je on, poznala bih ga među hiljadu ljudi.

Zaboravih na sve: na Rožu, na datu reč. Požurila sam za njim. Ah, on je išao tako brzo, izmicao je ispred mene, ali ja sam žurila da ga stignem, i već sam bila blizu, taman da viknem.

On se najednom okrete, gotovo se sudari sa mnom, i ja ostadoh zapanjena, razočarana. Radost, ushićenje i bol.

Taj čovek nije bio Vitoj...

Njegove oči su bile crne, sjajne. On ih zaustavi jedan trenutak na meni, pogled mu je bio malo začuđen, ali ja prođoh kraj njega i požurih...

Užasna tuga me pritisnu i bol se pojača u mome srcu, onaj pritajeni, ućutkani bol, da se prosto uplaših.

Zar opet! Zar to neprekidno živi u meni?

Ništa nisam videla: ni izloge, ni ulicu, ni ljude. Bila sam tako usamljena u tom velikom gradu, sama sa svojom tugom. Vitoj, ja ga još uvek volim. Ja ga tražim, tražim svuda. Neka luda misao me obuze. Možda je ipak ovde, možda ću ga sresti na ulici.

Nisam čula korake za sobom. Trgoh se kad se neko uputi pokraj mene i tiho progovori:

„Pardon, gospođice, da li biste mi dopustili da se upoznam s vama?"

Ja pogledah toga što govori i videh da je to onaj bledi, elegantni mladić.

Naljutih se i odgovorih mu gordo, s visine:

„Izvinite, gospodine, ne dopuštam vam da se upoznate sa mnom."

„Oprostite", reče on učtivo, skide šešir i zastade, a ja pođoh.

Bili smo na ćošku gde ću ja da zavijem tetka-Dacinoj kući, gde sam bila odsela s Ljubinkom. I samo što je taj mladić okrenuo leđa, pojavi se Cica.

„Ivanka", viknu me, „baš dobro što smo se srele... Nemoj da ideš kući, hajde da prošetamo. Mama inače nije kod kuće, šta ćeš sama."

Ja pođoh s njom. Ona pogleda ispred sebe i uzviknu:

„Ah, eno ide Saša!"

„Koji Saša?"

„Onaj visoki, elegantni mladić. Hajde da ga stignemo. Znaš, to je onaj što me mama grdi zbog njega. I kako ona kaže 'tip-top'. Da vidiš samo kako je divan i fin. I kako me ludo voli. Bar ćeš ti biti na mojoj strani. Hajde, molim te, brže."

„Šta ću ti ja, idi sama!", odgovorih mrzovoljno.

„Bože, što si ti palančanka! Hajde da te upoznam. To je najotmeniji mladić u Beogradu!"

„Znam, ali trčimo za njim."

„Dobro, ako ti nećeš, ja ću da potrčim za njim."

Ona gotovo potrča, stiže ga i zastadoše. Razgovarali su, valjda je ona govorila o meni. Bledi mladić se okrete i zaustavi iznenađen pogled na meni.

„Ovo je moja rođaka, sad se upisala na univerzitet, gospođica Ivanka Protić", predstavi me Cica.

Mladić se predstavi i pođosmo zajedno.

Ja ga ironično pogledah i rekoh:

„Cica mi je mnogo pričala o vama..."

Njemu je, verovatno, bilo neprijatno ono maločas, i to što sam ja Cicina rođaka. U prvi mah se možda pobojao da ja ne kažem kako me je pratio i oslovio. Ali ja sam bila ozbiljna, kao da ga prvi put vidim. Išla sam ćuteći pokraj njih.

On se okrete meni i upita me:

„Šta ćete da studirate, gospođice?"

„Prava."

„Niste odavde?"

„Nisam."

„Ali ostajete u Beogradu?"

„Izvesno vreme... Posle se vraćam kući..."

„Ona je kod nas", dodade Cica.

„Niste ranije dolazili?“

„Jesam, prošle godine.“

Svet je prolazio pokraj nas.

„Vas svi gledaju“, nasmeši se mladić.

„Ne znam šta ima da gledaju. Ličim li na palančanku?“

Mladić se nasmeši:

„Naprotiv, prava ste Beograđanka.“

Cica priđe kiosku da kupi neki ilustrovani časopis, a gospodin „tip-top“ me pogleda i brzo izgovori:

„Vidite, ipak sam imao sreće da se upoznam s vama.“

„Ako se to može nazvati srećom“, nasmeših se, okretoh se i pođoh da razgledavam ilustrovane časopise obešene ispred kioska.

Bio mi je vrlo neprijatan ovaj susret, ali pomislih da je i dobro što se ovo desilo. Naslućivala sam već da je ova razmažena Cica u velikoj zabludi.

Šetali smo. Jesenje sunce u Beogradu veoma je prijatno. Elegantne mlade devojke prolazile su pokraj nas. Opazila sam da su dosta našminkane, da glasno govore i glasno se smeju.

Jedan auto projuri. Grupa mladiću uzviknu:

„Četiri, pet, nula, devet.“

„Sabiraj.“

„Ko dobija?“

„Ja“, uzviknu jedan.

„Šta to sabiraju?“, zapitah Sašu i Cicu.

„Sabiraju brojeve auta. Ko ima najveći broj, dobija. A svako polaže dinar. Kockaju se.“

Iznenadih se. Nisam mogla da verujem da se i na ulici kocka.

Dođosmo do Kalemegdana.

„Mi ćemo sad tramvajem da se vratimo“, reče Cica.

„Kad ćemo se opet naći?“, upita je Saša.

„Naći ćemo se... ali nemoj kao onomad... Čekam te čitavih pola sata.“

„Ja sam ti kazao da sam bio zauzet.“

„Ti, zauzet! Ništa ti ne verujem.“

„Ti ćeš me još rđavo predstaviti pred gospođicom.“

„Ne, ona vas je vrlo lepo predstavila, i ja sam se u to uverila“, nasmeših se ironično.

On se malo zbuni, ali se brzo povrati i veselo odgovori:

„Vrlo mi je milo i trudiću se da sačuvam vaše lepo mišljenje.“

Kad sam se vratila s Cicom kući, zatekla sam dva pisma. Odmah sam poznala Jeričin rukopis. Brzo sam otvorila njeno pismo. Jerica me izveštava, sva srećna, da se dopisuje s crnomanjastim poručnikom. Kad se vraćala s Rožom u grad, on je izašao na stanicu, jer je njen voz tuda prolazio, i razgovarali su čitavih pola sata. Javljala je o njemu još jednu žalosnu vest: da mu je mati umrla i da je otišao na pogreb ovih dana.

Vrlo sam se obradovala što se njena ljubav razvija. Želela sam od srca da se taj mali roman završi brakom. Ali, mi devojke maštamo, a da li će se sve ostvariti, to je pitanje.

Uzeh drugo pismo. Neki lep, energičan, muški rukopis, meni nepoznat. Pogledah žig na marki, ali bio je nejasan. Otvorih pismo i pročitah najpre potpis. Sva sam zadrhtala. Srce mi je užasno lupalo, kao da ću se ugušiti.

Na dnu pisma stajao je potpis: *Vitoj.*

Drhteći, taman sam htela da počnem čitati, kad upade Cica u sobu.

„Je li, reci iskreno, zar nije divan moj Saša?"

Sva rasejana, brzo joj odgovorih:

„Pa, razume se, divan je."

„Ali kako ti to govoriš? Hoću iskreno da mi kažeš sve što misliš."

„Iskreno ti kažem: lep je. Više ništa ne znam o njemu i, prema tome, ništa ne mogu ni da ti kažem."

„To hoću da kažeš mami. Jelda je fin?"

„Ne mogu još ništa da kažem, jer ga ne poznajem."

„Dobro, upoznaćeš ti njega, i onda moraš da budeš na mojoj strani. Slušaj, sutra imamo žur. Videćeš najotmenije devojke. I Saša će da dođe. Hoću s njim da razgovaraš. Pazi, nemoj da se zaljubiš u njega. Ja ga nikome ne dam. Toliko bi njih htelo da ga preotme, ali on mene voli."

Bila sam besna zbog ovog njenog brbljanja, ruke su mi drhtale od onog pisma. Nasmeših se:

„Uverena si da te mnogo voli? To je lepo kad veruješ. Ja ne bih nikome verovala."

„Drugome ne verujem ni ja, ali njemu verujem. A od koga ti je to pismo?"

„Od jedne Slovenke. Hoću da joj odgovorim."

Cica izađe iz sobe.

Ja sam grozničavo čitala, a obrazi su mi goreli:

„Dugo sam se rešavao da li da vam pišem i nisam mogao želji da odolim. Našao sam vašu adresu u pismu Jerici i krišom

je prepisao, jer sam znao da njoj pišete. Patio sam mnogo. Patim i sada. Ali rad zaglušuje bol. Vratio sam se svojim bolesnicima i svojoj ženi. Neću se rastavljati s njom. Poslušao sam vas. Ona je opet srećna, zahvaljujući vama. Divio sam se vašoj duševnoj snazi. Vi ste se borili sa sobom i sa mnom i pobedili ste sebe. Mene niste. Moja ljubav prema vama živi i dalje. Ja se borim sa svojim osećanjem. Videti vas više neću, neću ni tražiti da vas vidim, jer vi to ne želite. Vi ste, Ivanka, prošli kroz moj život kao svetlost. Zasenili ste me i iščezli. Ali ta svetlost nije bila ni upravljena da obasja put mog života. Ja sam u jedan mah pomislio da ste se vi pojavili na mom putu da biste meni pripali. Prevario sam se. Možda sam suviše verovao sebi, a nisam znao kako može da bude snažno i postojano jedno mlado srce. To me je očaralo. Vaša čednost, gordost i čvrstina karaktera... Onda, u šumi, bio sam u stanju da vas dočepam i pobegnem s vama. Činilo mi se da nema te sile koja bi vas otela od mene... Ali vaše oči su bile ta sila. Vaše suze, koje preklinju i mole... Sve sam, Ivanka, pročitao u vašim očima. Ja se ne zavaravam, ja vam se divim. Onaj čija budete žena, biće najsrećniji čovek na svetu. Snevao sam o tome da to budem ja. Možda nisam smeo misliti na svoju sreću po cenu tuđeg bola. Vratio sam se Roži. Ona je dobra, plemenita... Ja sam dužan da joj budem veran. Dužan! Kako ta reč hladno zvuči. Zašto sam morao biti dužan? Ne govorimo o tome. Jedno vas molim: nemojte me zadržati u rđavoj uspomeni. Voleo bih da me se bar katkad setite, a ja ću uvek misliti na vas. Ovo je moje prvo i poslednje pismo. Smatrao sam se dužnim da vam se izvinim što vas nisam ispratio. Nisam mogao, Ivanka. Nisam imao snage da vas vidim kako odlazite i da vas posmatram s maskom ravnodušnosti. Možda bih se odao pred svima. A hteo sam da uštedim vama neprijatnosti i Roži bol. Ali nisam mogao da vas ne vidim. Otišao sam, pod izgovorom, do bolesnika, da bih sačekao vaš voz. Video sam vas, Ivanka, video poslednji put. Ali nisam video izraz vaših očiju. One su bile tamne i daleko od mene. Imao sam u mladosti mnogo teških trenutaka, ali nijedan mi nije bio težak kao rastanak s vama. Dolazila mi je luda želja da na stanici uletim u voz, ali sam se savladao. Nikad vas neću zaboraviti, Ivanka, a nikad vas više neću videti. Još osećam na rukama vašu lepu glavicu, sklopljenih očiju, naslonjenu na moje grudi. Kradom sam spuštao poljupce po vašem licu, žedan vaše *ljubavi. To je najlepše što sam dobio u životu. Zbogom, Ivanka, zbogom, lepa moja devojčice. Ne tražim od vas pisma, samo jedno, da me ne osuđujete i da razumete moju ljubav."*

Sedela sam dugo u fotelji pokraj prozora, s pismom na krilu, i nepomično gledala u jednu šaru na tepihu. Dve reči su brujale u meni: prolazile su do mozga, strujale kroz krv, stezale mi srce i mozak, one tužne, strašne reči: *Nikad više.*

Kao da je nešto umrlo, ugasilo se, iščezlo. Vetar fijuknu i jedan sasušeni list oraha ulete u sobu i pade na pod. U drugoj sobi zabruji klavir. To je Cica svirala. „Nikad više...", šaputala sam, kao da sedim pokraj samrtnika... „Nikad više..." Mahinalno sam ustala, podigla pismo i nesvesno ga pritisla na svoje usne. I ne znam zašto, da li da olakšam sebi, ili kao da hoću njemu da odgovorim, uzeh tabaćić hartije i počeh da pišem Jerici. Pisala sam joj nežno i toplo pismo, a ispred očiju mi nije bila Jerica, već Vitoj – divni, gordi Vitoj, s onim njegovim zanosnim očima. Pisala sam, a oko mene su mirisale ciklame; osećala sam vlažni miris slovenačkih šuma, videla stazice i plavičaste planinske lance. Osećala sam Vitojev zagrljaj, njegove ruke, tople i snažne, kako me drže u naručju i pritiskaju na grudi.

Zastala sam jedan čas i zaklopila oči.

Vrata se lagano otvoriše i začuh nežni tetka Dacin glas:

„Pa ko će s tobom, Ivankice? Sad si studentkinja!"

Trgoh se, ustadoh i poleteh u naručje tetka Daci, koja me zagrli nežno kao mama, poljubi me i zaplaka:

„Kako sam srećna što je moja Bisa to dočekala!"

Zaplakah i ja, ali ne znam da li zbog tetka Dacinih reči, ili zbog onih bolnih, koje mi ponovo odjeknuše u duši kao posmrtna pesma: *Nikad više.*

Juče je bio Cicin žur. Baš me je interesovalo to njeno otmeno društvo; htela sam da vidim te beogradske gospođice. Cica mnogo polaže na otmenost. Malo-malo pa će reći: „Ja kao otmena devojka..." A ja se pitam šta je to otmenost i mondenstvo? Ako uzmem Cicu, ona nema nikakvo aristokratsko poreklo. Njen deda po ocu bio je trgovac. Najpre sitničar, posle je počeo da radi na veliko i postao liferant. Kao liferant se obogatio i to bogatstvo je ostavio u nasleđe Cicinom ocu. Ali Cica kao da je princeza. Malo je uobražena, čak i izveštačena, što se ne oseća kod tetka Dace. Tetka Daca je vrlo prirodna. Dobra je domaćica. Radi i ona u kući, iako imaju i sobaricu i kuvaricu. A Cica neće ništa da pipne u kući. Do deset sati sedi u pidžami, proteže se, puši, piše pisma i zove Sašu telefonom. Ja sam navikla da pomažem mami u kući, pa izjutra namestim svoj krevet, obrišem prašinu, pitam tetka Dacu ima li štogod da joj pomognem. Cica se na to iskida od smeha.

„Šta ti imaš da brišeš prašinu kad za to plaćamo sobaricu?"

Cica mnogo troši i na toalete. Sve na njoj mora da je najfinije. Ja gledam ove moje haljinčice – sve nešto prosto i jeftino. A Cicine haljine? Sve najskupocenije. Ali, mene to ne privlači, niti me luksuz u njihovoj kući oduševljava. Sve je skupoceno. Neki teški ormani, veliki kao sobe, s duborezom. Pa kakvi servisi! Srebro, kristal, najfiniji porcelan, kineske vaze, ogromne slike. Koliko samo garnitura fotelja, pa kakve zavese. A naša kućica je skromna, ali ja je volim. Liči mi na bombonjeru. Pa svaki čas premeštam stvari, čas ovde, čas onde.

Toga dana Cica me zapita: „Šta ćeš ti da obučeš?"

„Crnu krepsatensku haljinu."

„Daj da vidim kakva je."

Ja se nasmejah. Osetila sam kako se Cica plaši da je ne zastidim pred gostima. Ja joj pokazah haljinu. Ona je znalački pogleda i reče, ali ne mnogo oduševljeno:

„Možeš u tome da se pojaviš."

„Imam i jednu crvenu ružu", dodadoh.

„Da vidim", pogleda je. „Dobro, metni je."

Oko četiri sata sam se obukla. Haljinu mi je šila mama kad sam pošla za Beograd. Rekla je da će mi, možda, kao studentkinji zatrebati za neku svečanu priliku.

Kad sam bila gotova, otišla sam da me vidi tetka Daca.

Po njenom iskrenom iznenađenju, videla sam da lepo izgledam. Ona nije mogla da se uzdrži da ne uzvikne:

„Jaoj, Ivanka, što si lepa! Kao umetnička slika!"

„Jeste, lepo izgledaš", reče i Cica sasvim odsutno.

Cica je bila vrlo elegantna, raskošno odevena, i ja sam je iskreno pohvalila i divila se njenoj haljini.

Oko pet su počele da dolaze Cicine prijateljice.

Ja sam bila u sobi i čitala, nisam odmah ušla. U salonu sam čula muške i ženske glasove, smeh i kikot.

Cica me zovnu:

„Hajde da te upoznam."

Uđosmo u salon.

„Da vam predstavim moju rođaku...", poče Cica.

Bilo mi je neprijatno od tolikih pogleda koji se upraviše na mene. Gospođice su mi s visine, ravnodušno, pružale ruku, a mladići ustadoše. Bio je tu i Saša. On me uhvati za ruku i ljubeći mi prste prošaputa: „Kako ste lepi!"

Ja okretoh glavu od njega i spazih kako me fiksira jedna gospođica. Imala je čudnovatu boju lica. Kao bronza. Do nje je sedela neka plava devojka svetloplave kose. Imala je oči nekako čudno udaljene i to joj je davalo bezazlen izgled. Bile su to oči vrlo plave, kao spomenak. Stalno se smejala kad bi nešto pričala. Jedan gardista je sedeo pokraj nje: pričali su nešto veselo. Taj gardista me pogleda, reče nešto plavuši i oboje se zagledaše u mene. Ja okretoh glavu i sretoh Sašin pogled. On je bio naslonjen na klavir. Pušio je i razgovarao s jednom gospođicom, ali preko njene glave je posmatrao mene. Ta gospođica je imala elegantnu haljinu, teget boje, mali crni šeširić i vrlo crne oči.

Uđe neka nova gošća.

Još s vrata je glasno govorila. Videlo se da se sa svima poznaje. Bila je interesantna: izvijene, tanke obrve i crne oči, pravilan profil, brada suviše isturena, a vrat dugačak i tanak. To joj je kvarilo lepotu. Imala je haljinu bež boje.

„Bila sam na premijeri u pozorištu", reče gošća mladiću koji joj priđe.

„Kako je bilo?"

„Gnjavaža! Samo su krckale stolice i svet zevao. Prosto nema čovek šta da gleda u pozorištu!"

Saša ostavi onu damu i priđe meni. Ona gospođica s dugačkim vratom ljutito mu dobaci:

„Saša, ljuta sam na vas!"

„Zašto?", iznenadi se on.

„O tome ćemo tek razgovarati. Ogovarali ste me."

„Ja vas ogovarao? Ja mogu samo da vas hvalim."

„Šta te ogovarao?", uplete se Cica.

„Pričaću ti."

„To su klevete, Lola."

„Šta klevete? Pa pričala mi Lula."

Mene je čudio takav razgovor. Otmeno društvo! Ja sam mislila da vode samo inteligentne razgovore.

Saša sede pokraj mene.

„A vi, tako! Bavite se ogovaranjem!", nasmeših se.

„Žene ogovaraju, a mi muškarci kritikujemo ono što je za kritiko-
vanje, ali to se ne može nazvati ogovaranjem."

„Ona gospođica izgleda simpatično."

„Ah, ogovara i ona mene, još kako."

„Zar u vašem svetu ima rekla-kazala?"

„Ovaj svet ne bih mogao opisati bez rekla-kazala. Ali, ostavimo to.
Znate, gospođice, vi ste večeras divni!"

„Mene iznenađuje da pored Cice možete da pravite komplimente
drugoj?"

„Ja ne mogu nikad da skrijem svoje divljenje, a večeras se ovde svi
vama dive. Zar vi to ne opažate?"

„Nisam primetila da iko na mene obraća pažnju."

„Čak niste videli ni kako vas sve gospođice pakosno posmatraju?"

„Pakosti može biti samo kod ružnih devojaka, a ovde su sve go-
spođice lepe."

„Veštački lepe."

„Vi ste nepravični."

„Ne, ja samo konstatujem stvari kakve jesu, i tvrdim da ste vi veče-
ras ovde najlepši. To bi vam kazao i onaj gardista. Da li se i vi zanosite
gardistima kao gospođica Lola?"

„Ko je to?"

„Ona plava, vidite."

„Voli ga?"

„Koketuje... Danas se ne može znati da li devojka voli jednog mla-
dića. One kažu da vole jednog, a vole sve."

„Nije istina. Cica vas baš voli, ja to znam. Ali, vi ne zaslužujete da
vas ona voli."

„Zašto? Što mi se vi sviđate? To nije nikakav greh. Vi ste njena
bliska rođaka, i sasvim je prirodno da posle nje gledam prvo njenu
rođaku. Nego, recite mi, kako ja to vas nigde ne viđam u Beogradu?
Znate li da svakog dana gledam ne bih li vas video."

„Meni je vrlo prijatno što me ne viđate, i trudiću se da me ni ubu-
duće ne vidite."

„To već nije u duhu vremena, a ja se nadam da ste vi moderniji."

„Naprotiv."

„Onda mi dopustite da budem vaš učitelj."

„Zahvaljujem vam. Nije potrebno."

Uđoše još dve gospođice i dva mladića.

Cica im priđe. Jedna mala, vitka, vragolastih očiju govorila je afek-
tirajući.

„Što je bezobrazan ovaj Branko! Sve vreme me sekira i dira kako je našao moju rukavicu kod Ljubiše u garsonjeri i poznao je po mom parfemu. Zar se jedna žena parfimiše *rev dorom*? Ja volim *rev dor*, ali jeste li vi baš sigurni da je to bio baš *rev dor* i moja rukavica?“

„Ista takva, smeđa.“

„Pa gde je, molim vas?“

„Trebalo je da je zadržim i da vam je probam na ruci kao onaj carević cipelicu Pepeljugi.“

„Vi ste neverovatno drski.“

Mala gospođica okrete glavu, poče da se pozdravlja s gostima i zapreti prstom jednom visokom mladiću, razdeljene plave kose:

„Teško vama od Bobe. Čula je za balerinu.“

„Vi ste joj kazali, jer ste me samo vi videli s njom.“

„Ja!“, uzviknu mala vragolastih očiju. „Zar ja da joj zadajem bol?“

„Priznajte da je ljupka ta balerinica“, reče Saša.

„Kako za čiji ukus.“

Saša mi pruži tabakeru:

„Pušite li?“

„Ne, ne pušim.“

„Šteta. To bi vam tako lepo stajalo.“

Soba je bila puna duvanskog dima. Sve gospođice su pušile.

Cica priđe: „Je li, kako te zabavlja Saša?“

„Ogovara devojke.“

„A, to on hoće. Samo se čuvaj da za mene nešto ne kažeš.“

„Za tebe? Za tebe mogu da kažem samo da se razlikuješ od svih prisutnih.“

„Nikad ne govoriš ono što misliš.“

„Jer bi me svi omrzli zbog iskrenosti. Ali prema tebi sam iskren.“

On povuče dim i ja spazih kroz oblak dima kako mu oči ironično sevaju.

Cica se okrete meni:

„Ivanka, ljubim te, posluži sve redom kolačima.“

Uzeh veliki srebrni poslužavnik s ručicom.

Nudila sam sve redom. Onaj plavi s razdeljenom kosom uze jedan kolač:

„Neću da vam dam korpu.“

Gospođica u teget haljini pogleda me ispod oka.

„Ko je ova gospođica?“, upita je plavi mladić tiho.

„Cicina rođaka.“

Odmakoh se i čuh onu bronzanu gospođicu kako govori:

„Strašno je dosadno u Beogradu. Nema čovek gde da izađe. Ja ne mogu da živim bez Pariza. Ovde vas svako zna. Prosto ne mogu od ovog sveta da živim.“

„A u kom ste varijeteu bili?“, pitala je jedna gospođica u zelenoj haljini, zelenih očiju, jednog mladića s brčićima i zulufima.

„U *Palasu* sam bio.“

„Kažu da tu igra jedna lepa varijetkinja zbog koje svi tamo trče.“

„Nažalost, nije više tu. Sad je Borina ljubavnica.“

„Varijetkinju uzeo za ljubavnicu i doveo je u svoj stan?“

„Što se čudite. Hoće čovek da se provede dva-tri meseca. Bogat je, može mu se. Kad mu dosadi, ispratiće je i oterati.“

„A njegova verenica?“

„Kakva verenica?“

„Pa sa Zazom je, kažu, bio veren.“

„Ostavite, molim vas, kakvo veren. To je ona razglašavala da su vereni. Prijateljica mu bila, ništa više. I dobro ga je ispumpala.“

„Ako, pravo je imala. Kad on nju iskorišćava, zašto ona njega da ne iskoristi?“

Sasvim su me zbunili ti razgovori. Otmeno društvo! Mislila sam da se tu vode i otmeni razgovori. A dosad ne čuh nijednu pametnu rečenicu. Priđoh onoj prozračnoj plavoj gospođici i ponudih joj kolače. Sve sam već poslužila, pa sedoh kraj nje.

„Jeste li vi Cicina rođaka?“, upita ona.

„Da. Došla sam da se upišem na fakultet.“

Ona poćuta malo i dodade:

„Cica je zlatna, ja je tako volim. Samo je osuđujem zbog ovog Saše. On je veliki mangup, a ona to ne uviđa.“

Htedoh da kažem da se i meni tako čini, ali se uzdržah i rekoh:

„Žao mi je ako je takav, jer ga ona voli.“

„Luda! Ona bar može lepo da se uda, bogata je.“

„Pa i on je bogat.“

„Bogat jeste, ali je mangup.“

Govorila je s nekim naglaskom i ja je zapitah:

„Jeste li vi Beograđanka?“

„Ne, ja sam Slovenka.“

Ja sva planuh kad ona to reče.

„Slovenka! Oh, ja tako volim Sloveniju! Letos sam bila, i još ne mogu da se povratim od utisaka.“

„I ja je volim. Svako leto idem tamo. Ovde je moj tata sa službom, ali i leti i zimi idem u Sloveniju. Divno je zimi skijanje.“

„Mogu da zamislim.“

To podsećanje na Sloveniju i ova mala Slovenka veoma su me uzbudili. Zaboravila sam sav taj svet oko sebe, ove gospođice i kavaljere, i prenela se u Sloveniju, u one mirisne gore. Videla sam njega, Vitoja, tako divnog, gordog, tako ozbiljnog i pametnog.

Jedna gospođica, ona s prćastim nosićem, sede za klavir i zasvira tango. Skloniše stočić sa sredine, privukoše stolice uza zid i dva para počeše da se okreću. Saša je igrao s Cicom, a kad nju ostavi priđe k meni. Htedoh da ga odbijem, ali se predomislih. Najzad, treba dobro da ga upoznam. Dok smo igrali, on me zapita:

„Izlazite li sutra?“

„To ne znam, a i da znam, zašto vas to interesuje?“

„Nećete da kažete. Onda ću se potruditi da vas sâm pronađem.“

„Kako?“

„Kad muškarac hoće, uvek može da nađe devojku.“

„Volela bih to videti.“

„A jeste li išli u pozorište?“

„Sutra slušamo *Hofmanove priče.*“

„Onda i ja dolazim.“

„Slušajte, meni bi to bilo neprijatno.“

„Zašto?“

„Jer bi Cica pomislila da sam vam ja to namerno rekla.“

„Kako ste vi naivno dete! Pa ja ću reći Cici da znam i da ste mi vi kazali.“

„Molim vas, nemojte.“

„Što se plašite? Izvešću ja to vrlo lepo.“

„Ali ja ne želim ništa da se s vama dogovaram.“

On se nasmeši, zastade, i priđe Cici.

„Tako, ti mi ne kažeš da ćete u operu? Voliš da ja ne znam.“

„Oh, Saša, pa ja nisam mislila da bi i ti pošao.“

„Nisi mislila. To treba da znam. Drugi put ni ja neću da mislim i ići ću, a ti nećeš znati.“

Govorio je tiho i sa osmehom. Ja sam se čudila kako je lukav i kako je zavarava. Udaljih se i priđoh opet Slovenki, ali nju odvede jedan kavaljer da igraju tango. Saša mi priđe, stade ispred mene, i kako je leđima bio okrenut ostalima i zaklanjao me, drsko me pogleda pravo u oči i tiho progovori:

„Lepa gospođice, sutra ću imati zadovoljstvo da vas gledam iz fotelje i da vam se divim. Znajte da dolazim samo zbog vas. A ja to ne činim često ni zbog Cice, ni zbog drugih."

Ja skretoh pogled u stranu, ne rekoh ništa i digoh se. Taman sam ustala, priđe mi gardista i pozva me na tango.

Igrali smo ćuteći. On prvi progovori:

„Vi ste rođaka gospođice Cice?"

„Da."

„Niste odavde."

„Nisam."

„A ostajete?"

„Još malo. Ja sam pravnik pa mogu i kod kuće da spremam ispite."

„A hoćete li doći na neki matine? Jeste li bili u Oficirskom domu?"

„Nisam."

„Biće uskoro jedan matine. Dođite. Bilo bi mi prijatno da vas vidim."

Pomislih u sebi kako svi ovi muškarci imaju svoje devojke, a odmah se udvaraju drugoj. Preko njegovih epoleta spazih plavušu vunaste kose, koja nas je ljubomorno posmatrala. Srećom, klavir prestade, i ja se vratih Slovenki.

Dok smo nas dve razgovarale, na vratima se pojavi Ljubinko s Cicom. Ona ga predstavi gostima:

„Moj rođak, student!"

Pogledah Ljubinka i moradoh priznati u sebi da je vrlo lep dečko. Laskalo mi je što je i moj rođak. U poređenju s mladićima ovde bio je daleko lepši: svež, širokih ramena, visok, bujne kose i vatrenih očiju. Stajao je malo zbunjen pred tolikim lepim gospođicama i prvi put u salonu među mondenkama. Bio je u svom novom teget odelu, koje mu je lepo pristajalo.

Ja ga pogledah i nasmeših mu se, a on pođe da se rukuje i ljubi ruke gospođicama. Smejala sam se u sebi. Da ga sad vidi čika, kazao bi: „Gledaj ti mog đilkoša kako ume da ljubi ruku ženskama!"

On dođe do mene i Slovenke i ja ga predstavih. Slovenka ga milo pogleda i otpočeše razgovor. Ljubinko nije zbunjiv; inteligentan je i ume da se snađe. Ona gospođica bronzanog lica nekoliko puta ga pažljivo pogleda. Pušila je i gledala ga poluzatvorenih očiju. Mora da joj se dopao. A ona je imala blazirano lice, iako je bila mlada. Ljubinko je primetio njene poglede i bio je već užagrio očima. Mene je to zanimalo i nisam ni obraćala pažnju na onog plavog razdeljene kose koji me je stalno fiksirao. Razgovarao je sa Sašom i sigurno se raspitivao o meni. Pogledah Ljubinka i spazih kako njegove oči skliznuše na nogu mondenkinu. Ona je prebacila nogu preko noge tako da joj se videlo i koleno; mene je bilo čisto stid.

Tango opet zasvira.

Ljubinko pozva Slovenku.

Onaj plavi razdeljene kose priđe meni.

Dok smo igrali, on se nasmeši:

„Nisam mogao da verujem da ima tako lepih gospođica u unutrašnjosti. To je zbilja šteta da se tako nešto skriva po palankama."

Nasmejah se:

„Ja ne mislim tako. Sve ove gospođice su lepe."

„Žene su sve lepe, moram priznati, ali postaju obične kad ih viđamo svakog dana."

„I čim se pojavi nešto novo, vas zainteresuje iako nije lepo."

„U ovom slučaju vi iz skromnosti ili koketerije odbijate moje komplimente. Je li vam se Saša udvarao?"

„Zašto me to pitate?"

„Jer ga poznajem. Kad mu se dopadne neka devojka, odmah joj se udvara."

„I kakav ste zaključak izveli?"

„Da će odmah stupiti u ofanzivu."

„O, zar je on tako borben?"

„Samo kad su u pitanju žene."

„A ima uspeha?"

„On priča da ima, mada mu ne moramo verovati."

„Pomalo ga ogovarate."

„O, već vas je osvojio!"

„To ne, nego znam da on simpatiše moju rođaku."

Mladić se nasmeši i pogleda preko moje glave. Spazivši da ga posmatram ozbiljno, nastavi:

„Da, imate pravo, on voli gospođicu Cicu."

Bilo je ironije u njegovom glasu i mene je čudilo kako muškarac bez zazora ogovara muškarca.

Opet sam ga pogledala. On mi se zagleda u oči:

„Vi me zbunjujete, gospođice. Imate opasne i divne oči."

„Ko vam kaže da su opasne?"

„Lepe oči su uvek opasne, jer zaluđuju. Mi muškarci smo tako slabi i nemoćni kad nas takve oči posmatraju, i odmah bismo se predali."

„Bez borbe?"

„Sa ženama se ne vredi boriti. One su slabiji pol, a slabost je njihov šarm."

Osetih drskiji pokret ruke oko moga stasa, zastadoh malo, kao da hoću da prekinem igru. Zastade i on i ja se udaljih. Pri prolazu pogledah Ljubinka. Igrao je s bronzanom devojkom.

Gledaj ti njega, pomislih, *kako se brzo upoznao!*

Bilo mi je dosadno. Osećala sam kako su svi neiskreni jedni prema drugima. Izađoh iz salona i uđoh u trpezariju. Tu su žene igrale karte: tetka Daca sa svojim prijateljicama. Te dame su verovatno bile majke gospođica u salonu. Stajala sam i posmatrala.

Tetka Daca me predstavi:

„Ovo je moja sestričina."

Ja se poklonih, a dame me pogledaše. Bile su mi simpatičnije od gospođica. Jedna od njih me pogleda i reče:

„Kako je lepa!"

Ja pocrveneh na taj kompliment. Kroz otvorena vrata bacih pogled u salon i videh kako me Saša otud posmatra. Sklonih se i izađoh na terasu koja je gledala u baštu. Jesenji dah već je prljio lišće, ali na ružama su se beleli cvetovi. Tako je lepo mirisalo u jesenjoj noći. Ali to nije miris Slovenije. Uzdahnuh i rastužih se. Setila sam se one poslednje večeri kad je Vitoj stajao na terasi, u senci puzavica. Naslonila sam se na jedan stub. Osećala sam da bih mogla zaplakati. Zamišljena, nisam ni čula korake. Trgoh se, kad kraj mene progovori muški glas:

„Volite da sanjarite?"

Bio je to Saša.

„Ne, nego sam htela malo svežeg vazduha."

„Ili ste hteli da pobegnete od društva. Sigurno vam je dosadno. Ali, vidite, ja sam vas pronašao..." Gledao me onim istim drskim pogledom. Bilo mi je vrlo neprijatno. Pomislila sam da Cica može da posumnja, pa pođoh u trpezariju.

„Bežite od mene", šaputao je on. „To je još opasnije kad devojka beži, jer muškarac je tada energičniji."

Ništa mu ne odgovorih. Uđoh u trpezariju.

On ostade na terasi.

Uskoro se gospođice raziđoše i Cicin žur se najzad završi.

Posle večere smo sedeli u Cicinoj devojačkoj sobi, gde sam i ja spavala na otomanu. Bio je s nama i Ljubinko. On je bio sav ushićen Cicinim žurom. Kako se muškarac brzo prilagođava! Dok su se njemu sve gospođice sviđale, meni se muškarci nimalo nisu dopadali.

„Pa ti se zaljubio u onu Borku?", dirnu ga Cica.

„Jel' u onu bronzanu?", zapitah.

„Jeste, u nju."

„Sjajna ženska!", uzviknu Ljubinko.

„Čuvaj se ti nje!", zapreti mu Cica. „Opasna je ona ženska."

„Zar može jedna ženska da bude opasna za muškarca?"

„Može", rekoh, „da te zaćori, a ti nisi došao u Beograd da juriš za devojkama, nego da učiš. Hoćeš mondenke? Baš su za tebe mondenke!"

„A kao zašto da nisu za mene?", uzviknu on. „Cico, molim te, reci: jesam li ja ružniji od tih mladića?"

„More, ti si lepši, zato je ona i bacila oko na tebe. Za nju svašta pričaju."

„Pa tek te žene vrede što za njih svašta pričaju."

„Gledaj, otkud ti posta tako moderan! I ti misliš, ona će u tebe da se zaljubi?"

„Neću ni ja u nju. Ako ona hoće provod, zašto ja, muškarac, da odbijem provod? Pozvala me da je posetim."

„Nećeš da ideš", rekoh. „Šta ona tebe ima da zove u posetu? Da se poigra s tobom i posle da patiš."

On se nasmeja:

„Ovaj bata ne pati. Bistar sam ja. Ne ufaćka ona mene lako. Ocenio sam ja nju odmah."

„Nisi je ocenio", reče Cica. „A nju u stvari niko i ne ceni. Pričaju da ima svoju garsonjeru i vazdan kojekakve stvari..."

„Pa zašto se ti družiš s njom kad je takva?", upitah.

„To se priča, a niko joj to neće u oči reći. Ona ostaje i dalje otmena devojka i ide u sva društva."

„Dakle, zato što je otmena, njoj je sve dopušteno?"

„Nije dopušteno, ali to se ovde ne gleda kako bi se gledalo u tvojoj palanci. Ona je bogata, može da živi kako hoće i kad zaželi za svoj novac udaće se kako hoće."

„Novac je, kao što vidim, najvažniji. Kad imaš novaca, možeš da budeš i najnemoralniji. Ja ne bih, Cico, mogla živeti u ovom tvom svetu. Izgleda mi lažan."

„Navikla bi se, kao što sam se navikla i ja. Znam da mi nijedna od svih tih devojaka nije iskrena prijateljica, ali prelazim preko toga. Postaneš ravnodušna na njihovu zavist, pakost i ljubomoru. Glavno je da osećaš da si više njih. Čim ti zavide, možeš da budeš zadovoljna. Ja sam zadovoljna u ovom društvu, i to je dosta. A ti, Ljubinko, i ti bi bio zadovoljan."

„Nikakve mane ne bih našao ovim devojkama. Ivanka je drukčija. Nego, jesi li pričala Cici za Bečliju Edija?“

„Pričala mi je. Luda je što se ne uda za njega. Bogat fabrikant. Mogla bi da uživa. Šta tu smeta narodnost? Da se meni dopadne neki maharadža, misliš da ne bih prešla u njegovu veru i napustila Beograd. A ti se ustežeš zbog narodnosti. A šta te ovde očekuje? Da svršiš školu, budeš činovnik, udaš se za nekog činovnika. Baš mi je to život. Ovako bi živela u Beču, provodila se. Kakav je Beč, pa opera, provod. Ideš leti na Semering, u Tirol... Luda si, bogami.“

„Ne, ja se s tobom ne slažem. Moja priroda je drugačija. Svoju zemlju najviše volim... Mene bi mučila nostalgija za mojom kućicom, palankom, selom, mamom... Ne, ja ne mogu.“

„Ti to govoriš što ne znaš Beč. Vala, ako mama pođe u Beč na jednu operaciju, našta se odavno sprema, ti ćeš ići s njom. Kad vidiš Beč, drugačije ćeš govoriti... A sad da ležemo. Tako me boli glava... A za kad te pozvala Borka, Ljubinko?“

„U sredu.“

„Želim ti da se lepo provedeš.“

„Ja se nadam“, nasmeja se Ljubinko i izađe iz sobe.

Cica se brzo strpa u postelju. Ja sam još sedela.

„Mogu li da otvorim prozor?“

„Otvori, mene boli glava.“

Kuća je gledala na ulicu. Ispred prozora je drvored lipa s travnjakom. Ulica se stišavala. Prolaznika je bilo sve manje. Bilo je skoro dvanaest. Jedan auto projuri, bacajući mlazeve svetlosti. Iznenada osvetli neki par, koji se ljubio ispod jedne lipe. Osetih čežnju i tugu za Vitojem...

Cica se okrete prema zidu, a ja opet uzeh Vitojevo pismo. Čitala sam lagano, reč po reč. Bila sam vrlo uzbuđena. Legoh, a san nikako da mi sklopi oči. Htela bih da odbacim misao o njemu, a nisam mogla. Kako sam čudnovata. Ovoliki mladići, svi mi se udvaraju, a niko mi se ne dopada. Šta je to tako moćno što me osvojilo kod Vitoja? I da li da mu odgovorim? On ne traži pismo, ali pri dnu je stavio adresu bolnice. Znači, ipak želi da mu odgovorim? Da mu kažem da sam dobila pismo, da mu zahvalim što je ostao veran Roži. Zadrhtah od bola i zagrizoh pokrivač. Zaželeh da je Vitoj pokraj mene u tom trenutku. Zaželeh da mu obavijem ruke oko vrata, da pritisnem svoje usne na njegove, da ga ljubim, ljubim bezumno.

Pisaću mu, reših u sebi. *Napisaću mu sutra.*

I čim sam ujutro ustala, da ne bih promenila odluku, napisah mu pismo.

Zahvaljujem vam na vašem pismu. Vrlo mi je drago što ste uspeli da budete jaki. Ja sam uvek osećala da ste vi takvi, i divila vam se, naročito sam se divila vašoj gordosti.

Moram vam priznati da ste ostavili dubok utisak na mene. Ali, ja sam vaspitana tako da nikad nikom ne bih nanela bol. Ne bih bila srećna da sam postigla neki cilj po svaku cenu tuđe sreće i bola. Vi ste divni, ja vas neću nikad zaboraviti, ni lepote Slovenije. Vama je susret sa mnom zadao bol. A ko zna, možda je i meni taj susret stvorio bol. Ali, budimo jaki. Ostanite gordi, karakterni Vitoj. Čuvajte vašu dobru gospođu Rožu. Ona ne zaslužuje da bude nesrećna. Vi imate utehu u radu, ja imam pred sobom četiri godine studija. A šta bi ona imala da ste je ostavili? Kako bi bio prazan i bolan njen život... Zbogom...

Sinoć smo bili u operi. Slušali smo *Hormanove priče*. Jedva sam čekala da krenemo. Cica je već ravnodušnija. Ona najviše voli premijere. Kaže da tada dolazi najotmenija publika. Meni se čini da ona više voli pozorište zbog publike, nego zbog same predstave.

Auto nas je čekao pred kućom. Ja sam opet bila u crnoj haljini. Cica zavidi mojoj grguravoj kosi:

„Šta bi dala da imam takve kovrdže kao ti.“

Sedosmo u auto. S nama su išle još dve gospođice, rođake tetka Dacine, jedna mlađa, druga starija. Bilo je mnogo sveta u pozorištu. Mi smo imali ložu u parteru. Posmatrala sam publiku, beogradski svet.

„Saše još nema. A kazao je da će doći“, seti se Cica.

Sala se zamrači.

Sva sam se zanela, posmatrajući pozornicu i slušajući pevanje. Cica je za to vreme gledala po publici i upravljala dvogled na balkone...

Na kraju, *Hofman* je morao da izlazi da se klanja. Vrlo je lep pevač, i glas mu je prijatan.

Bilo je svetlo u sali.

„Eno Saše!“, uzviknu Cica.

On je stajao ispred prvog reda fotelja i pozdravljao nas. Ja mu se javih i okretoh glavu. Cica mu se srdačno smešila. Bilo mi je žao što ne uviđa da je Saša mangup i da je vara.

„Hoćeš da izađemo u foaje?“

Pristadoh.

Saša nam priđe.

„Pa kako vam se sviđa opera, gospođice?“, upita me.

„Obožavam muziku. Žao mi je što sam u palanci lišena dobre muzike i opere. Klavir ne može da nadoknadi orkestar.“

„A vi svirate klavir?“

„Pomalo.“

„Zašto kažeš pomalo, kad sviraš izvanredno, bolje od mene“, primeti iskreno Cica. „Ivanka divno i peva. Ima tako topao mecosopran da je šteta što ga ne školuje.“

„Pevate?“, iznenadi se Saša. „Pa jednom da vas čujemo.“

„Možda ćete se razočarati.“

„Ne verujem. Imate vrlo melodičnu dikciju; oseća se da lepo pevate.“

„Ah, eno Olivere!“, uzviknu Cica. „Izvinite jedan čas, hoću nešto da joj kažem.“

Cica ode svojoj prijateljici, jednoj garavuši. Saša me pogleda onim drskim pogledom i tiho izgovori: „Vi zasenjujete ovde sve gospođice. Znate da sam ova dva dana samo na vas mislio.“

„Sigurno ste besposleni i nemate nikakvih ozbiljnijih misli.“

„Kako vi volite da ismevate muškarca! Duhoviti ste, osećam, a ja volim duhovitu devojku. Ali duhovitost mora biti spojena s lepotom kao što je vaša.“

„Verujem da imate čitav arsenal komplimenata.“

„I bombardujem tim komplimentima sve devojke?“

„Svakako.“

„Ne. Ja sam cicija za komplimente.“

„A izdašni ste kad ogovarate devojke.“

„Da, one to zaslužuju. Vi to nećete zaslužiti. Uostalom, možda ćete i vi to zaslužiti.“

„Na primer, zašto biste mene ogovarali?“

„Ogovarao bih vas, ako sutra ne izađete na Kalemegdan oko šest.“

„Kako imate smele želje!“

„Muškarci su smeli kad je u pitanju tako šarmantna devojka. Dakle, izaći ćete?“

Ja poćutah, zamislih se i nasmeših u sebi.

„Izaći ću...“

„Izaći ćete?“, ponovi tiho Saša gledajući me u oči.

„Da“, prošaputah.

„Ali, pazite, ja ne dopuštam da se devojke sa mnom igraju.“

„I ja isto tako, da se sa mnom muškarci igraju.“

„To mi se sviđa.“

Cica se vrati i on ućuta.

Kad smo se vratili kući i legli, mislila sam kako sutra treba da ismejem malo ovog uobraženog Sašu. On je odavao utisak drskog, samovoljnog mladića, svesnog svoje moći nad devojkama, uobraženog i sujetnog. A to su sve mane koje zaista ne mogu da podnesem. Osim toga, želela sam da otvorim oči mojoj Cici, jer sam videla koliko ne ume da razmišlja i oceni muškarca.

„Kuda ćeš ti danas?“, upita me sutradan Cica.

„Trebalo bi oko pola sedam da se nađem pred fakultetom s jednom mojom drugaricom.“

„Hoćeš li da ideš sa mnom da gledamo šešire?“

„Dobro, hoću.“

Pošle smo ranije. Ja sam tako želela da me Cica pozove na Kalemegdan. Ona je izabrala jedan šeširić i pošle smo korzom. Predveče je bilo tako mlako, kao maj. Cica najednom reče:

„Hoćeš da prošetamo do Kalemegdana?“

Ja radosno prihvatih njen predlog.

Bilo je blizu šest. Taman dok stignemo, biće šest. U sebi sam likovala: da vidimo sad Sašu!

Uđosmo u glavnu aleju. Još izdaleka Cica ga ugleda na klupi.

„Pogledaj, eno Saše!“

Sva je zablistala od radosti. Bilo mi je iskreno žao Cice. Saša nas spazi, baci jedan munjevit pogled na mene, ali se savlada i osmehnu.

„Otkud ti?“, začudi se Cica.

„Zar ja ne smem na Kalemegdan da izađem?“

„Jaoj, što si ti“, uzviknu Cica. „Hoćeš da me vrebaš da li s kim šetam, pa da mi se posle svetiš.“

„Možda“, reče on ironično. „Da, ja umem da se svetim!“

„Šta, zar vi možete da se svetite devojci?“, upitah smešeći se.

„Još kako, gospođice“, odgovori on i pogleda me za trenutak pravo u oči. „Ja sam vrlo osvetoljubiv i ne dopuštam da se devojke igraju sa mnom.“

„Onda se čuvaj, Cico. Vidiš kako je gospodin Saša opasan.“

Slatko sam se nasmejala, da mu malo prkosim.

Prošetasmo i izađosmo opet u Knez Mihailovu ulicu.

„Slušaj, Cico, ti ćeš me izviniti. Moram da se nađem s onom mojom koleginicom u pola sedam pred fakultetom. A vi ćete na korzo?“

„Da, mi idemo da se prošetamo.“

Pružih ruku Saši i umalo ne vrisnuh od jačine njegovog stiska. Istrgoh ruku naglo i okretoh se da Cica ne vidi kako mi krv jurnu u obraze od bola i gneva. Srećom, ona se smešila, sva srećna što šeta s njim. A ja se udaljih, besna na toliku njegovu drskost i neučtivost. Ali, u isto vreme bila sam i raspoložena što sam mu pokazala da iako sam palančanka – umem da mu dokažem da ne može sa mnom da se titra kao s Cicom.

Prošlo je dva dana od tog susreta na Kalemegdanu. Vraćala sam se kući. Bilo se naoblačilo, činilo mi se da će kiša. Zato sam kod *Londona* stala da uhvatim trojku. Taman sam htela da uletim u tramvaj, kad me jedan muški glas oslovi:

„Gospođice Protić!"

Okretoh se i, koga vidim! Poručnik crnih brčića.

„Ah, kakvo prijatno iznenađenje!", uzviknu on veselo ljubeći mi ruku.

„A otkud vi ovde?"

„Vraćam se od kuće. Mati mi je umrla, pa sam bio na pogrebu..."

Spazih crni flor oko njegove ruke i izjavih mu saučešće.

„A kuda ste vi pošli?"

„Kući, pa sam htela da uhvatim tramvaj."

„Meni bi bilo vrlo prijatno malo s vama da prošetam."

„Bojim se samo kiše."

„Ništa ako malo pokisnemo. Je li daleko?"

„Nije tako daleko."

„Onda mi dopustite da vas pratim."

Pođoh s njim, slučajno se okretoh i ugledah Sašu. Stoji kod jednog izloga blizu *Londona* i posmatra me.

Otkud on?, pomislih u sebi. *Mora da me je pratio. Baš dobro što je naišao ovaj poručnik.*

Saša skide šešir, pogleda me ironično; ja njega hladno pogledah i pođoh s poručnikom.

„Nisam se nadao da ću vas ovde videti i tako sam se obradovao. Ali ljut sam malo na vas."

„Zašto?"

„Niste hteli ni da mi odgovorite na pismo."

„Oh, pa kartu sam vam poslala."

„Da, samo kartu. Istina, treba sada da vam se izvinim za moju slobodu."

„Kakvu slobodu?"

„Pa, onda, kad sam vam poslao onaj buket... Sad uviđam kako sam vam morao izgledati smešan, sigurno i...“

On zaćuta.

„Kome još?“, navaljivala sam.

„Onom Bečliji. Tek mi je posle bilo sve jasno. U prvi mah nisam mogao ni da slutim.“

„Šta niste mogli da slutite?“

„Ne želim da budem indiskretan, ali gospođica Jerica mi je nešto napomenula. Ne znam da li je to istina?“

Poćutah malo, ali onda dodadoh:

„Ako vam je nešto Jerica kazala, onda je to istina. Ona mi je odlična prijateljica i sve joj poveravam.“

„Tako ste joj poverili i da volite Bečliju?“

Smešila sam se. Nisam odmah odgovorila. Okretoh mu se i spazih njegove prekorne sjajne oči. Setih se moje male Jerice i njene ljubavi i veselo odgovorih:

„Bečlija je vrlo simpatičan mladić.“

„Zar vas može da oduševi jedan stranac? Nikada to ne bih pomislio za moju Srbijanku.“

„A da je u pitanju neka Bečlika, ja bih vas razumela.“

„To je već druga stvar. Muškarac ne napušta svoju zemlju kad se ženi. Devojka, kad se udaje za stranca, mora da se odrekne i svoje narodnosti.“

„Varate se. Žena uvek ostaje ono što je.“

„Vi ste, znači, o svemu razgovarali i doneli odluku.“

„A što vi tako prekorno govorite o tome?“

„Zato što nisam mogao ni pomisliti da biste se vi udali za nekog stranca. Ili se možda varam?“, oči mu blesnuše.

„Ko zna, možda se ne varate“, rekoh.

On ućuta i uzdahnu. Posle kraće pauze tiho upita:

„Vi volite bogatstvo?“

„O, ko ne bi voleo bogatstvo!“, odgovorih veselo. „Zar biste se vi ljutili da dobijete premiju na lutriji?“

„Mladim devojkama nije potrebna premija. One mogu i udajom da dođu do premije, naročito kad su lepe. Još mogu da razumem – udati se bogato u svojoj zemlji, ali poći za stranca zbog bogatstva...“

„To mi ne biste oprostili. Razumem, vi ste oficir, i treba takvo mišljenje da imate. Ali šta ćete. Možda ja imam prohteva za ugodnim i luksuznim životom.“

On me iznenađeno pogleda, kao da to ne govorim ja, već neka druga devojka. A meni je bilo potrebno da ga razočaram, da uništim i klicu osećanja, ako ih gaji prema meni, da bi mu srce ostalo slobodno za moju Jericu. Osećala sam da ću ga večeras potpuno razočarati i bila sam vesela. Siroti mladić! U njegovim očima je bilo toliko tuge. On je ćutao idući pokraj mene, dok je vetar nosio suvo lišće ispred nas.

„A ništa mi ne pričate o Jerici? Ja nju mnogo volim, ona je zlatna devojka. Bolja je od mene.“

„Jeste, bolja je. Ona ne gleda Austrijance“, dodade on ironično.

„To bi bilo suviše daleko za nju, kad se u blizini nalazi neko ko se njoj mnogo dopada.“

„A ko je taj?“, upita poručnik malo žustrije.

„Neću da vam kažem“, nasmeših se.

„Zašto nećete da mi kažete?“

„Zato što je to njena tajna.“

„Zar ja ne mogu da doznam tu tajnu?“

„Nemam ovlašćenje da je kažem.“

On se uozbilji i ućuta.

„Što ste se ućutali?“

„Ništa, onako.“

Ja se opet nasmeših.

„A zašto se smejete?“

„Tako, smejem se. Priznajte mi nešto. Jeste li malo ljubomorni?“

„Na koga?“

„Neću da vam kažem.“

„Ne, nisam ljubomoran, ali mi je krivo što često nailazim na neiskrenost kod devojaka. Sve su pritvorne.“

„Kao ja?“

„Ne, vi niste pritvorni. Vi ste najzad priznali.“

„Da volim Bečliju? Ali ne mogu da vam priznam koga voli Jerica.“

„Zašto ne možete da priznate?“

„Ne znam da li bi vam bilo prijatno da to čujete?“

„Recite, pa ću vam odgovoriti da li mi je prijatno ili nije.“

„Hoćete? Ali da mi date časnu reč da Jerici nećete reći da sam vam to ja kazala.“

„Dobro, dajem vam časnu reč.“

„Dakle... ona voli vas.“

„Mene?“

„Da, vas. Je li vam neprijatno to što ste čuli?“

„Naprotiv, prijatno mi je. Ona je simpatična devojka, inteligentna, lepo vaspitana.“

„Dopisujete se?“

„Da. Ona nije kao vi, da me ostavi bez odgovora.“

„Pa, ja mislim da sada razumete zašto vam nisam pisala.“

„Niste imali vremena. Sad razumem. Kod gospođice Planinšek mi se sviđa to što ne gleda Austrijance.“

„Ne može kad je zavolela Srbijanca. I meni je prijatno što ste se vi, kao moj Srbijanac, dopali jednoj Slovenki. Ona je iz vrlo dobre porodice.“

„Da, čuo sam. Njen brat je, kažu, vrlo dobar lekar.“

Ja zadrhtah kad on spomenu Jeričinog brata.

„Gospodin Planinšek?“

„Jeste, svi kažu da je odličan lekar i ozbiljan čovek. I vanredno lep. Zato me čudi kako je mogao da uzme onako nesimpatičnu ženu. Ona je vrlo bogata, pričali su mi, i on je po njoj bogat. Donela mu je ogroman miraz. Jedinica je, otac joj je bio bogati industrijalac.“

Mene kao da poli nešto hladno. Jedna misao mi prostruja kroz glavu:

„Dakle, on se zbog miraza oženio!“

Užasna tuga me pritisnu, ali uzeh u odbranu gospođu Rožu:

„Njegova gospođa je vrlo dobra. Jerica je voli kao sestru. Pričala mi je da će gospođa Roža njoj veliki miraz dati.“

Poručnik je ćutao, a ja sam to namerno rekla. Neka zna da je i Jerica bogata.

„A smem li ja da budem indiskretna?“, upitah.

„Da čujem.“

„Volite li vi Jericu?“

„Ona mi je vrlo simpatična, ali to još nije ljubav.“

„A kad bi se iz toga rodila ljubav, da li biste se oženili Jericom?“

On se nasmeja:

„Vi kao neka provodadžika...“

„Ne, nego ja nju volim, i nalazim da vi kao Srbijanac treba da se oženite Slovenkom.“

„O tome nisam mislio. Mada ima dosta mojih drugova koji se žene Slovenkama. Osim toga, ja nameravam da se prijavim za viši kurs. Ako bih bio primljen, ne bih se još ženio.“

„A ako se zaljubite?“

„Nisam ja u godinama kad se mladić lako zaljubljuje. Možda sam samo jednom mogao u trenutku da se zaljubim, ali tu nisam našao odziv.“

On me pogleda.

„Možda je to bolje, jer biste se razočarali."

„Već sam se razočarao."

Jedna kap kiše pade mi na ruku. Kao ubod iglice.

„Ja nisam daleko od kuće. Sad mogu sama", rekoh. „Kad vi putujete?"

„Sutra izjutra."

„Onda, mnogo pozdravite Jericu. I želim da se u nju iskreno zaljubite. Ona je divna!"

On mi se zagleda u oči, uze moju ruku i prošaputa malo tužno:

„Je li to vaša iskrena želja?"

„Da, najiskrenija."

On mi poljubi ruku. Ja se okretoh i ubrzah korake da stignem do kuće pre no što počne kiša.

Kiša poče jače. Čulo se kako šušti po požutelom lišću lipa. Potrčah. Najednom, iza jednog stabla, naglo iskrsnu neka muška prilika, prepreči mi put i reče ironično:

„Zar se tako bojite kiše, lepa gospođice? Plašite se da ne pokisne vaša svilena kosica."

Trgoh se i zastadoh pred Sašom.

„Otkud vi ovde, kad sam vas videla kod *Londona*?"

„Doleteo sam aeroplanom. Mladić dobije krila kad hoće da stigne lepu devojku. A gde je vaš poručnik?"

„Šta se to vas tiče?", grubo odgovorih.

„Dakle, i vas oduševljavaju epolete i mamuze. Ja sam mislio da ste inteligentnija devojka."

„Poručnik ne bi sebi dopuštao nekorektnosti kao vi."

„Jeste, ja dopuštam, jer me vi dražite. Sad hoću da mi kažete: zašto juče niste izašli sami?"

Kiša poče jače i ja pođoh:

„Izvinite, nemam vremena da se objašnjavam s vama, i ne nalazim da je to potrebno."

„Varate se ako mislite da ću vas pustiti", on mi prepreči put.

Pogledah ga ljutito:

„Ja vas, gospodine, ne razumem. S kakvim pravom vi mene presrećete? Jesam li vam dala ikakvog povoda?"

„Razume se da ste mi dali povoda. Kad je jedna devojka lepa kao vi, muškarac ima prava da trči za njom."

„I da bude drzak."

„Ako vi i dalje budete neljubazni, ja ću biti sve drskiji i smeliji."

„Onda ćete me prinuditi da sve kažem Cici i da joj otvorim oči.“

„I onda će Cica popiti sodu ili vam baciti vitriol u oči. Šteta bi bila da vam nagrdi te lepe oči.“

Bila sam zaprepašćena s kakvim cinizmom je govorio. Stišah ton i rekoh blaže:

„Molim vas, pustite me, hoću kući.“

„Pustiću vas, ali hoću da mi kažete kad ćemo se videti.“

Ja pođoh, on me ščepa za ruku i prinese je usnama. Ja povukoh ruku, ali on ju je čvrsto držao. Htedoh da je istrgnem, ali on učini jedan gest, kao da hoće da me privuče.

„Pustite me, inače ću da vičem!“

Jedan čovek se ukaza na ulici. Saša mi pusti ruku i ja pobegoh.

Sva sam drhtala. Za mene je bila nečuvena tolika drskost. I Cica hoće da se uda za takvog čoveka!

Došla sam kući i zatekla svađu. Svađala se tetka Daca s Cicom. Tetka Daca je kroz plač govorila:

„Zamisli, Ivanka, prosi je jedan arhitekta, divan mladić, ozbiljan, vredan, pošten, i ona neće za njega, nego hoće za onog Sašu. E, taj Saša mi je život zagorčao. Bitanga jedna! Ništa nije završio. Upropastio bi naše imanje, kao što će upropastiti i svoga oca. Oh, Cico, prosto me pojede!“

A Cica je vikala i plakala; dobila je histeričan napad: čupala je kosu, praćakala se na postelji. Donesoše joj kapljice i na kraju je tetka Daca morala da je moli da se smiri, da se ne sekira.

Meni dođe da sve ispričam za Sašu, ali se setih njegovih reči o sodi i vitriolu, a videla sam kako je Cica luda i histerična, i uzdržah se.

Celu noć sam razmišljala da li da ispričam tetka Daci o Sašinoj nasrtljivosti i donela sam odluku da joj sve kažem i da ja i ona to držimo u tajnosti dok ne budem imala jačih dokaza da Cici otvorim oči.

Kad sam ustala i ostala sama s tetka Dacom sve sam joj ispričala: od prvog susreta sa Sašom, pa do sinoćnjeg incidenta na kiši. Ona me, jadna, zagrli: „Jaoj, slatko moje dete! Gledaj da se nekako otkači od tog Saše. Ona će biti najnesrećnija ako se uda za njega.“

Neprekidno razmišljam i ne mogu sebi da objasnim gde je to Cica bila juče. Moglo je biti pola sedam. Ja sam se vraćala kući od jedne naše rođake, gde sam bila na ručku. Prolazila sam pokraj jedne višespratne zgrade. Najednom iz kapije izlete Cica. Ona se sva zbuni kad me ugleda, a mene iznenadi njen izraz lica. Bila je vrlo rasejana, crvena, oči joj uplakane, nije umela da govori.

„Gde si to bila?", upitah.

„Kod jedne drugarice", zbuni se ona.

„Ti kao da si plakala."

„More, sekirala sam se nešto. Napravila je jednu spletku, umešala i mene. Nego, nemoj mami da pričaš da sam ovde dolazila."

„Neću, zašto da pričam." Okretoh se slučajno i pročitah broj pet na ulazu.

„Hoćeš kući?", upitah.

„Hoću. Hajdemo pešice..."

Sumnja mi se uvlačila u mozak: Cica možda posećuje Sašu. Slušala sam o tim garsonjerama. A šta ako ona posećuje Sašu u garsonjeri?

Moje slutnje su se obistinile.

Saša me jedne večeri opet drsko presrete:

„Slušajte, vi, mala, nateraćete me da vas ukradem."

„Kao na filmu. Ne bih rekla da ste tako romantični."

„Zbog vas ću postati. Vi mene vučete za nos."

„Meni to ne pada na pamet. Da li koketujem s vama?"

„Ne koketujete, ali me dražite. Kad god vas čekam ne izađete."

„A vi ne razumete zašto?"

„Ne razumem."

„Dobro znate da vas Cica voli."

„To mi je uteha, jer mogu pomisliti da biste me vi zavoleli da nije Cice."

„Varate se."

„Nisam vaš tip?"

„Niste."

„Ali vi ste moj tip. Divni ste. Vaše telo me izluđuje. Osećam da ste temperamentni. To vam se u očima čita. Ja sam dobar poznavalac žena i verujem da vi umete da volite i da ste stvoreni za ljubav."

„Slušajte, gospodine, vi ste drski!"

„Pa kad sam drzak, onda ću biti do kraja. Drskost je nešto najlepše kod muškarca. To žene vole."

Ja se odmakoh, on mi priđe i poče da šapuće: „Vi ne razumete život. Danas treba živeti, provoditi se. Vi biste napravili karijeru, ali ne umete. Ja bih na vas bacao novac. Lepo dete, nemojte biti ludi! Slušajte, dođite sutra k meni. Čekaću vas."

Ja sam ga gledala iznenađeno i slušala ne verujući sama sebi.

On je i dalje šaputao:

„Hoćete li doći?“

Meni najednom sinu ideja.

„A gde treba da dođem?“, tiho upitah.

On reče onu ulicu i kućni broj pet, iz koje je onoga dana izašla Cica.

„Vi tu stanujete?“

„Ne, tu je moj momački stan.“

„Garsonjera?“

„Da, garsonjera.“

Sad mi je sve bilo jasno. Shvatila sam kakav život vodi Cica, i zašto je onako histerična.

„Dakle, doći ćete?“

„Hoću... A ako se ja zaljubim u vas, šta će biti s Cicom? Ona misli da se uda za vas.“

On se ironično nasmeja:

„Ja to ne mislim. Cica je razmažena devojka. Ona bi mi pravila scene u braku, a ja to ne trpim.“

Volela sam što sam to čula.

„Ali vi, vi ste nešto drugo“, šaputao je Saša. „Vas bi čovek mogao držati kao ukras u kući, maziti vas i ljubiti.“ On me uhvati za ruku, a ruka mu je bila vrela. „Doći ćete“, šaputao je. „U šest... Ja vas čekam...“

„Doći ću...“

„Pazite: ako ne dođete, znajte da ću vam se osvetiti.“

U sebi se nasmejah i pobegoh kući.

Kad sam se našla s Cicom, rekoh joj ravnodušno:

„Znaš, Cico, videla sam Sašu. Poručio ti je da se sutra nađete u šest sati kod one tvoje drugarice na žuru... Zaboravih joj ime. On kaže, tamo gde ste već bili.“

Cica se malo zamisli.

„Čini mi se da reče broj pet.“

„A, znam“, uzviknu Cica. „Pa to je ona kuća gde si me srela kad sam izašla... Sigurno me zove prijateljica da se izvini, jer... znaš... tu je i Saša bio upleten.“

Divila sam joj se kako laže; na njenom licu videla sam raspoloženje. Ja sam je sažaljevala, ali trebala je jednom da se opameti i da uvidi kakav je taj mladić. Samo sam strepela kako će je Saša dočekati. Ali takav jedan mladić, kome sigurno ne dolazi samo ona u garsonjeru, umeće da se snađe u toj situaciji.

Jedva sam čekala sutra uveče da se Cica vrati. Ona dođe, ali je bila nekako neraspoložena. Sedosmo da večeramo; jela je vrlo malo.

Požali se na glavobolju. Kad smo ušle u sobu, uze aspirin.

„Kako si se provela?", upitah.

„Ništa naročito", reče ona hladno. Onda ućuta i posle me zapita: „Je li tebi Saša kazao da dođem?"

„Jeste", slagah i osetih bol zbog nje.

Ona ućuta, leže u postelju i ja čuh kako prigušeno plače.

„Cico, moja mala sestrice, zašto si neraspoložena?"

Osećala sam kajanje.

„Ništa, ostavi me."

„Ali ti patiš. Zašto mi ne kažeš?"

„Ne, ostavi me. Ne patim."

„Patiš, ja vidim.. Da te nije Saša ožalostio?"

Ona briznu u plač.

„Pa zašto da plačeš zbog njega? Zar ti, takva devojka, i imaš takve dobre prilike."

Ona zajeca: „Ali ja ga volim. Volim ga, Ivanka, i nekad mi se čini da on mene laže."

„Pa ako te laže, zar ti to možeš da trpiš, zar tvoj ponos tebi to dopušta?"

„Ja to znam, ali ne mogu... volim ga..." Ponovo zajeca.

Ja je ostavih da se isplače, jer sam znala da će joj suze malo ublažiti bol. Osetila sam da se u njeno srce već uvlači razočaranje. Predosećala sam da su morali imati neku scenu. Sad sam imala da očekujem Sašin gnev i osvetu.

Ali, nisam se bojala.

Bio mi je jasan Cicin bol. Ko zna šta je sve među njima ranije bilo. Nisam više verovala u njenu čednost. Zato je ona toliko očajavala. Nju je trebalo spasti očajanja. Setih se Saše i zamislih njegovo iznenađenje. Uživala sam što sam ga ismejala. Kako je drzak, verovatno će me opet negde presresti. Tri-četiri dana je prošlo, a ja ga nisam nigde srela.

Cica je bila sumorna, nije izlazila iz kuće. Jednog dana tetka Daca mi je pokazala sliku onog arhitekte. Bila sam iznenađena kako je lep mladić, i čudila se da ga Cica odbija. Rekoh joj to. Ona se nije naljutila. Bila je zamišljena, ali se osećalo da se u njoj odigrava neki duševni proces na Sašinu štetu. Mene je to veoma radovalo.

Bila je nedelja i nas dve smo išle na popodnevnu pozorišnu predstavu. Gledale smo balet. Posle pozorišta Cica reče da mora otići do neke tetke, nešto da joj kaže, a ja reših da se vratim kući tramvajem, jer tetka Daci nije bilo baš dobro. Kod Spomenika sam uhvatila tramvaj.

Svet je ulazio i punio tramvaj. Kod *Londona* je već sve bilo prepuno. Zamišljeno sam gledala kroz prozor već požutele lipe i venac sijalica što se proteže Ulicom Miloša Velikog. Nisam ni obraćala pažnju na one što stoje. Slučajno pogledah i trgoh se. Naslonjen na vrata prednjeg izlaza stajao je Saša i netremice me posmatrao. Učtivo mi skide šešir; ja mu se javih, okretoh glavu i sve vreme ostadoh glave okrenute prozoru, da se ne bih morala sresti s njegovim plavim očima.

Zašto li je ušao? Mora da me je pratio. Možda će poći za mnom?

Bilo mi je neprijatno. Okretoh se da vidim ima li koga od poznatih, ali nikoga nije bilo. Slučajno ga opet pogledah i spazih kako me gleda mračnim, ukočenim pogledom.

Na mojoj stanici izađoh i pođoh žurno ne okrećući se, ali sam za sobom čula njegove korake, koji su bili sve bliže.

Ulica je bila već mračna. Nije me bilo strah, ali ipak mi je bilo neprijatno.

On me stiže, ali ja se napravih kao da ga ne vidim i čisto potrčah.

„Nemojte da bežite! Ne možete mi umaći, jer sam mnogo brži i stići ću vas.“

„Zašto bih morala bežati?“, gordo odgovorih. „Nego žurim. Tetka je bolesna.“

„Nekoliko trenutaka ćete mi valjda posvetiti, jer vas pratim čak od Terazija.“

„Ja to nisam tražila.“

„Ali ja sam to tražio, jer hoću da mi odgovorite zašto ste poslali Cicu k meni? Vaša lukavost me je iznenadila. Vi se varate ako mislite da se možete igrati sa mnom.“

„Ja za to nemam ni najmanje volje: niti da se igram s vama, niti da koketiram, već prosto hoću da vam kažem da mene ostavite na miru, jer mene nećete zaludeti kao što ste zaludeli moju rođaku.“

„I vi ste se rešili da joj otvorite oči, pa je šaljete k meni da mi pravi scene i skandal.“

„Poslala sam je da bih se uverila, da li ona odlazi k vama, jer sam je jednom videla kad je izašla iz te kuće. I sad mi je sve jasno. Iznenađuje me koliko ste vi...“

„Pokvaren, jelte?“

„Recite šta god hoćete.“

„Ali u toj svojoj pokvarenosti ja sam se počeo zagrevati za vas, da, za vas – jednu lukavu malu palančanku.“

Nisam se mogla uzdržati od smeha:

„Meni baš laska što sam ja, palančanka, mogla da nadmudrim vas, jednog beogradskog mondena.“

„Nadmudrili? Koješta! Niste me nadmudrili, nego sam ja suviše korektan.“

„Zbilja? Vi sve ovo nazivate korektnošću? Zato se posle nekorektno izražavate o Cici i njenim scenama i skandalima. Jeste li me zato pratili da mi kažete kako ste korektni?“

„Ne, nego da vam dokažem da mogu biti i nekorektan, što ću odsad i biti.“

On pruži ruke, sčepa me za mišice i steže ih kao kleštima.

„Pustite me!“, rekoh s prigušenim gnevom.

„Neću da vas pustim, otmite se ako možete. Hoćete vi meni da prkosite. Ded, prkosite mi sada! Vidite kako sam jak.“

„Pustite me, jeste li čuli? Vi ste antipatični.“

„A vi ste tako slatki, i dopadate mi se što ste takvi, i neću vas ostaviti na miru. Hoću vaše usne, te slatke usne. Ne otimajte se, budite mirni. Moram vas poljubiti. Hoću! Nećete mi sada umaći, poljubiću vas.“

On pruži ruke, sčepa me oko stasa i privuče sebi. Ja mu se odupreh rukama o grudi, ali sam osećala kako su mi se njegove ruke zarile u struk. Sva sam se izvila unazad, odmičući glavu od njegove. On diže jednu ruku, dočepa mi glavu i privuče je gotovo sasvim do svoje. U tom trenutku ga gurnuh u prsa, zamahnuh i spustih mu jedan snažan šamar na obraz. On se uhvati za obraz, a ja se otrgoh i potrčah iz sve snage. On jurnu za mnom da me stigne. Onda zastade i samo mi dobaci:

„Osvetiću vam se za ovaj šamar. Znajte da ću vam se osvetiti!“

„Slušaj“, reče mi Cica jednog dana, „hoćeš li večeras da idemo u Topčider na večeru? Ići će moje dve drugarice, brat jedne od njih, i jedan njegov drug, a pozvaću i Sašu.“

Opet Saša, mislila sam u sebi. *Ona se nikad neće opametiti.* Poćutala sam malo i rekoh joj:

„Meni se ne ide.“

„Zašto ti se ne ide?“

„Zato što mi se to ne sviđa. Vi sami, mlade devojke i mladići, idete noću u Topčider.“

„Bože, što si staromodna! Zašto da ne idemo? Pa tu je i brat jedne moje drugarice. To je više familijarno društvo.“

„Nisam ja na to navikla. Ja sam sasvim drukčije živela. Ti voliš mondenske navike. Možda to nije ništa ružno, ali ja takav život ne volim, niti bi meni to mama dopustila. A ja znam da ni tebi tetka Daca ne dopušta, ali ti je ne slušaš. I ja te zato osuđujem! Pre si i sama kazala da se razočaravaš u tog Sašu, a sad ga opet zoveš.“

„To sam kazala, jer sam se bila nešto naljutila, ali Saša je divan mladić.“

Ja se okretoh prozoru i zagledah se niz ulicu. U jednom trenutku nešto uskipe u meni, dođe mi da joj kažem kakav je taj Saša, ali se uzdržah.

„Zašto se tebi ne sviđa Saša? I ti si, valjda, na maminoj strani?“, upita ona.

„Ako hoćeš, jesam. Saša je neozbiljan.“

„Što neozbiljan? Saša je najsimpatičniji tip današnjeg mladića. On ima sve: voli sport, ide na trke, igra tenis, šofira, elegantan je po poslednjoj modi, ako hoćeš i inteligentan. Ja volim takvog mladića. Nego, valjda, arhitektu da uzmem. Ceo dan da se pentra po skelama i dolazi mi kući sav isprskan malterom kao zidar. Hvala lepo, takav muž meni nije potreban.“

Posmatrala sam je pažljivo. Opet ništa ne rekoh.

„Iz očiju ti čitam da me osuđuješ.“

„Možda.“

„Ako, osuđuj me. Ja volim i hoću iz ljubavi da se udam.“

„Dobro, zašto se ne venčaš sa Sašom?“, rekoh oštro.

„Uh, imamo vremena. To samo od mene zavisi. Kad ja budem htela, on će se venčati. Nego, ja još volim da se provodim kao devojka. Dakle, ti nećeš večeras s nama?“

„Neću.“

„Onda ću nešto da te zamolim.“

„Šta?“

„Jedno preporučeno pismo da mi odneseš na poštu, na glavnu poštu.“

„A kome tako hitno pišeš?“

„Znaš, kad sam letos bila u Dubrovniku, upoznala sam se s jednim marincem.“

„To mi nisi pričala.“

„Šta da ti pričam! To je bio jedan moj flert na moru i ništa više. Inače, divan dečko. Znaš, marinci su vrlo lepi. I zaljubio se u mene. Prosto je lud. Neprestano mi piše, a u poslednjem pismu mi javlja da će doći u Beograd, ako ne dobije odmah odgovor od mene. Taman posla, još mi on treba, da ga vidi Saša.“

„Možda je on bolji od Saše?“

„Da li je on bolji ili gori, ja to ne znam. Znam samo da mi se Saša više sviđa. Saša jeste malo blaziran, ali se meni baš to sviđa kod njega.“

„Ti sasvim pogrešno ocenjuješ muškarce.“

„Nemoj, molim te, da mi držiš pridike kao mama, nego požuri. Čekaj, još ću da napišem i ekspres, neka brže ode. Slagala sam ga da ću možda za Božić opet u Dubrovnik.“

„A zašto ga lažeš?“

„Zar treba istinu da govorim muškarcima? Lažu oni nas, pa lažemo i mi njih.“

„To imaš pravo. Verovatno i Saša tebe laže.“

Ona se naljuti:

„Slušaj, ja tebe volim, ali to neću da mi govoriš. Saša je ipak bolji od drugih.“

„Dobro, neću ti govoriti. Daj mi to pismo. Koliko je sati?“

„Pet i četvrt. Stići ćeš. A posle, znaš šta ću da te zamolim. Da odeš u drogeriju da mi kupiš pomadu, gold-krem, i svrati u francusku knjižaru, uzmi mi *Feminu*. Znam da je juče došla.“

„Šta imaš još da ti kupim?“

„Čekaj, imala sam nešto. A, sad se setih. Kupićeš mi konac DMC, numera 5-8. Treba mi ta boja.“

„U koliko idete na večeru?“

„Još malo. Oni će doći. Možda će Saša doći po mene svojim kolima.“

Obukla sam se brzo i otišla. Dok sam predala pismo i sve pokupovala bilo je blizu sedam. Ne volim da se vraćam dockan. U mojoj palanci mogla sam u svako doba da se vratim kući, a ovde me čisto strah.

Uhvatila sam tramvaj i pogledala na sat. Bilo je sedam i pet minuta. Dok stignem kući biće pola osam. Vetar, koji je tri dana vitlao ulicama, bio se stišao; veče je bilo prijatno. Za nedelju dana vraćam se kući. Jedva sam čekala da vidim moju mamicu. A i Ljubinko je voleo da se vrati. Smejala sam se. Bio je oduševljen posle prve posete onoj bronzanoj mondenki. Drugi put kad je otišao, vratio se ljut. Nije hteo ništa da kaže, ali mi je bilo ćef – to mu je bila dobra lekcija.

Išla sam baš onim delom ulice gde me je uvek bilo strah. Izdaleka spazih farove automobila. Oni baciše svetlost na mene. Auto prođe i najednom stade. Iza sebe začuh brze korake i jedan glas:

„Gospođice Protić!“

Okretoh se. Jedan nepoznati mladić mi se približi.

„Gospođice Protić, zove vas gospođica Cica.“

„Gde je ona?“

„U automobilu. Hoće nešto da vam kaže."

Vratih se.

Auto je stajao u senci jedne kuće. Ja priđoh, vrata se otvoriše. Najednom, dve ruke me sčepaše i za tren oka uvukoše u auto. Imala sam vremena samo kratko da vrisnem, ali mi jedna muška ruka zapuši usta. Onaj mladić ulete u kola, tresnu vratima i viknu šoferu:

„Teraj najvećom brzinom."

Auto pojuri, a ja skupih svu snagu da se otmem.

„Lepo moje dete! Vidite, sad sam vas uhvatio. To je za onaj šamar", govorio je Saša, držeći mi ruku na ustima.

Bila sam užasnuta. U prvi mah sam pomislila da su neki razbojnici, jer se svašta događa u velikoj varoši. Ali kad čuh Sašin glas, povratih hrabrost, zarih mu nokte u ruku, da bih je otklonila s mojih usta i viknula upomoć...

„Gledaj, kako se grebe!", viknu on. „Prava mačkica... Tako, sad sam vas uhvatio u klopku."

Ja skliznuh sa sedišta i nađoh se na podu auta, ali on me snažno sčepa i baci preko kolena.

„Upomoć!", viknuh, ali huka automobila uguši moj glas.

„Ništa vam ne vredi. Sad ste u mojoj vlasti, lepotice. Hoćete meni da prkosite! Rđavo se provede svaka devojka koja meni prkosi. Budite mirni! Prava zolja!"

Ja gurnuh nogom vrata, a on viknu:

„Vidi kako se praćaka! Drži joj noge."

Onaj drugi mi steže noge. Osećala sam se kao u okovima.

„Vi ste meni opalili šamar, a ja ću vas poljubiti. Dajte mi vaše usne!"

„Upomoć!", viknuh opet.

„Brže teraj i sviraj!", vikao je Saša šoferu. „Poljubiću vas, mala moja, pa da znam da ću poginuti. Uzalud se otimate, jači sam od vas. Oh, imate divno telo, vitko i čvrsto. Kao zmijica. Ne date da vas poljubim. Ali ja hoću!"

Njegovo lice je bilo tako blizu moga da sam osećala njegov dah. Izvih glavu preko njegovog kolena, ali on mi podiže naglo glavu i privuče je svome licu. Ja otrgoh jednu ruku u udarih ga pesnicom po čelu. On se razbesne i jednom rukom mi tako dušmanski steže ruku da vrisnuh. Uspeh da izvučem jednu nogu i udarim onog drugog.

„Jaoj!", uzviknu onaj, „ala me udari."

Besan, on mi sčepa noge, ali mi oslobodi ruke. Videla sam da u susret našem automobilu ide drugi. Onom slobodnom rukom svom snagom lupih u prozor. On se sav rasprsne i ja zavikah:

„Upomoć!“

U tom trenutku osetih kako mi se Sašine usne i zubi zariše u vrat. Onaj drugi mladić uzviknu:

„Stade auto iza nas!“

„Teraj najvećom brzinom!“, vikao je Saša.

„More, izbaci je iz auta, šta će nam?“

„Neću da je izbacim“, besneo je Saša.

„Evo, auto juri za nama.“

Ja opet viknuh:

„Upomoć!“

Saša se naže. Osetih kako me grize.

„To vam je zato što se derete. Kao da vas koljemo. Glupačo jedna!“

„More, izbaci je!“, vikao je drugi.

Automobili su se jurili... Saša me je još stezao kao lancima.

Odjeknu revolverski pucanj.

„Ama, čuješ li, pucaju! Hoćemo li da izginemo?“, vikao mu je onaj drugi. On mi pusti noge. Ja skočih.

„Ah, nećete pobeći!“, viknu Saša, snažno me posadi na krilo i zabaci mi glavu. Osetih kako mi njegove usne zatvoriše jedno oko.

Udarih ga posred lica.

„Zaustavi auto!“, viknu onaj drugi mladić šoferu.

„Odlazite!“, okrenu se meni.

Ja izleteh. Njihov auto odjuri, a onaj drugi se zaustavi preda mnom.

Ne znam kako sam izgledala u tom trenutku, ali sam se jedva držala na nogama. Osetih strahovit bol u ruci.

Iz onog auta iskoči jedan stariji gospodin. Pritrča i šofer.

„Šta je to, gospođice? Neko vas je napao?“, uzbuđeno je pitao stari gospodin.

„Ne znam“, mucala sam, „neki mladići.“

„Vi ste krvavi!“, uzviknu šofer.

„Pa to je razbojništvo!“, vikao je gospodin. „Jesu li hteli da vas ubiju?“

„Ne, to je od prozora, rukom sam razbila staklo.“

Pogledah ruku. Krv se slivala kroz isečenu rukavicu. Skidoh rukavicu. Sva ruka mi je bila okrvavljena. I čarape su mi bile krvave.

„Brže, da vam previjemo ruku! Imate li maramicu?“

„Ne znam gde mi je tašna. Ostala je u autu.“

Šofer pogleda.

„Eno onde nešto. Izbacili su vam je.“

Donese moju tašnu i francuski žurnal. Tek tad videh da mi je bere ostao u autu. Izvadih maramicu, gospodin uze i svoju i uvi mi ruku.

„Šta je krvi isteklo!", čudio se gospodin. „Strašno nešto! Poznajete li te mladiće?"

„Jednog poznajem... drugog ne znam."

„Napasti jednu mladu devojku! Jeste li vi iz Beograda?"

„Ne, ali sam ovde. Studentkinja sam, stanujem kod rođaka."

„Uđite u auto da vas odvezemo kući."

„Kud treba da vas vozimo?"

Rekoh ulicu i broj. Gospodin iznenađeno pogleda.

„Tu stanuje jedan moj poznanik."

„To je moj teča."

„Tako!", začudi se gospodin. „I napali vas mladići. Zašto su vas napali?"

„Ah, ne mogu da govorim. Izvinite. Objasniću vam kad dođemo kući."

„Vama je teško? Pa, da, boli vas ruka? A i uplašili ste se."

„Da, uplašila sam se. To je, prosto, nečuveno. I ruka me boli."

„Sad ćemo stići brzo. Odmah da vas lekar previje."

„Hoćete li da vas odvezem u ambulantu?"

„Ne, neću."

„To treba sutra u novine staviti, kako mladići napadaju devojke. Kao apaši."

„A vi ste pucali?"

„Kazao sam šoferu da opali u vazduh, da ih zaplašimo. Čuli smo vaše zapomaganje, mogli smo svašta da pomislimo. Manguparija!"

„I to još otmeni mladići."

„U novine vi njih!"

„Ah, zar i taj skandal – da mi se ime po novinama povlači."

„Zašto da ih ne kaznite? Treba ih žigosati."

Auto stade.

Stari gospodin mi pomože da uđem u kuću.

Jedva se popeh uza stepenice. Noge su mi klecale. Zazvonih. Pogledah zavoj na ruci. Sav je bio krvav.

Sobarica otvori vrata, ugleda moje bledo lice, razbarušenu kosu i onu krvaru maramicu na ruci i ciknu:

„Gospođice, šta vam se to desilo? Zašto ste tako krvavi?"

Na njen uzvik otvoriše se vrata trpezarije i pojaviše se tetka Daca i Cica.

Tetka Daca ciknu:

„Šta je to s tobom?"

Uzbuđenje koje sam preživela dođe do vrhunca, moji nervi popustiše. Zajecah naglas i uzviknuh, gledajući Cicu ogorčena i gnevna:

„To... to je tvoj Saša... Taj mangup!"

Ona me gledala raširenih očiju, ne razumevajući ništa... i mucala sva bleda:

„Šta? Šta ti je uradio Saša?"

Stari gospodin, koji je skidao kaput u predsoblju, uđe u trpezariju. Cica i tetka Daca iznenađeno ga pogledaše.

„Gospodine Stojanoviću! Otkud vi?"

„Ja sam bio u automobilu", poče on da objašnjava. „Čujem najednom zapomaganje iz drugog auta. Kažem odmah šoferu: 'Ovde se nešto događa, goni onaj auto!' Čak smo jednom i opalili revolverom u vazduh."

„A što si krvava?", zapita tetka Daca.

„Razbila sam rukom prozor, svu ruku sam isekla. Mangupi jedni", zajecah, „i ti, ti pričaš za tog Sašu. Hoćeš za njega da se udaš. Ti i ne znaš kakav je taj tvoj Saša! Kako me goni otkako sam se upoznala s njim."

Jecala sam naglas.

Cica je bila skamenjena. Stajala je na jednom mestu i nije se micala. Stari gospodin mi priđe, isto tako uzrujan, i izgovori:

„Koji Saša, gospođice?"

Umesto mene odgovori tetka Daca, gledajući ga sažaljivo:

„Vaš sin, gospodine."

„Moj sin?", izgovori on zaprepašćenim glasom.

Trgoh se i pogledah starog gospodina:

„Vaš sin! Zar je on vaš sin?"

Gospodin se namršti, pogleda preda se i prošaputa:

„Nažalost, moj sin."

Pođe dva-tri koraka, sede na jednu stolicu i podlakti se na ruku, skrivajući šakom lice. Onda se diže, priđe mi i izgovori molećivim glasom:

„Oprostite, gospođice. Nesrećan sam što je to bio moj sin. Ali, otkud vi s njim u autu, kad znam da on voli gospođicu Cicu?"

„Sve ću vam ispričati... Jaoj, moja ruka!"

„Treba lekara da zovemo. Odmah ću telefonirati", reče tetka Daca. Ona ode da telefonira i vrati se.

„To je strašno!", reče očajno. „Ne mogu da budem pametna, takvi mladići... Pa kako je to bilo, Ivanka? Pričaj, treba sve da kažeš. Neka čuje i gospodin Stojanović."

Ja im ukratko sve ispričah: i kako me Saša zvao k sebi u garsonjeru, kako me sačekivao na ulici, i ovo večeras...

Cica ništa nije govorila. Sela je na jednu stolicu i ćutala, sva bleda. Sašin otac ustade i uhvati me za ruku:

„Gospođice, molim vas, oprostite mu! Ja vas kao njegov otac molim, i nemojte da javnost za to dozna.“

„Kakva javnost!“, rekoh. „Zar sebe da kompromitujem? Nikada nisam mogla ni u snu sanjati da mi se ovako šta može desiti u Beogradu.“

„Šta ćete, gospođice, razmažen je. U stvari, nije rđav, ali je obesan. Razmažen jedinac, sve mu se činilo, pa je postao samovoljan. I vas molim, gospođice Cico, da mu oprostite.“

Cica tek tada progovori, nekim tuđim glasom:

„Možete mu reći da ga od danas više ne poznajem. Sve sam mogla očekivati od njega, ali ovako nešto nikad.“

Bilo mi je žao Sašinog oca. Videlo se da je to dobar čovek i da ga sve ovo ponižava. On ustade da ide i zamoli tetka Dacu:

„Ja ću vam telefonirati da vidim kako je gospođici Ivanki i molim vas da me obavestite. Ja ću i lekara da platim.“

„Nije potrebno, gospodine“, odgovori tetka Daca. „Meni vas je žao, znam koliko ste vi čestit čovek i dobar otac, ali šta ćete, takva je mladež!“

„Ja već znam šta ću mu reći kad dođe“, reče gnevno Sašin otac.

On se udalji, a lekar se pojavi. Opra mi ruku, pregleda. Bila je posečena na dva-tri mesta, ali posekotine nisu bile duboke. Previ mi ruku i reče da će doći sutra.

Tetka Daca isprati lekara i vrati se u sobu.

Cica je još sedela ukočeno na stolici. Tetka Daca joj priđe i nežno reče:

„Vidiš, Cico, sad si se uverila kakav je taj Saša. Meni je Ivanka već pričala kako nasrće na nju.“

Cica skoči, kao da joj neko zari nož u srce, vrisnu naglas i odjuri u svoju sobu.

Mi jurnusmo za njom.

„Cico, lepo moje dete“, molila je mama, „nemoj da se sekiraš.“

„Ubiću se!“, cičala je ona. „Bežite mi ispred očiju! Lažete! Svi lažete! I ti lažeš! Ko zna, možda si ti trčala za njim. Dopao ti se, pa sad izigravaš komediju. Oteo te, kao bajagi!“

Te njene reči pogodiše me do srca.

„Ćuti, i više da nisi progovorila!“, ciknuh. „Treba da te je stid tih reči, stid tvojih roditelja. Šta je molite?“, okrenuh se tetka Daci. „Zaludela si za tim Sašom, a sve tvoje drugarice znale su kakav je“, dobacih Cici u lice. „Ismejavali su te svi njegovi drugovi, svi su znali kakav je on, samo ti nisi znala. Ubićeš se zbog njega. Divno! Da si našla da se ubiješ zbog nekog idealnog mladića, nego zbog takvog kome svaka sa ulice dolazi u garsonjeru!"

Ućutah, a tetka Daca izađe. Nekoliko trenutaka nismo ništa govorile. Cica je jecala na krevetu, a ja sam ćutala, sedeći na divanu. Obuze me tuga. Setila sam se Vitoja i njegove čiste ljubavi. Koliko otmenosti i dostojanstva u svakom njegovom gestu i reči! Koliko karakternosti. A ovaj Saša je toliko drzak, pokvaren... I on će se jednog dana oženiti. Uzeće, možda, neku idealnu devojku. Zar će ona biti srećna, i zar će on da poštuje ženu i brak?

Cica nije više jecala. Malo posle čuh njen tihi glas:

„Ivanka! Hodi k meni."

Priđoh i sedoh na ivicu kreveta.

„Oprosti mi, ja sam te uvredila. Ali to je bilo u afektu. Ti možeš da pojmiš koliko sam nesrećna i kako me to strašno pogodilo."

„Da, ja te razumem, i ne ljutim se na tebe. Samo jedno želim: da veruješ da sam ti bila najiskrenija."

„Ja u to ne sumnjam. Priznaću ti: mnogo sam prepatila od Saše. Nisam mu verovala, ali sam ga volela."

„I učinila si veliku grešku što si išla k njemu u garsonjeru."

„Kakvu garsonijeru?"

„Pa, u garsonjeru... Kuća broj pet... Onda je on mene zvao, a ja sam tebe poslala."

„Zvao te k sebi? Saša!"

„Kao što je i druge zvao."

Cica sede na postelju:

„Sad mi je tek sve jasno. Ono njegovo iznenađenje, cveće, kolači na stolu, liker... Za mene to nije bilo spremljeno."

„A ti si često išla?"

„Ne tako često. Ali, veruj mi, Ivanka, ja sam nevina. Iako je pokvaren, prema meni nije bio takav..."

Ćutala sam.

„Ti mi ne veruješ?"

„Kad ti kažeš, ja ti verujem, ali te osuđujem što si uopšte išla k njemu. Jer, on ne misli tobom da se ženi."

„Otkud znaš?"

„Kazao mi je. Ti si, kaže, razmažena. Samo bi mu pravila scene."

„Nitkov jedan!", uzviknu Cica. „A mene je uveravao kako ćemo se uzeti."

„Zar ti ja nisam kazala da savršeno pogrešno ocenjuješ mladiće? On ti se dopao, i nisi htela da čuješ za arhitektu, jednog školovanog i dobrog mladića. Nego, ako si pametna, udaj se za arhitektu.“

„U ovom trenutku, kako sam ogorčena, sutra bih se mogla venčati.“

„Iz osvete prema Saši? Ali taj mladić ne zaslužuje da se udaš za njega iz osvete prema jednom Saši! On zaslužuje da mu pokloniš svu ljubav, da ga zavoliš, i da ga ceniš.“

„O tome ću razmisliti...“

„Bojim se da se opet ne pomiriš sa Sašom.“

„Sa Sašom da se pomirim! Ti si luda. Zar posle svega? Nikad, nikad, zaklinjem ti se. Bednik jedan!“

Zagleda se namršteno u jednu tačku na podu.

„Pa, otkuda Saša u autu večeras, kad je trebalo da idete u Topčider?“, upitah.

„Došli su da mi jave kako je jedna moja prijateljica bolesna i ne može da ide. Zvali su mene, ali ja nisam htela bez nje.“

„Dakle, zato sam ih ja srela same.“

Vrata se otvoriše. Uđe Ljubinko sav usplahiren:

„Šta se to desilo? Priča mi sobarica... ti posekla ruku! Koji su te to mladići napali? Ah, da sam ja odnekud naišao, ala bih ih zgužvao!“

Ispričah mu ukratko.

On je ljutito šetao po sobi. Zastade pred Cicom:

„I ti ga voliš? Htela si za njega da se udaš!“

Cica briznu u plač.

„Nemoj sad ti da je mučiš!“, viknuh na Ljubinka. „Dosta joj je. Ona se već razočarala.“

„Bože, zar toliko plačeš zbog takvog tipa?“ reče Ljubinko nežnije. „Hajde, umiri se!“

Ja sam milovala Cicu po kosi:

„Slušaj, hoćeš li da ideš s nama u palanku? Lepo ćemo se provesti! Ti treba malo da se odmoriš od ovog Beograda. Znaš kako ti voliš našu kućicu i baštu.“

Poče i Ljubinko da navaljuje:

„A čim padne sneg, ići ćemo da se sankamo. Ima jedna strma ulica, pa kad se otisnemo s vrha, samo letimo i uživamo. Znaš kuda ćemo još da idemo? U moje selo. Jaoj, kad te vide seoski momci, svi će se zaljubiti u tebe.“

Cica nije mogla da se uzdrži, nasmeja se.

„A što ima jedan momak, ćatin sin, taj uobražava da sve varošanke, kad dođu u selo, moraju u njega da se zaljube. Čak veruje da liči na filmskog glumca.“

Cicu je to razveseljavalo, a Ljubinko je oduševljeno nastavljao:

„A što imamo dva konja! Ti inače voliš jahanje! Jahaćemo svakog dana. Ivanku sam naučio, ali ona se plaši.“

„I Bebu si učio“, dirnuh ga ja.

„Ah, Beba, kukavica! Ne sme da sedne u sedlo.“

„Zato što je uvek više volela s tobom jahati na sedlu. Sad će u selu biti slave i gozbe. Ići ćemo svuda. To treba da vidiš, Cico: seoski život, prirodu, a ne ovo tvoje lažno, otmeno društvo.“

„Razočarao si se u Borku?“

„Nek ide bestraga!“

„Je li, Cico, hoćeš li s nama?“

„Hoću. Kad ćemo ići?“

„Samo ruka da mi malo prođe. Mama bi se uplašila.“

Cica se umirila. Sedeli smo svi troje na njenom krevetu i veselo razgovarali, kao da se ništa nije dogodilo.

„Tetka Daco“, uzviknu Ljubinko, „mi vodimo Cicu s nama. Ići ćemo čak u moje selo!“

„A hoće li ona?“

„Hoću, mama“, odgovori Cica.

„Ako, vodite je, treba malo da se udalji od ovog sveta. I od onog prokletog Saše.“

„Dosta! Nemoj o Saši!“, ciknu Cica na nju.

Tetka Daca izađe iz sobe. Ja se okretoh Cici:

„Nemoj da budeš takva prema mami. To mi smeta. Grehota je, Cico. Ti je prosto maltretiraš. A ona je toliko dobra, i tako pati zbog tebe.“

„Ali me sekira...“

„Ne sekira te, nego ti previše popušta.“

Tetka Daca opet uđe:

„Hoćete li da večeramo?“

Ja šapnuh Cici: „Budi nežnija prema mami!“

Večerali smo i veselo pričali. Naročito je Ljubinko bio duhovit i vrlo govorljiv.

„Zaboraviće ona Sašu. Uticaću ja na nju da se uda za arhitektu“, šapnuh tetka Daci.

„Ah, kad bi to mogla, slatko moje dete, nikad ti to ne bih zaboravila!“

„Samo polako.“

„Kako si ti pametna devojčica“, govorila je tetka Daca. „Pa gledam Ljubinka. Divan dečko! Blago vašim majkama! Ako, vodite je, i ne puštajte je sve dok sasvim ne zaboravi onog mangupa. Pisaćeš mi, pa ću i ja da dođem k vama na nedelju dana.“

TREĆI DEO

Kucanje na vratima jedne snežne zimske večeri...

Bila je druga polovina januara. Cela palanka je u snežnom ruhu. Mrak se spuštao vrlo brzo. S prvim mrakom počeše i prve pahuljice. Najpre retke, kao beli leptirići, a posle osu snežni povetarac i sve se zamagli. Sneg sipi, pokriva bašte, drveće i niske krovove palanačkih kuća.

Ivanka je stajala kraj prozora i posmatrala sneg.

– Oh, što je divno, mama! Tako volim sneg!

Ispred njihovih prozora, koji su gledali u vrt, grane na višnji spuštale su se sasvim nisko. Zimske ruže, sasušenih stabljika, kao da su razvile bele cvetiće. Sve je imalo neobičan, čaroban izgled: čarobno je izgledao i jasmin i jorgovan. A veliki orah, na sredini bašte, ispod koga se leti zelenela sočna trava, gordo je širio svoje bele grane.

Svetlost sinu u sobu i Ivanka se okrete od prozora.

Veliki crveni abažur od svile prosipao je purpurnu svetlost po sobi zastrtoj pirotskim ćilimom. Bezbroj jastučića raznog oblika nemarno je bilo razbacano po sofi. U uglu klavir s fotografijama i dvema statuetama: Vagner i Betoven. Jedna velika slika na zidu, rađena masnim bojama, predstavljala je lepog mladog čoveka. Ivanka je upadljivo ličila na taj portret. Imala je iste oči, profil i izraz lica, koji je kod muškarca na slici bio oštriji a kod nje ublažen i nežan. Bila je to slika njenog rano poginulog oca.

Nekoliko pejzaža-akvarela, koje su radile Ivanka i njena mama, krasili su zidove sobe. Crvena svetlost abažura reflektovala se na svakoj stvari pa i na mladoj devojci. Ona je imala na sebi haljinu od somota, boje zrele višnje. Jeftin somot, i haljina koju je šila njena mama, ali na njenom vitkom stasu sve je lepo stajalo. Njena crna, duga kovrdžava kosa imala je boju abonosa, a obrazi – u toploj sobi, koju je zagrevala velika peć – bili su joj zažareni, dajući još lepši sjaj njenim očima.

– Hoćeš li čaja? – pitala je mama.

– Mogu. A šta ćemo da večeramo? Nemoj da podgrevaš jelo! Daj malo one čikine pršute, sira i tvoje kiflice.

– I meni se ne jede. Bolje spavam kad manje jedem. Imamo i pihtije.

Mati uze jedan lončić, napuni ga vodom i stavi na vatru da provri.

Imale su četiri odeljenja. Jedno malo predsoblje, kuhinju i dve sobe. Svuda se osećala čistota i ukus. Obe sobe ličile su na dva mala salona.

– Dok mi voda provri da malo pletem – reče mati. Radila je jedno šalče, belo s plavim motivom.

– E, znaš koliko se radujem što se Cica isprosila za arhitektu. Kako mi Daca piše i zahvaljuje. Kaže, tvoja Ivanka je tome najviše doprinela.

– Da, Cica nikad nije imala iskrene prijatelje, a nije umela sama da oceni mladića. Koliko joj se sada dopada arhitekta. Sašu je već zaboravila. Ali, Linči, mama, Linči da zaboravi Edija i da se veri s drugim! To me zaista čudi.

– Za koga se ono udaje?

– Za nekog trgovca u Beču. Štefi mi piše... Čak se i Štefi čudi što je Linči mogla da zaboravi Edija. Izgledalo je da ga voli.

– Pa, on joj možda nije davao nikakve nade. Pravo ima. Zašto da ga čeka, ako on ne misli da je uzme? Edi je divan mladić, verujem da može da nađe dobru partiju.

– A ja mu, mama, nisam verovala da neće uzeti Linči. Istina, on me je uveravao da Linči nije devojka kakvu on želi da uzme.

– On je bogat i dobar mladić, lako će se oženiti. U Beču ima lepih devojaka.

– Razume se... Je li, mama, gde su one note koje mi je Cica poslala?

– Vidi, onde su, ispod Betovena.

Ivanka nađe svesku i sede za klavir.

Pod njenim prstima zabrujaše nežni akordi. Svirala je, a svetlost abažura obasjavala je njenu figuru. Mati je radila uživajući u muzici. Bila je vrlo prijatna atmosfera u toj poetičnoj sobi.

Najednom se začu snažno kucanje na vratima.

Ivanka prestade da svira i okrete se mami:

– Neko kuca.

Gospođa Protić brzo izađe u predsoblje. Pre no što je otključala, zapitala je ko kuca.

– Edi Huber! – odgovori muški glas napolju.

– Edi! – uzviknu iznenađeno gospođa Protić.

Ivanka je čula njen uzvik, pa izlete u predsoblje. Okrete snažno ključ i otvori naglo vrata.

Pred njima se ukaza Edi – nasmejan, rumen, posut snežnim pahuljicama. Sav srećan, dočepa ruku gospođe Protić, poljubi je, okrete se Ivanki, uhvati je za obe ruke. Nije mogao da govori od uzbuđenja. I one su obe bile vrlo iznenađene. Gospođa Protić se jedva povrati:

– Kakvo iznenađenje, Edi! Nismo mogle ni sanjati da ćete nas vi posetiti.

– A ja sam hteo da vas iznenadim. Mogao sam da javim, ali nisam hteo. Morao sam doći u Beograd nekim fabričkim poslom, pa sam odlučio, kad sam već tu, da vas posetim.

– Prosto ne verujem da ste to vi! – uskliknu Ivanka. – Skidajte kaput!

Edi brzo skide kaput, šešir, kaljače. Uđoše u sobu. Ružičasta svetlost abažura i topla soba, u ružičastom tonu, ostavila je prijatan utisak na njega.

– Oh, kako je lepo kod vas! Sve u stilu. Zaista divno!

Njegove zaljubljene oči zaustaviše se na devojci:

– Ivanka, vi ste još lepši!

– To se vama čini. Uvek sam ista.

– Ne, ne! Sad ste još lepši.

– A vi, Edi, vrlo lepo izgledate – reče Ivankina mama. – Popravili ste se. Ali, kad ste doputovali?

– Pre jednog sata.

– A kako ste nas našli?

– Odseo sam u jednom velikom hotelu ovde, pitao sam da li vas poznaju.

– U palanci se svi poznajemo.

– I zamolio da mi dadu jednog dečaka, da me dovede ovamo. On me je doveo do kapije. Kad sam prišao, čuo sam klavir i odmah sam znao da vi tu stanujete. Čisto mi je neverovatno da sam kod vas. Verujte mi, nikad nisam zaboravio dane koje sam s vama proveo u Sloveniji. I moja staramajka vas se često seća. Ona vas je mnogo zavolela. Kaže da bi opet na leto volela da se vidi s vama.

– I mi smo se vas često sećali. Gospođa Hedviga je jedinstvena žena. Tako smo se nas dve lepo razumele.

– A ja i Ivanka nismo se tako razumeli – šalio se Edi.

– Kako da nismo! Zar vi niste bili moj drug?

– Opet drug! Ja samo muškarce smatram drugovima.

– Vi ste njoj vrlo simpatični, Edi, ja to znam – reče gospođa Protić. – Ali vi ste prozebli. Napolju je hladno.

– Nije toliko. Pada sneg, pa je prijatno.

– Večerali sigurno niste?

– Jeo sam u vozu.

– A, znam da ste gladni. Baš dobro, mi nismo još večerale, pa ćete nam praviti društvo.

– Nemojte da se trudite zbog mene.

– Kakav trud! Sad ću ja brzo sve da spremim. Da probate jedan naš srpski specijalitet – pršutu. Izvinite me, brzo će biti gotovo.

Gospođa Protić odjuri u kuhinju.

Edi priđe Ivanki i uhvati je za ruku. Bio je vrlo uzbuđen. Gledao ju je svojim lepim plavim očima:

– Ah, Ivanka, da znate koliko sam čeznuo da vas vidim! Vi ste sve vreme bili moja najlepša misao. Stalno ste mi govorili da ću vas zaboraviti, ali vidite, ja sada još više mislim na vas, i toliko sam srećan što sam došao. Možda sam pogrešio što sam došao, možda ste vi mene zaboravili?

– Ne, Edi, nisam vas zaboravila. Sećanje na vas vrlo mi je prijatno, ono me podseća na Sloveniju, na one divne časove koje smo tamo proveli. Vi ste tako dobar i simpatičan mladić da vas nijedna devojka ne može nikad zaboraviti.

On prinese njenu ruku usnama:

– Hvala vam, Ivanka, što me se sećate. Znam da vaša osećanja nisu ista kao i moja, ali ko zna, možda ćete jednog dana promeniti mišljenje. Neću sada ništa više da govorim, hoću da budem srećan pokraj vas. Kako je kod vas sve uređeno s mnogo ukusa!

– Skromno.

– Raskoš nije uvek ukusna. Ja volim da osetim ženski ukus u kući. Ovo ste vi slikali? Ah, to je onaj pejzaž u šumi gde sam vas jednom našao. Znate, onda kad ste razgovarali s gospodinom Planinšekom.

Ivanki zalupa srce kad on pomenu doktora.

– Znate da sam tada bio ljubomoran na doktora? Dopisujete li se s njegovom porodicom?

– Jerica mi piše. Zaljubila se.

– U koga?

– U poručnika s crnim brčićima.

– Onog vašeg obožavaoca! I na njega sam bio ljubomoran. Dakle, i on otpada. A voli li on Jericu?

– Nadam se da će njihova ljubav poći najlepšim putem.

– To mi je milo, jer su mi vaši obožavaoci dosta jada zadali. A tek šta ih ovde imate?

– Nikoga, verujte.

– Ne, ne verujem. Ali, zaboravih vam reći. S doktorom Planin-šekom video sam se u Beču, oktobra...

– Zašto je dolazio?

– Imao je neka posla. Tako se promenio. Oslabio je. Mislio sam da je bolestan, ali on mi reče da je sasvim zdrav. I njegova gospođa bila je s njim, ali nju nisam video.

Ivanka je osetila kako je obuzima neobično uzbuđenje; ruke su joj bile hladne... Brzo je prešla na drugu temu:

– Recite, kako je Štefi?

– Koketuje i flertuje. Čas hoće da se uda, čas neće. A Linči se verila. To je najveća novost.

– Pisala mi je Štefi. Nisam mogla da verujem. Zar onoliko vas volela, pa da se veri s drugim?

– Linči je dete. Ona je mogla svakog da voli. Nije trebalo još da je udaju, mlada je. Ali, njen otac je trgovac a Linčin verenik je njegov ortak. On je voleo da se orodi s njim, a Linči, kao svako derište, tek da se uda... Oni su prvo mene pitali, ali ja sam odgovorio da na Linči gledam kao na Štefi i ne bih je mogao zamisliti svojom ženom. Vi mi niste verovali, ali ja kad nešto kažem, to je istina. – Zaćutao je.

– Edi, neću da budete tužni.

– Vas kad vidim, Ivanka, moram da budem tužan. Vi ste moja ljubav i moj bol. Koliko puta mi je dolazilo da vam u pismu izlijem sva svoja osećanja, da vam pišem kako patim zbog vas, ali sam se uzdržavao, bojao sam se da mi se ne nasmejete. I uvek sam ostajao u tonu drugarstva, kako ste vi želeli.

Ivanka ga je pogledala svojim lepim toplim očima.

Edi uzdahnu.

– Vaše oči su uvek iste, lepe. One me rastužuju. Vi ste, Ivanka, ona ista, dobra devojčica, bez koketerije?

– Mislim da se nisam promenila.

– I nemojte. To je najlepše kod jedne devojke. Muškarac voli da se provodi, da flertuje, ali zaželi da nađe devojku koja je nešto sasvim drugo, bolje, lepše i nežnije.

Njegov pogled se zaustavi na portretu Ivankinog oca:

– Ovo je sigurno vaš otac. Ličite na njega.

– Da, moj otac.

– Tako lep čovek... Da vidim šta svirate. Klasici. Betoven, List... Šopen... Kako sam bio uzbuđen pred vašim vratima! Stajao sam nekoliko trenutaka: sneg, bašta, bela noć, zvuci klavira. Znao sam da vi svirate, da te melodije izlaze ispod vaših prstiju. Tako je to bilo lepo! Taj trenutak neću zaboraviti. A sad ste studentkinja? Mi smo kolege. Spremate li neki ispit?

– Da, rimsko pravo.

– A ja sam pao u oktobru. Vi ste krivi, samo sam mislio na vas.

– Nije strašno. Vi ste fabrikant.

– Ah, sad se setih! Pa ja sam zaboravio poklone. Vidite koliko sam zaljubljen. U predsoblju sam ostavio jedan mali neseser. Čekajte da ga donesem.

On se brzo vrati.

– Ovo je parfem za mlade devojke. Tako je diskretan.

Vadio je bočice s mirisom i kolonjskom vodom.

– Bože, šta ste doneli!

– Znate da parfem može da izazove sećanje na neku ličnost. A ja hoću da se vi stalno mirišete ovim parfemom, da biste me se sećali.

On je opet pogleda:

– Što vam ta haljina lepo stoji! Podseća me na onu vašu crvenu bluzu i škotsku suknjicu. Najviše sam voleo kad obučete tu bluzu.

Ivankina mama uđe u sobu.

– Moja večera je gotova. Sad ću da postavim sto.

– Mama – uzviknu Ivanka – vidi šta nam je Edi doneo parfema!

– Edi je uvek pažljiv. Još imamo malo od onog parfema što ste nam dali u Sloveniji. Čak se i ja nekad naparfimišem. Hvala vam, Edi. Nije trebalo.

– Mama, ja ću da postavim!

– Onda ću ja da vam pomognem.

– Ne, ne, samo sedite.

– Sedeću i uživaću posmatrajući vas.

On je s uzbuđenjem posmatrao mladu devojku i divio se njenim elegantnim pokretima. Ona je stavila na sto lep čaršav od lana, rad njene mame. Takve su bile i servijete. Beli servis s buketićima roze ružica dopunjavao je garnituru.

Sedoše za sto.

Večerali su i prisno razgovarali, kao da Edi nije stranac, već zemljak i bliski prijatelj.

Ivanka na kraju donese kafu. Edi zapali cigaretu. Smešio se i govorio:

– Sećate li se kad smo pili kafu na onoj livadi?

– Da, sećam se. Bilo je zaista divno u slovenačkim gorama!

Edi izvadi sat.

– Skoro će jedanaest. Ala sam se zasedeo. Kako bih se ja radovao, i staramajka, da vi nas posetite u Beču.

– To nije nemoguće.

– Kako? Doći ćete?

– Možda, s tetkom. Ona treba da ide na jednu operaciju u Beč, pa bih ja išla s njom – reče Ivanka.

– To bi bilo kolosalno. Onda bih vas svuda proveo.

Sat otkuca jedanaest.

– Sad moram da idem.

– A umete li da nađete hotel?

– Oh, mama, to nije daleko. Pravo produžite ovom ulicom.

– A koliko se, Edi, zadržavate? Izvinite, gosta ne treba to pitati, ali ja bih rado da ostanete još koji dan – reče gospođa Protić.

– Ostaću još sutra. Prekosutra putujem.

– Onda ćete i sutra biti naš gost.

– Vrlo sam srećan što me pozivate, samo ne bih želeo da vam zadam posla.

– Nije to nikakav posao, samo vi dođite, Edi – reče Ivanka. – Sutra ćemo prošetati, pa ću vam pokazati varoš. Možemo i da se klizamo poslepodne.

– Čitav program! To će biti divno!

On se oprosti. One ga ispratiše do vrata.

Ivanka gospa Bisina udaje se
za jednog Bečliju fabrikanta

Te noći Ivanka dugo nije mogla da zaspi. Pred očima joj je bio čas Edi, čas Vitoj. Edijeve reči o tome da je doktor oslabio izazivale su razne misli u njoj. On možda pati, voli je, misli na nju. Kako je bolna njihova ljubav! I ona isto to preživljava, ali nikome ne govori. A sad Edi i njegova ljubav. Više nije sumnjala u to da li je on voli. Linči se udaje, a on je slobodan. Zbog toga je došao. Ona razmišlja o tome da li bi mogla biti Edijeva žena. On ima toliko lepih osobina, on je dobar, nežan, voli je, izražava ljubav na tako korektan i osećajan, fini način, on bi joj pružio sve ugodnosti života. Ali ona bi napustila svoju zemlju. To joj nešto pritiska srce, nešto je boli. Kako bi se odvojila od mame? Stavlja Edija u drugu situaciju. Kad bi on došao ovamo da živi, da li bi se udala za njega? Možda. Ali prvo bi morala čekati da se osećanja prema Vitoju ugase u njoj. A ta osećanja su još živa, bolna. Ona je muče, ona su joj slatka, u njima nema nikakve nade, ali ima toliko lepote i ona ne može da potisne to lepo, to slatko! Neki lepi san, koji se ne ostvaruje, neka bajka, nikada neće biti stvarnost.

A Edi je tu. On čeka, ona je pročitala molbu u njegovim očima, pa opet, ne može. I ta misao joj je teška – što će mu stvarati bol, što nije kao druge devojke, kao Cica, kao neke njene drugarice, kojima je pričala o njemu, i koje su je grdile i zavidele joj. Šta je to u njoj? Seti se Cicinih reči: *Kad vidiš Beč, drugačije ćeš govoriti!*

Pa dobro, ona će tako i reći Ediju – da čeka da vidi Beč, da vidi njegovu zemlju, da oceni da li može živeti u njoj.

Dugo je ležala budna u postelji; zaspala je tek u zoru, u ono beličasto svitanje zimskog jutra.

– Ivanka – budila ju je mama – hajde, sine, ustani da požurim s ručkom. Ja ću otići do pijace, a ti namesti sobe. Treba danas nešto lepo da spremim. Umesila bih tortu, ili pitu s jabukama. Ne znam šta Edi više voli!

– Možeš tortu, mama, ja ću ti pomoći. A hoću li, mama, da ga upoznam s mojim drugaricama? Šta ti misliš?

– Zašto da ga ne upoznaš? Idite na klizanje. Neka ne misli da ga krijemo. Predstavi ga kao Bečliju, neka naše devojke vide kako se vi pristojno zabavljate. To će se i njemu svideti.

– Baš si ti pametna, mamice, sve umeš lepo da me naučiš.

– Ja sam stekla poverenje u tebe i mogu svuda samu da te pustim.

– Bogami, mama, možeš. Kud god idem sećam se tvojih saveta. Nego, kakvu ćemo tortu da umesimo?

– Ja mislim moka-tortu, ona je lepa i brzo se umesi. A ja sad idem na pijacu. Ti raspremi sobe.

– Ne brini, sve će biti gotovo dok ti dođeš.

Mama ode na pijacu, a Ivanka poče da rasprema sobe. Žurila je da sve posvršava. Naloži peć, poprska malo po sobi kolonjske vode, nabra nekoliko grančica jele u bašti i stavi ih u vazu. Kad je mama došla, ona je već mutila tortu, zagledajući u maminu knjižicu recepata za kolače.

– Ti već mutiš – reče mama. – Baš si vrednica. Začas će ručak biti gotov. Uzela sam divnu govedinu za supu. Bečlije vole supu, a imam i fine rezance, pa ću još lep garnirung uz one moje šnicle, krompira i malo makarona. A što sam lepu teletinu našla za bečke šnicle!

– Imaš li još štogod, mama, da ti pomognem?

– Ništa, idi ti, i obuci se. Sad ću ja sama. Ti znaš kako kod mene ide brzo. Samo kad uhvatim posao i kad mi niko ne smeta. Da mi samo komšinica majorica ne dođe?

– Kako ta može sabajle da pravi posete?

– Može, zato što joj posilni sve radi. Zašto onda da ne skita celo jutro? A ja to nikad nisam volela. Ne volim te žene stokuće, što izjutra pođu sa zembiljem, pa navraćaju na kafu, ne misleći kad će ručak da pristave i skuvaju. Posle, kad dođe muž kući, boli ih glava, ručak još nije gotov, a ne pričaju da su skitale... Eh, što mi je gazda Pera dao lepu govedinu! Uvek on meni najbolje da. „Ovo je za vas, gospa Biso, znam šta vi volite...“ Sad idi, obuci se jer će i Edi uskoro da dođe.

U deset se pojavi Edi. Bio je lep, beo, zarumenjen od zime.

– Kako vam je bilo u hotelu? – upita gospođa Protić.

– Divno. Spavao sam da ne može biti bolje. I dobro su mi zagrejali sobu.

– Nisu ovo bečki hoteli.

– Ali vrlo su čisti.

– Jeste li doručkovali?

– Popio sam belu kafu.

– Pa što ste tamo doručkovali? Mogli ste kod nas – reče prekorno Ivanka.

– Kod vas ću popiti crnu kafu. Je li gotova?

– Kod moje mame uvek ima kafe.

– Izvolite, Edi, u sobu, nasula sam kafu! – reče gospođa Protić.

– Pa i ovde je tako lepo.

– Ne, ne, molim vas, idite u sobu. Posle možete izaći u šetnju.

– Baš volim da mi pokažete varoš. Ovde je sve tako lepo. Naše palanke u Austriji su drugačije.

Ivanka i Edi uđoše u sobu. Ona je nosila poslužavnik sa šoljicama. Edi joj uze poslužavnik.

– Sedite vi, ja ću da vas poslužim.

Ivanka sede na sofu. Edi joj prinese kafu, onda uze i on šoljicu i sede kraj nje na sofu. Ivanka privuče stočić s pepeljarom. Edi spusti šoljicu na stočić i zapali cigaretu. Povuče jedan dim i zagleda se u Ivanku:

– Sve mi ovo liči na san – da sedim pokraj vas. Dugo nisam zaspao, bio sam pod utiskom našeg susreta i tako srećan... – Pruži ruku i uhvati njenu belu ručicu. Nije ništa govorio, samo je držao njenu ruku u svojoj. Prinese je usnama i spusti na nju dug vreo poljubac.

Mlada devojka ga je posmatrala krupnim kadifastim očima. Ta njegova diskretna, fina nežnost i nju je uzbudila. Ćutali su. Peć je veselo pucketala, napolju je bio beo zimski dan, a kroz tu belinu provlačili su se slabi zraci sunca. Jedan snop nežnih zrakova probi se kroz prozor i pade na crveni ćilim na podu. Šare se zažariše i nešto lepo i svetlo ispuni sobu.

– Kako vas volim, Ivanka! – šapnu Edi.

Njene lepe oči dobiše somotski sjaj. Ona nežno pogleda mladića.

– Uvek sam mislio na te vaše oči. Nigde ih više nisam sreo ni video...

Spolja se začu dozivanje:

– Gospođo Protić!

Bila je to majorica iz susedstva.

– Uđite, uđite, gospođo – pozva je Ivankina mati.

– Ah, vi ste u poslu. Izvinite što vas uznemiravam, ali vi ste specijalista za ručne radove – pravdala se majorica – pa hoću nešto da vas pitam.

– Hoću, kako da neću, pokazaću vam – reče gospođa Bisa. – Uđite u sobu!

Majorica žurno uđe i zastade na vratima. Pravi razlog njene posete bio je da vidi Edija. Ručni rad je, naravno, bio izgovor.

– Oh, pardon, vi imate gosta!

– Ništa, izvolite samo.

Edi je ustao da pozdravi gospođu.

Gospođa Protić ih predstavi jedno drugom. Majorica je bila malo zbunjena.

Ivanka se okrete Ediju:

– Hoćete li, Edi, da izađemo?

– Vrlo rado. Volim da šetam po snegu.

Majorica koja je nešto malo razumela, uzviknu:

– Šetati... sneg... divno!

Edi poljubi ruku gospođi Protić i majorici i izađe s Ivankom u predsoblje. Ona obuče svoj crni zimski kaput, stavi belo bere, uze bele rukavice i izađe sa Edijem.

– Što je fin i lep mlađić! – uzviknu majorica. – Ama vi, gospa Protićka, krijete nešto. Da on nije došao da isprosi Ivanku? Udajte je odmah. Fabrikant, kažete. A kakvu fabriku ima?

– Parfema i sapuna.

– Jaoj, ja obožavam parfeme! Udajte vi nju.

– Kakva udaja! – odbijala je gospođa Protić. – On je Austrijanac, došao je poslom u Beograd. Bili smo letos zajedno.

– Ama, vidi se da on nju voli. Kako je samo zaljubljeno gleda! Bogami, na vašem mestu, odmah bih je dala. A ovo, jel' vam on doneo ove parfeme? Uh, ala mirišu... Nego, izvinite, ja se raspričala, a vi imate posla. Čuste li vi moj nemački? Zaboravila sam, a govorila sam tako lepo. Treba da konverziram s vama. Lepo je znati jezik. Zbogom, zbogom, idem ja, neću da vas zadržavam... A kod vas će biti na ručku?

– Da, zašto bi išao u kafanu?

– Ako, ako, to je lepo – govorila je opraštajući se, a u sebi je mislila odlazeći kući: *Kako umeju da hvataju! Fabrikant! Pa još na ručak ga zovu. Sirota, ali vidiš, hoće da se uda za fabrikanta. Dojurio za njom čak iz Beča, a ovamo, skromna devojka... A gledam kako prevrće očima na njega.*

Ivanka i Edi su šetali snežnim ulicama palanke. Kroz prozore jednospratnih kuća provirivala su lica žena i devojaka, jer je novo lice u varošici odmah zapaženo. Na devojačkim licima se čitalo iznenađenje i divljenje pri pojavi tog lepog, elegantnog plavog mladića, koji šeta sa Ivankom.

Edi je sve radoznalo razgledao. Zastajkivao je ispred kuća s doksatima, gledao bašte, dućane, zanatlijske radnje.

Na kraju varošice bio je park, a iza parka su se širila polja. Oni uđoše u park. Tri uporedne aleje ličile su na tri svoda iznad kojih se sastavljaju grane borova i jela, okićene injem. Sneg je škripao pod nogama.

Izađoše iz parka.

– Hoćete li da malo idemo drumom? – upita Edi Ivanku.

– Ako se vama sviđa.

– Kako da mi se ne sviđa! Ovo je izvanredan pejzaž.

Drumom su jurile kočije, saonice i poneki auto.

– Da znate, Ivanka, koliko sam srećan! Sve je ovde tako lepo. Podseća me na Sloveniju. Ja volim zimu, ona me oduševljava, sada još više kad sam pokraj vas. Zar mi nećete dati nimalo nade? Recite mi, iskreno, jeste li razmišljali o meni i da li biste se udali za mene?

– Razmišljala sam.

– I kakav ste zaključak doneli?

– Edi, kazala sam vam, to je preozbiljno pitanje za mene. Prvo, ja još nisam mislila na udaju, i drugo, kada bih se udala za vas, morala bih da napustim svoju otadžbinu. A ja se nikad na duže nisam odvajala od moje palanke. Tu sam provela ceo život. Eto, jesenas sam bila u Beogradu, tugovala sam za mojom palančicom. Vama, možda, to izgleda glupo. Smejala mi se i rođaka u Beogradu. Ona kaže da je Beč divan, ali ja to treba sama da vidim, da osetim. Kada biste samo vi bili u pitanju, Edi, ne bih se dvoumila. Ali, ja ne smem još ništa da vam odgovorim, ja ne želim da se udam za vas i da nosim sa sobom tu nostalgiju, koja bi mi zadavala bol. Treba da vidim Beč, da osetim da li mogu živeti u njemu. Vi me razumete, Edi?

– Da, ja vas razumem. Ali ja mislim da bi vam moja ljubav sve nadoknadila. Najzad, ja ću još čekati. Vi ste kazali da ćete doći u Beč.

– Da, moja tetka mora da ide na operaciju. Pošla bih i ja s njom.

– Ali ako vaša tetka i ne ide na operaciju, zar vi ne biste mogli doći u Beč s gospođom mamom, da budete naši gosti, da vidite Beč? Zašto biste čekali tetkinu operaciju? Dođite ranije... možda vaša tetka neće doći.

– Ne, ona će sigurno doći. Ona mora... Samo čeka da se njena kći venča. To će biti u aprilu.

– Tako dugo? Znači, vi biste došli tek u maju.

– Ne, već u aprilu. Početkom aprila je Cicina svadba. Posle te svadbe ja bih došla u Beč.

– Dobro, čekaću do aprila – uzdahnu Edi, uhvati Ivanku za ruku i poljubi je.

Ivanka je videla njegov uzbuđeni pogled. Izvuče lagano ruku i pođe dalje.

– Hoćemo li natrag? – upita devojka.

Išli su opet snežnim belim drumom. Veselost im se povratila. Bili su oboje gladni, požurili su kući. Pri povratku sretoše grupu učenica. Zagledale su pažljivo Edija. Opet su svi izvirivali kroz prozor i već se nagađalo ko je taj lepi mladić. A kada su došli kući, gospođa Protić je već sve bila spremila. Sedoše za sto.

Poslepodne Ivanka pozva Edija na sankanje. Jedna duga strma ulica bila je izvanredan teren za sankanje. Drugarice Ivankine i nekoliko studenata već su bili tamo. Ivanka im predstavi Edija:

– Gospodin Edi Huber, student iz Beča.

Svi se pozdraviše sa Edijem. Neke devojke su znale pomalo nemački i mogle su da konverziraju. Jedna vesela mala garavuša, Olgica, zapita Ivanku:

– Zna li gospodin nešto srpski?

– Ne zna.

– Uh, baš je cakan – uzviknu ona, gledajući ga veselo.

Edi spazi njen pogled i zapita Ivanku šta je kazala.

– Kaže da ste lepi!

Edi se nasmeja.

– Koliko gospodin ostaje ovde? – pitale su devojke.

– Sutra izjutra putujem – odgovori Edi.

– Ah, šteta!

– I ja žalim – odgovori Edi tužno.

Posle odoše na korzo, tako u grupi, i već te večeri je cela palanka znala da je iz Beča došao zbog Ivanke jedan mladić, fabrikant, da je zaljubljen u nju i da se ona udaje za njega.

A sutradan, kada se Edi opraštao, sav tužan, držao je Ivanku za ruku i govorio:

– Čekaću, Ivanka, da dođete u Beč i da mi date odgovor.

Posle Edijevog odlaska nastadoše razne priče u palanci.

To je bila prvoklasna senzacija.

Ivanka gospa Bisina udaje se za jednog Bečliju fabrikanta, pričalo se po kućama.

Sve se tumačilo i objašnjavalo s palanačkim kriterijumom.

Gospođa Protić nije više mogla ni da kroči na ulicu a da joj neko ne pritrči:

– Pa, čestitamo! Udajete Ivanku za onog lepog fabrikanta, Bečliju.

Sirota žena nije mogla da ih razuveri.

Monden Saša ume da bude i učtiv mladić

Na petnaest dana pred Cicinu svadbu Ivanka i njena mama došle su u Beograd. Svadba je bila ugovorena za deseti april. Mart je bio hladan i kišovit, kao jesen. Svi su poglédali u nebo da li će se razvedriti. Ali u aprilu zablista sunce, temperatura se naglo pope, mlak povetarac, ispunjen mirisom rascvetalog voća, najavljivao je proleće.

Cicina mama je želela da Bisa i Ivanka učestvuju u pripremi svadbe i stalno je zahvaljivala Ivanki zbog uticaja na Cicu. Koliko se Cica promenila! Bila je to sad sasvim druga devojka: mirna i srećna, bez nervoze i histerije. Priznavala je da bi učinila veliku glupost da se udala za Sašu. Arhitekta je u nju bio zaljubljen i odavao je utisak vrlo pametnog mladića, koji shvata brak. Nekoliko lepih zgrada, koje je projektovao, pokazivale su njegovu sposobnost. Cica je od oca dobijala veliku kuću s rentom, gde je bio stan i za njih, a na leto njen arhitekta misli da za njih sagradi lepu vilu na placu koji je Cica imala izvan Beograda.

Njihova svadba se očekivala kao veliki događaj u otmenom svetu. Ivanka i njena mama, koje nisu imale bogzna kakve toalete za tako otmeno društvo, dobile su na poklon haljine od tetka Dace.

– Izaberite što god hoćete, pa će vam naša krojačica sašiti.

Za Ivanku je to bila najelegantnija toaleta u životu.

Roze boja joj je vrlo lepo stajala. U dugoj haljini, s velikim roze šeširom, bila je kao iz bajke. Njena mama je sašila teget haljinu sa svetloplavim ukrasom, što je lepo pristajalo uz njenu prosedu kosu.

Došao je dan svadbe. Duga povorka automobila kretala se lagano kroz Beograd. U jednom autu bila je Ivanka sama s mamom. Za nju je sve to bilo novo i neobično.

U crkvi, ona i mama stajale su pokraj Cicinih roditelja. Lepa, visoka, vitka devojka, poznata samo malom broju Cicinih prijatelja, Ivanka je izazivala veću pažnju nego sama mlada.

Njeno dostojanstveno držanje, lepo i otmeno lice, uokvireno sjajnim crnim kovrdžama, velike oči čarobne lepote, izazivale su zavist kod žena, koje su bacale radoznale poglede na Ivanku.

Ona je stajala mirno i posmatrala Cicu s nežnim osmehom. Najednom se setila Vitoja. Tuga joj steže srce i ona obori pogled. On se uvek nametao njenim mislima. On je još uvek bio senka koja je prati.

Venčanje je uskoro bilo završeno. Nastade čestitanje.

Te večeri Cica i njen muž otputovaše na svadbeni put u Dalmaciju.

Ivanka i njena mama ostadoše u Beogradu. Gospođa Protić je nameravala da se vrati kući, a Ivanka je trebalo da prati tetku u Beč zbog operacije.

Jednog dana pošla je predveče u trgovinu, da kupi neke sitnice za put.

Napolju je bio pravi prolećni dan. Na sve strane prodavale su se ljubičice, narcisi i đurđevak. Ona kupi dve kitice đurđevka i pođe pešice kući, da bi uživala u lepom vremenu. Zastade kod jednog bioskopa da vidi slike. Neko stade iza nje. Nije se odmah okrenula, ali kad se okrenu, ona se trže. Saša.

On učtivo skide šešir, ali Ivanka ga hladno pogleda, ne odgovori mu na pozdrav i brzo prođe pokraj njega.

On pođe za njom, stiže je i reče tihim i molećivim glasom:

– Gospođice, ja vas najlepše molim da mi dopustite da vam se izvinim za onaj moj postupak.

– Nije potrebno, gospodine. Molim vas, ostavite me na miru!

Ali on je i dalje išao pokraj nje i govorio:

– Ja ću u vašim očima izgledati i sada drzak, što se usuđujem da vam priđem, ali verujte mi, ovoga puta prilazim da bih vas zamolio za oproštaj. Priznajem da sam bio vrlo drzak, ali ja ću vam objasniti zašto sam bio takav.

– Meni, gospodine, nije potrebno nikakvo vaše objašnjenje.

– Ali meni je potrebno, jer ne želim da ostanete u uverenju da sam pokvaren mladić, kako sigurno mislite.

– To je moja stvar, ali malo mi je stalo do vašeg opravdanja.

– Verujem. Vi ste stekli rđavo mišljenje o meni, možda sam ponekad i ja verovao da sam takav, ali muškarac upozna sebe tek kada sretne devojku koja se razlikuje od drugih, i prema kojoj nije smeo biti kao prema drugima. Ja nisam bez samokritijuma.

– Vama bi bilo potrebno da se češće pozabavite samokritijumom.

– Imate pravo da budete ironični prema meni, jer sam to zaslužio. Ali, kad biste bolje upoznali društvo i devojke oko mene, vi biste možda našli malo opravdanja za mene.

– Zašto je vama potrebno da vas ja opravdavam?

– Zato što ste mi simpatičniji od svih drugih devojaka, i što sam u vama našao devojku kakvu bih možda jednom mogao voleti.

Ivanka se nasmeja:

– Zar vi možete da volite?

– Da, mogu, ali dosad nisam sreo devojku koja bi me očarala.

– Koliko sam ja videla, ovde ima vrlo lepih devojaka. I Cica je lepa, i volela vas je. Zar vam nije žao što se udala?

– Naprotiv, vrlo mi je milo. To je pametno uradila, jer mi nismo jedno za drugo. Ali na vas sam često mislio.

– I ja sam se vas sećala. Da, sećaću vas se uvek.

– Zašto?

– Zbog ožiljka na ruci.

– Ah, to mi je otac pričao. Bio je besan na mene, ali ga je zadivila vaša lepota. Kad sam mu sve ispričao, znate li šta mi je kazao?

– Ne znam.

– E, takva je devojka za tebe.

– A meni bi moja mama sigurno kazala: „Takav mladić nije za tebe.“

– Imala bi pravo, ali samo delimično. Da sam ja živeo pokraj vas, bio bih drugačiji. Vi ste sigurno stekli rđavo mišljenje o svim beogradskim mladićima, a naročito o nama iz otmenog sveta. A verujte mi, gospođice, nismo mi rđavi, nismo gori od drugih mladića. Verujte mi, nisam toliko pokvaren i ne bih vam ništa rđavo učinio. One večeri hteo sam da vas uvučem u auto, da vas provozam i vratim kući. Da sam znao da ćete biti onakva tigrica, ne bih to nikad učinio.

– Ja nosim ožiljak na ruci. To je sve.

– Dajte da vidim.

– Ne, neću.

– Posle tog događaja počeo sam da razmišljam o vama i sebi, počeo sam da vas volim. Vi se smešite ironično, ali ja vas uveravam da sam sve vreme mislio na vas, čak sam rešio da doputujem k vama da vam se izvinim.

– Ako vam je toliko stalo, primiću vaše izvinjenje.

– Da, stalo mi je do toga, i još više, do vašeg lepog mišljenja o meni. Verujte mi, gospođice, nisam tako rđav kao što mislite. Mene je društvo iskvarilo. Sav ovaj svet i žene, sve mi je postalo odvratno. Posle susreta s vama osetio sam da bi jedna devojka, kao što ste vi, mogla da me preobrazi i napravi drugim čovekom. Vi niste od onih devojaka prema kojima mladić sme da bude drzak.

– To sad uviđate. A onda ste me zvali u garsonjeru i obećavali kako biste bacali novac na mene.

– Navikao sam na takvo ponašanje prema ženama. One su to prihvatale. Razmišljajući o svim devojkama koje poznajem, nijednu ne bih uzeo za ženu, a vas, vas bih uzeo, smatrao bih se srećnim. Ali nešto sam čuo, i to me je razočaralo.

– Šta ste čuli?

– Čuo sam da se udajete za nekog Bečliju fabrikanta. To me je razočaralo. Mislio sam da vi ne gledate na bogatstvo.

– Ko vam je to ispričao?

– Jedan student iz vašeg mesta. On mi je mnogo stvari pričao o vama, najlepše što se može reći o jednoj devojci. Ali mi je napomenuo i to da ste vereni, da je taj fabrikant dolazio, da je student, vrlo lep mladić, da ste se s njim upoznali u Sloveniji i da se udajete.

– Šta sve u palanci može da se napriča!

– Dakle, istina je?

Ivanka je ćutala, misleći šta da mu odgovori.

– On je vrlo simpatičan mladić – reče. – Fin, inteligentan... Njegovo bogatstvo je za mene sasvim sporedno, ali ima jedna druga stvar: on je Austrijanac i kada bih se udala za njega morala bih se rastati s mamom i napustiti zemlju.

Najednom je ućutala, osećajući da postaje iskrena prema Saši, koji to ne zaslužuje. Učini joj se da on može pomisliti kako ona hoće njemu da dâ neke nade, zato odgovori kratko:

– Najzad, ne znam šta će biti na kraju... Ko zna, mogu se jednog dana i rešiti.

Saša tužno reče:

– A ja bih želeo da se ne rešite.

– Zar i vi možete da budete sentimentalni? – dirnu ga Ivanka.

– Onaj bezobraznik, jelte, pa ovako sentimentalan. Pokraj vas bi čovek mogao postati i sentimentalan, i pobožan, šta god hoćete. Hoćete li mi oprostiti za onaj moj postupak?

Ivanka podiže prema njemu svoje velike oči, spazi njegov molećiv izraz i reče:

– Opraštam vam.

– Vi ste divna devojka, koju bi svaki muškarac poželeo za ženu!

Posle dva dana Ivanka i gospođa Daca krenuše za Beč. Za Ivanku je taj put bio veliki doživljaj.

Ah, opet ta zvona!

Ivanka je stajala pred ogledalom i nameštala svoj plavi šeširić. Obukla je plavu haljinu s mantilom od štofa, boje cveta lana.

Njenoj tetki je bilo dobro. Operacija je uspešno završena i ona je mogla sa Edijem da razgleda Beč.

Ivanka obuče mantil.

Iz daljine, s neke crkve, začu se zvuk zvona.

Ona zastade, opusti ruke.

Opet ta zvona!

To je podseti na njenu domovinu i njihovu malu seosku crkvu.

– Nikad, nikad ne bih mogla ovde živeti!

Spolja su se čuli zvuci. Ona priđe prozoru, pogleda. Galamila su neka deca.

– I moja deca bi govorila nemački. Ne, nikad!

A onda joj pred oči izađe Edi, nasmejan i nežan, zaljubljen. Tuga joj ispuni srce. On joj je simpatičan, ali ona nije zaljubljena u njega. Žao joj je što će Edi patiti, što mu mora najzad sve reći.

Zvona opet zabrujaše. Ona oseti kroz ta zvona svoju zemlju; shvati da bi samo patila za njom kroz ovo brujanje zvona.

– Nikad, nikad! – šaputala je.

A Beč je bio lep, dopadao joj se.

Edi je bio neumoran. Hteo je sve da joj pokaže, želeo je da Ivanka zavoli Beč, da se srodi s njim, da se navikne na misao da bi tu mogla živeti. Njegove nežne plave oči pomno su je posmatrale kada bi joj nešto pokazivao. Svuda ju je vodio: po muzejima, parkovima, kroz stare ulice Beča, u velike kafane...

Ivanki je bilo najprijatnije veče u operi. Slušala je mnogo o toj čuvenoj Bečkoj operi, i mama joj je pričala. A Edi je došao u smokingu, autom, sâm je šofirao. Ušli su u foaje. Edi se nije mogao nagledati Ivankine lepote. A ona je lagano koračala kroz foaje, ona, mala palančanka, kao da je odrasla u velikom gradu.

– Vi ste stvoreni da živite u velikom svetu – reče joj Edi.

Išla je i Edijevoj i Štefinoj kući. Stara gospođa Huber bila je sva srećna. To je bila velika, gospodska kuća, sa stilskim nameštajem.

Ivanka je sve u Beču radoznalo posmatrala. Gledala je izloge, velike modne radnje i vozila se kružnim tramvajem kroz Beč. Jednog dana pela se i na Rizenrad. Tada se setila kako je majorica pričala o tom točku. I zbilja, i njoj se kosa digla na glavi kada je točak počeo da se okreće i diže.

Posle su obišli ceo Prater i sve one zavrzlame, kao na kakvom vašaru, gde se ori cika i smeh.

Danas je Edi hteo da joj pokaže carsku grobnicu.

Bila je spremna. On dođe, sav ozaren. Spustili su se niz jedne stepenice i našli se u velikoj podzemnoj dvorani, gde su bili sarkofazi. Na sredini je bio najveći sarkofag – Marije Terezije i Josifa Prvog.

Dođoše do jednog manjeg sarkofaga.

– Tu leži prestolonaslednik Rudolf – šapnu Edi.

Ivanka se seti majerlinške tragedije i tog romantičnog ljubavnika na prestolu, čija je tragična ljubav budila simpatije i sažaljenje.

Obradovala se kada je izašla napolje. Iznad krovova je sijalo prijatno prolećno sunce.

Pođoše u Šenbrun. Ivanka je volela taj neobični park. Deca su trčala stazama, šetali su parovi držeći se podruku. Na visokim lestvicama stajao je baštovan s makazama i podsecao grančice na zelenom živom zidu. Jedan mališan baci loptu i ona udari Ivanku. Ona se saže, dohvati loptu, a dečak joj pritrča nasmejanih plavih očica i vunaste kosice. Ivanka mu pruži loptu, on je uze i reče hvala na nemačkom.

Ta nemačka reč, u detinjim ustima, opet je podseti na to da bi i njena deca govorila nemački.

Ona se zagleda preda se i ućuta. Edi primeti njen tužni pogled.

– Zašto ste tako tužni? – upita brižno.

– Ne znam...

Seli su na jednu klupu. Vesela bečka mladež prolazila je pokraj njih. Neki su u grupama žurili prema starom dvoru Franje Josifa... Ivanka ga je videla; najbolji utisak na nju je ostavila soba Orlićeva. Osetila je tugu izgnanog Napoleonovog sina, koji umire među zidinama starog hladnog dvora, snevajući o slavi svoga oca. Tamni pokrivač od zelenog somota prekrivao je postelju na kojoj je izdahnuo Napoleonov sin...

Zvona su opet zazvonila i ponovo podsetila Ivanku na brujanje zvona u njenoj domovini.

– Vi ste tužni, Ivanka – šaputao je Edi, hvatajući je za ruku. – Recite mi iskreno, dopada li vam se Beč.

– Zar još možete da pitate, Edi? Ja sam neobično ushićena Bečom!

– Ali nešto vas rastužuje. Vi ne biste mogli živeti u Beču, priznajte?

Ona je ćutala.

– Ivanka, recite mi iskreno... Ja hoću da znam, ja to moram da znam!

Devojka je osetila kako joj nešto steže srce. Dolazio je trenutak kad mora sve da kaže Ediju. Gledajući zamišljeno u daljinu, ona tiho reče:

– Da, Edi, ne bih mogla ovde živeti... Tugovala bih, mučila bi me nostalgija za mojom zemljom... A zar vi to zaslužujete, Edi? Zar vi niste toliko dobri da žena treba da vas nagradi svojom ljubavlju, da vas usreći, da voli vašu zemlju? Ja bih bila rđava Austrijanka.

Zastade malo, zatim ga pogleda pravo u oči i nastavi:

– Ja smatram, Edi, da u brak treba doneti podjednaka osećanja, da bi se ostvarila bračna harmonija. A ja osećam da biste vi više doneli; ja bih patila da to primam a da vam ne uzvraćam. Smatrala bih da uzimam nešto što mi ne pripada i našta ne mogu da odgovorim. Ovde je kod vas sve lepo, Edi, ali sve me rastužuje. Ja bih nosila u sebi beskrajno osećanje samoće i večnu tugu. A posle, Edi, zamislite šta bi moja mama radila. Njen život sam dosad bila ja, zar da je ostavim? Znam, vi ćete reći da i ona dođe ovamo. Ne, Edi, mama ne bi mogla doći. Ona je od tatinog groba stvorila sebi kult; ona je navikla na svoju palanku, tu je našla sebi mira i utehe. A da je ostavim, šta bi bio njen život? Želela bih da me razumete, Edi.

On je ćutao.

Zvona opet zabrujaše.

Ivanka se trže:

– Slušajte, ovaj zvuk zvona je tako bolan. Ja bih svaki dan plakala sa ovim zvucima zvona. Plakala bih i sećala se svoje zemlje, mame, crkve, plakala bih, Edi... A želite li vi to? Da li biste vi bili srećni? Ne biste bili srećni. I vi biste patili. Meni je žao, Edi. Žao mi je, jer ste vi zaista divan mladić.

On je steže za ruku, podiže je usnama i pritisnu jedan dug poljubac na njene prste.

– Ivanka, ja ću biti nesrećan, ja ću patiti zbog vas. Zašto sam vas sreo?

Mlada devojka ga nežno pogleda:

– Edi, to će ostati kao nešto lepo u vašem i mom životu. A Beč je tako lep, vi ćete se utešiti i zaboraviti me.

– Zaboraviti? Ne, ja vas nikad neću zaboraviti. Ima sećanja koja nikad ne iščezavaju, a vi ste za mene bili sve što je najlepše u jednoj devojci. Ja sam zamišljao da nam je sudbina dosudila da se sretnemo. A sada vidim da vaš put ne ide k meni...

Opet je uhvati za ruku i brzo izgovori:

– Ivanka, recite mi, vi volite nekoga?

Mlada devojka poblede, ali se savlada i izgovori mirno jednu laž, koju je morala reći:

– Ne, Edi, ne volim nikoga. Ne volim... i ne mislim ni na koga da bih se udala za njega. Studiraću, završiti školu.

– Studirati? Zar su za vas primamljivije studije od braka i ljubavi? Zar vi zbilja nikada niste osetili ljubav, vi, toliko lepi i toliko obožavani?

Ona naglo ustade, pođe i tiho odgovori:

– Možda sam jednom volela... Da, samo jednom...

– I razočarali ste se?

– Ne, nisam... Ali tako je moralo biti. Rastali smo se...

– A ko je taj čovek, recite mi, mogu li da znam?

– Ne, ne, Edi. To je svršeno, to je prošlo, neće se nikad vratiti...

– Ali je u vama ostao bol?

– Nemojte da me pitate, Edi, o tome, molim vas.

– Dakle, ipak ima nekog u vašem životu.

– Nema, Edi, verujte mi. To je iščezlo, svršeno.

On je uhvati za ruku:

– I ništa više nećete mi reći. Odlazite zauvek? Vi, moja mala Ivanka, moj san, moja ljubav. Odlazite... A ja ću se sećati Slovenije, onih naših šetnji, prvog jutra kad sam vas video na prozoru. Znate kako ste mi bili lepi tada – kao Madona, moja mala Madona!

Glas mu je bio prigušen, drhtao je. Spazi jednu klupu u senci drveća i sede.

– Hodite da sednemo još malo. Hoću da vas osećam pokraj sebe, hoću da vas gledam, jer mi zauvek odlazite. Kako je to bolna reč: zauvek. Pogledajte me! Ivanka, pogledajte me još jednom!

Ona podiže prema njemu svoje velike, tužne oči. Bile su mutne od lične tuge i od bola ovog dobrog mladića. Edi ju je gledao u zanosu. U jednom trenutku, ne zna ni sâm kako, ruke su mu se podigle, naglo ih je obavio oko njenih ramena, i svoje tople usne spustio na njene lepe suzne oči.

Ivanka se trže, skoči, pođe. On pohita za njom, obgrli joj ramena, zaustavi je, pritisnu na grudi i šapnu:

– Zašto odlazite, zašto ne ostanete, zašto nećete da budemo srećni?

Mlada devojka se trže, pođe brže, sve brže, kao da hoće da ode što pre, da pobegne, da nađe svoj mir, svoju malu kućicu, svoje tihe, patri- jarhalne ulice, svoju domovinu...

Izađoše na glavnu aleju, pođoše mirno. Ona pogleda Edija. Nje- gove oči bile su mutne kao i njene. Plakao je za njom, a ona je plakala zbog njegove tuge.

Zvona opet zabrujaše i podsetiše je na to da je njena zemlja daleko od ovog mladića i daleko od njegove ljubavi...

Pismo s crnim okvirom

Dani i nedelje su prolazili. Ivanka je položila tri ispita i s mamom se spremala kod čike u selu da provedu leto. Mesec jul je bio bolan za Ivanku. Svakog dana je preživljavala uspomene iz prošle godine. A one su oživljavale do sitnica, u svim nijansama: tople, čarobne, idilične, pune poezije, ustreptalosti njenog mladog srca. Kao da je prelistavala neku knjigu, kao da je u mislima ispisivala svoj divni nedovršeni roman, kao da je pevala divnu nedovršenu pesmu, započetu tamo, u slovenačkim gorama. Pesma je sada bila bolna, gotovo tragična. Ne, Ivanka je jaka, ona je kći svoje mame, koja je preživela bolni roman života i svojom materinskom ljubavlju savladala očajanje i tugu. Toj materinskoj ljubavi žrtvovala je Ivanka svoja osećanja.

Prošlo je leto. Vratile su se kući, u palanku. Ivanka je spremala nove ispite. Edi joj više nije pisao. Posle rastanka kao da se u njemu probudio ponos. I te uspomene su se gubile kao plavetnilo neba kad se spušta suton. Nije joj više pisala ni Štefi. Samo još Jerica. Jedno Jeričino pismo dobila je u junu. Tada joj je javljala da se njen poručnik sprema za Beograd, da polaže ispite za Višu vojnu školu. Bila je tužna što odlazi, mada joj je on priznao svoja osećanja i molio da ga čeka dve godine.

„Ko zna šta će se sve dogoditi za dve godine? Ja sam sigurna u svoja osećanja, ali ko zna mogu li njemu da verujem...", Jerica je tim rečima završila pismo.

Posle je i Jerica zaćutala. Ali, jednog dana došla je njena karta u kojoj sva srećna javlja da je poručnik pao na ispitu i vraća se natrag u Sloveniju.

Prošao je Božić, došao je i februar. Tada iznenada dođe veliko Jeričino pismo s crnim okvirom.

Ivanka poznade njen rukopis, sva se strese od užasnog straha, iscepa žurno koverat i poče da čita:

Odavno vam, mila moja Ivanka nisam pisala. Ah, šta se sve odigralo za to vreme! Strašno mi je i da se setim toga. Još sam pod utiscima te nesreće. Roža je poginula na onom istom mestu gde se vaš auto onoga dana survao. Bilo je to u januaru. Roža, ja i njene dve prijateljice htele smo da napravimo izlet do naše vile i da se tamo malo skijamo. Vitoj nas je odvraćao, kao da je nešto naslućivao, jer Roži nije bilo dobro. Ali ona, sirota, obožavala je zimski sport i htela je da provedemo nekoliko dana u šumi. Pošle smo autom, put je bio tako lep, došli smo do one katastrofalne okuke. Jedan auto nam je išao u susret. Naš šofer je hteo da skrene desno, ali pritom se auto nekako odmakne, poleti, i mi se survamo u provaliju. Ja sam najsrećnije prošla, zadobila sam lakše ozlede po telu, jedna gospođa je slomila vilicu, druga nogu, a Roža je udarila glavom u kamen i za tri sata je svršila...

Kad je Vitoj stigao, već je bila mrtva. Preneli su nas odmah u grad. Ja sam morala ležati, nisam bila na sahrani. Sirota Roža! Kako me je to potreslo. Ona mi je zaista bila više nego sestra... Ali sad imam vama, Ivanka, da kažem nešto što me je na samrtnom času zamolila Roža. Kad se osvestila, samo nakratko, pozvala me je i prošaputala:

„Jerice, kaži Vitoju neka se oženi Ivankom. On nju voli. To je moja poslednja želja."

Te reči su za mene bile otkrovenje. Ja to nisam znala, nisam ni sanjala. Ali posle, dok sam ležala posle nesreće, počela sam da objašnjavam sebi mnoge stvari. Čudna senka tuge bila je stalno na Vitojevom licu poslednju godinu. Vitoj je umeo da vlada sobom, ali često sam ga zaticala u kabinetu zamišljenog i tužnog. Jednom nisam mogla da nađem jedno vaše pismo. Tražila sam ga po fiokama, svuda, ali nigde ga nije bilo. Posle sam doznala da ga je Vitoj uzeo. To je bilo ono pismo u kome ste mi pisali da odgovorim poručniku kako volite Edija...

Nisam odmah kazala Vitoju Rožinu poslednju želju, jer i njega je teško pogodila njena smrt...

On je bio dobar. On je Roži, ipak, pružio divne časove, ali ja sam znala – on se nije iz ljubavi oženio. On se žrtvovao zbog nas. Kad nam se otac ubio, zbog bankrotstva, ostali smo bez ičega. Vitoj je tada bio student medicine i drug Rožinog brata. Ona je bila zaljubljena u Vitoja i znajući da smo mi ostali bez ičega, predložila je da se uzmu, da će ona sve nas pomoći, i njega da završi studije u Beču. On se žrtvovao za nas. Neki su mislili da se njome oženio zbog bogatstva. Ah, nikada Vitoj nije bio materijalista. Što je uzeo bogatu devojku, to je samo da nas spase bede. I mi smo bili srećni, i ja i Luka, mi smo gradili svoje snove, maštali o ljubavi, o sreći, a Vitoj nije imao ljubavi. On je Rožu poštovao, bio je dobar prema njoj, ali to nije bila ljubav kako je zamišljam ja, i kako je zamišljate vi, Ivanka. Sad mogu da shvatim da se on morao zaljubiti u vas, tako milu, lepu. Vi ste za njega morali biti onaj neostvareni ideal njegove mladosti, za kojim čezne svako mlado srce...

Jednog dana sam se rešila i kazala mu ono što mi je Roža na samrtnom času poručila. On je ćutao, dugo mi ništa nije odgovorio. Tek posle je bolno rekao:

„Ivanka ne voli mene, ona voli Edija."

„Otkud znaš?", iznenadila sam se.

„Ona mi je to sama priznala, a to isto napisala je i tebi u pismu. Ja sam bio indiskretan, uzeo sam ga i pročitao..."

I ja sam u to verovala i nisam mogla da ga razuverim.

A posle se dogodilo ono najstrašnije. Ah, Ivanka, ja ne umem više da mislim. Ja sam luda, očajna...

Za vreme jedne operacije Vitoj je pomagao hirurgu. Pritom se posekao, inficirao, nastupilo je kod njega trovanje krvi. On je sada u postelji, a ja vam pišem sva u suzama. Svi lekari su oko njega, svi se trude da ga spasu, ali po njihovim licima poznajem da je svaka nada izgubljena. Jaoj, Ivanka, ja ću se ubiti ako izgubim moga dobrog brata! Juče me je pozvao sebi, dohvatio moju ruku, milovao je i prošaputao:

„Jerice, imam samo jednu želju. Hteo bih još jednom da vidim Ivanku. Piši joj neka dođe."

I ja vam, evo, pišem. Šaljem ekspres pismo. Ivanka, moja mila, moja zlatna Ivanka, požurite, ne čekajte ni časa, jer ćete možda kasno stići. Dođite, Ivanka, to je poslednja želja Vitojeva, dođite da vas vidi... Oh, ne mogu više... Dođite, pošaljite mi telegram. Ne oklevajte, ispunite poslednju želju Vitoju... Jaoj, teško meni...

Ivanka više nije mogla da čita, vrisnula je i pala na sofu. Mama, koja je bila u drugoj sobi, ulete na taj vrisak.

– Šta je? Šta je, ako boga znaš? Kakvo je to pismo? Od koga je?

– Mama, Vitoj je na samrti, a Roža je poginula – jecala je devojka.

Pala je mami na grudi: – Ja sam ga volela, mama! Volela sam Vitoja. Oh, kako sam ga volela! I Roža, jadna Roža, zašto tako strašno da završi.

Zaprepašćena mati grlila je i tešila svoje dete:

– Roža poginula?! Kako, za ime boga? Otkuda Vitoj na samrti? Onako snažan čovek! Nemoj da plačeš. Budi pametna! Gde je pismo? Čekaj, sredi se.

Dohvatila je pismo i preletela ga očima. Ivanka se sva tresla od jecanja.

Mati joj priđe, naže se, poče da je miluje:

– Znala sam da voliš Vitoja... Znala sam da i on tebe voli... Čitala sam tvoj dnevnik, izvini, i divila ti se. Videla sam koliko je pametno moje dete. Pa zar sada da ne budeš pametna?

– Čitala si moj dnevnik? – mucala je Ivanka sva u suzama.

– Da, čitala... Majci je dopušteno da bude indiskretna, da zaviri u svaku fioku. I još više znam... Meni je sirota Roža sve poverila. I ja sam je uputila da tebi sve kaže, da ti iznese svoj bol, svoje očajanje. I ti si se pokazala kao prava moja kći. Časna, velikodušna. Ti si odbila tu ljubav, a ja sam znala da ga voliš. Ja sam to videla u tvojim očima, na tvom licu. Sve sam pratila, ali sam te pustila da sama sebe pobediš. Htela sam da vidim kako bi išla sama kroz život, da mene nemaš. Bila sam srećna mati što si takva... I Roža je bila posle srećna. Pisala mi je da je Vitoj opet dobar.

– Ah, ja ću biti nesrećna, mama, kao i ti... I ti si jednom volela i više nikad...

– Ovo je drugo, a drugo je moje bilo.

– Oh, ne, mama, čini ti se. Ali ja Vitoja nikad neću zaboraviti. Meni je žao i Rože. Sirota žena, tako da završi. Pa sad Vitoj. Mama, zar da ne vidim Vitoja?

– Nemoj da plačeš. Večeras ćeš odmah da kreneš. Ono malo novca što imamo biće dovoljno za taj put. Išla bih i ja s tobom ali nemamo dovoljno novaca. Ja ti verujem, znam da ćeš umeti da se ponašaš i bez mene. Ali me je i strah da te pustim. Ti nisi ništa strašno preživela u životu. Kako ćeš ako se to strašno desi?

– Ali, mama, Jerica je sama. Nas dve ćemo zajedno biti, ja ću joj biti umesto sestre. Pusti me, mama, nikad ti neću zaboraviti ono što mi sada činiš! Oh, zašto se sve to desilo? Zašto sam morala ovo da preživim?

– Mnogo štošta žena preživi, pa opet živi. Hajde da se pakuješ. Pitaj na stanici kad ima voz za Sloveniju. Nemoj kod Dace ni da svraćaš, nego sedi u čekaonici, na stanici, dok ne pođe voz iz Beograda. Samo te molim da budeš pametna. Ja ću se moliti bogu i za tebe i za Vitoja. Ako je suđeno, od sudbine se ne može pobeći.

Ivanka je jecala s glavom na maminom ramenu.

– To je život, Ivanka. Vidiš, ima i bola i gorčine, pa sve mora da se podnese... Ti si mlada, imaš budućnost pred sobom...

Ali Ivanka je jecala, njoj se činilo da za nju više nema budućnosti.

Brzi voz je jurio kroz Sloveniju. Pahuljice snega su promicale i belim cvetovima kitile slovenačke gore. Ivanka je bila sama u kupeu. Tako je mogla da se preda svojim tužnim mislima. Suton se spuštao, a pahuljice su se sve više kovitlale. To nije bila ona vesela igra, koju je volela da posmatra, već neka samrtnička. Stanice promiču, još malo i ona će videti svog Vitoja. Videla ga je poslednji put onda u šumi. Kako je bio lep i snažan, kao bor. Kako je drhtao od čežnje kad ju je držao u naručju. A sad će ga videti na samrtničkoj postelji. I ko zna da li će je poznati, da li će progovoriti jednu reč... U očajnom bolu stezala je ruke, pritiskala ih na srce, kao da hoće da ga umiri, utiša i pripremi za ono najstrašnije. Groznica ju je obuzimala, osećala je čas vatru, čas jezu. Ruke su joj bile sve hladnije što se više približavala Vitoju. Jedan pisak, oštar pisak voza, i sve lakše, lakše, zaustavljala se lokomotiva. Ona je sva sleđena od užasa. Gleda nervozno kroz prozor. Spazi Jericu s crnim krepom.

Otvori usne da jaukne, ali ne može. Dohvati kofer, pojuri, skoči iz vagona i pade Jerici na grudi.

– Vitoj? Je li živ?

– Živ je...

– A taj krep?

– To je zbog Rože.

– Ah, da... zbog Rože. Sirota Roža!

Mucala je, suze su je gušile i od plača nije mogla više ni reč da izusti.

Uđoše u auto... Ona opet zagrli Jericu. Pribiše se jedna uz drugu.

– Je li opasno.... Vitoj?

– Videćete... Ništa ne mogu da kažem... Da, opasno...

Ivanka joj spusti glavu na rame. Celog puta je jecala, dok ju je Jerica nežno milovala po obrazu i šaputala.

– Moja mala, moja dobra Ivanka. Hvala što ste došli... Da znate koliko ste mi radosti doneli... I koliko ćete sreće doneti Vitoju...

Auto stade pred velikom lepom vilom. Jerica je povede kroz baštu.

– Ući ćemo na sporedni ulaz.

Ivanka je sva drhtala. Pogleda kuću i vide dva osvetljena prozora. Uđoše u neko predsoblje. Jerica joj šapnu:

– Hajdemo ovamo da skinemo kapute.

Uđoše u jednu lepo nameštenu sobu. Ivanka skide kaput.

– A gde je Vitoj?

– Sad ću vas odvesti.

Prođoše kroz trpezariju i dođoše do jednih vrata...

– Uđite vi, Ivanka, sami.

Mlada devojka zastade pred vratima. Činilo joj se da će se srušiti. Noge su joj klecale, ruke su joj bile hladne kao led, a srce snažno udaralo.

Odškrinu lagano vrata, uđe, kroči jedan korak i nasloni se najednom na vrata, raširenih očiju, sva bleda, poluotvorenih usnica.

U fotelji, okrenut leđima, sedeo je Vitoj. Snažan, lep, s njegovim divnim potiljkom i talasastom kosom.

Ivanka je htela da klikne od radosti, ali nije imala snage. Kao u snu, učinila je jedan korak.

On je čuo šum, okrenuo se, ispustio novine i kao elektriziran podigao se sa stolice, nem od uzbuđenja, ne verujući svojim očima. Gledao je ukočeno tu čarobnu viziju pred sobom.

Ona je pošla prema njemu. Najednom je osetila kako je snaga izdaje. Pružila je ruke, otvorila usne da krikne, ali preko njenih usnica nije mogla da pređe nijedna reč. Ona bi se srušila da on u tom času nije jurnuo da je prihvati u naručje.

Uzbuđen, sav drhteći, on je pritiskao poluonesvešćenu Ivanku na svoje grudi i šaputao uzbuđen, isprekidana glasa:

– Mala moja... lepa devojčica! Vi... vi ste došli... je li to istina? Sanjam li ja...? Zar je moguće da ste to vi, moja mala... Recite mi, progovorite! Vi ste došli zbog mene... Oh, vi ste gotovo onesvešćeni!

On je podigao njenu glavicu i video njene zatvorene oči. Lud od sreće, od uzbuđenja, kao onda u šumi, spustio je svoje usne na te lepe oči i bezumnim, strasnim poljupcima ljubio to milo, lepo lice.

Od dodira njegovih toplih usana ona je otvorila oči. Najednom kao da se prenula, kao da je iščezao teški, bolni san njenoga života, ona mu je naglo obavila ruke oko vrata, sva priljubljena uz njegove grudi i kroz jecaj kriknula:

– Vitoj... vi... vi ste živi... vi niste na samrti?

– Ko kaže da sam na samrti?

– Ah, tako sam se uplašila! – mucala je ona kroz suze. Njene ručice su ga milovale po kosi, po obrazima, kao da hoće da se uveri da je zdrav, živ, da je to onaj isti Vitoj koga je ona ostavila u šumi... njen Vitoj... njen lepi Vitoj... njena ljubav...

– Otkuda vam ta misao, mala moja? – pitao je gledajući je u oči. – Ti si se uplašila – govorio je, nesvesno prelazeći na „ti". – Uplašila si se za mene...? Oh, kako je to divno... Uplašila si se za mene... – šaputao je u zanosu, pritiskajući je na grudi. – Ti me voliš, je li, ti mene voliš onako isto kao i ja tebe? Ja sam to osećao, znao sam, verovao... Sad ćeš mi reći, kaži mi, hoću da čujem te reči s tvojih usana.

– Volim te – šaputala je ona, a on, sav zanesen, nagnuo se da poljubi te slatke usnice za kojima je čeznuo, zbog kojih je bolovao...

Podigao je njenu glavu, zagledao joj se u oči:

– Voliš me? Reci mi još jednom, ponavljaj mi, hoću te reči stalno da slušam...

U tom trenutku, kroz odškrinuta vrata, promoli se Jeričino lice. Sva srećna posmatrala je tu divnu scenu i mislila u sebi:

Kako ga voli, a nikad mi to nije htela reći! Ah, moj dragi Vitoj, sad će biti srećan... Bolje što sam je prevarila da dođe, jer ona još ne bi došla, a on je gord i patio bi.

Gledajući Vitoja pravo u oči, očima punim suza koje su klizile niz njeno lice, suze sreće i pretrpljenog straha, Ivanka je govorila:

– Šta sam sve preživela... To je strašno... Dobila sam pismo od Jerice... Pisala mi je da si na samrti i da odmah dođem... da si želeo da me vidiš... poslednji put...

– Jerica ti pisala? Ah, obešenjakinja jedna! To je ona smislila da uplaši moju malu devojčicu. Je li, a ti ne bi došla da ona to nije napisala? – upita je vodeći je divanu.

Seo je pokraj nje, zagrlio je i privukao na grudi...

– Je li, ti ne bi došla? Ti nisi mislila koliko ja čeznem za tobom...

– Ne znam da li bih došla... Čekala bih da mi ti pišeš...

– Čekala? A koliko sam ja čekao... Ivanka, moja mala, kako te volim... A da li bi tebi bilo žao da umrem?

– Oh, nemoj to da govoriš... To je strašno! Ovo putovanje nikad neću zaboraviti... A sad sam srećna – kliknula je grleći ga.

– A sad me nikad nećeš ostaviti? I da hoćeš, ja te ne dam, ne dam te nikome više... Hoću da vidim tvoje oči... Prvi put su me očarale dok si ležala u postelji, onda kad si nogu povredila.

– Jeste... onda... i ti si se meni dopao...

– Sad priznaješ...

– Priznajem – rasplakala se Ivanka.

– Neću da plačeš. Ah, ta Jerica, kako te je uplašila! Čekaj, hoću da ti obrišem te lepe suze.

Strasno ju je stegao u zagrljaj i ljubio njene divne, kadifaste oči. Izvadio je maramicu i brisao joj suze kao detetu.

Bili su oboje srećni, ludi od ljubavi, detinjasti. Taj lepi, ozbiljni Vitoj, više nije umeo da vlada sobom. Činilo mu se da drži u naručju malu devojčicu, devojčicu i ženu, koju strasno voli; mazio ju je i tepao joj kao malom detetu.

– Jadna Roža, kako mi je žao. Ja mislim da joj ja nisam pričinila bol – uzdahnu Ivanka.

– Ne, nisi. Ona je tebi uvek bila zahvalna. I ja sam se trudio da ona ne primeti moj bol. Mora čovek da bude i velikodušan. Kasnije sam pročitao tvoje pismo Jerici, gde kažeš da voliš Edija. To je bio poslednji udarac mojoj ljubavi. Trpeo sam i postajao rezigniran. Rad je uteha u svakom bolu i ja sam mnogo radio. Ali, taj bol me mučio, postajao sam slab, kao što sam i sada slab kad si ti pored mene. Da, ja sam sada slab, ja sam željan ljubavi. Hoćeš li ti mene da voliš i da me maziš? – Šaputao je, spuštajući joj glavu na rame, ljubeći joj tiho vrat.

Ona ga je zagrlila i osetila koliko je nežan i kako je željan ljubavi. Grlila ga je zavlačeći mu prste u kosu i milujući ga po obrazu. Njegova lepa glava počivala je na njenom ramenu, zaklopljenih očiju. Utonuo je u divno blaženstvo ljubavi. Kad je otvorio oči u njima su blistale suze, suze ljubavi i sreće... Bio je to onaj najlepši, najuzvišeniji trenutak – kad ustreptalo srce progovori kroz suze.

Iz tog slatkog, detinjastog trenutka, kad je čovek dete u ljubavi kao i žena, Vitoj se prenu i opet pritisnu Ivanku na grudi, obavi je strasno rukama, koje će je od sada štititi kroz ceo život.

U drugoj sobi se začuše koraci. Vitoj se trže:

– Ah, to je Jerica! Čekaj, sad ću da je pitam. Jerice – viknu – Jerice, hodi ovamo, hodi da te nešto pitam.

Ona ulete u sobu, sva srećna zagrli i brata i Ivanku i veselo reče:

– Znam šta ćeš da pitaš... Jeste, prevarila sam Ivanku i napisala joj da si na samrti. Ti si verovao da ona voli Edija, a i ja sam to mislila, a sad vidim, sad znam koga ona voli – govorila je grleći ih oboje. – Zar ti nisam priredila iznenađenje? Vidiš kako si srećan. A osim toga, ja ću možda uskoro i da odem iz kuće, a ko će onda da vodi ovoliku kuću.

– A kuda ti to misliš da ideš? – upita je Vitoj smešeći se.

– Znaš ti dobro... I ja sam dobila pismo od njega, u kome mi piše da je tebi pisao i zatražio moju ruku.

– Ko to traži tvoju ruku? – šalio se brat. – Meni to nije poznato. Neću ja tebe da udajem.

– A, to ti samo pričaš, a ja znam da si mu odgovorio, kazao mi naš momak, odneo je preporučeno pismo na poštu... Nego, kaži mi šta si mu odgovorio – upita veselo Jerica grleći brata i pritiskujući svoj obraz uz njegov.

– Ono što sam smatrao da treba da mu odgovorim... Odbio sam ga.

– Ne, nije istina, pristao si ti. Sutra ću ja već znati, jer ću dobiti pismo od njega. On mi je kazao: čim mu ti daš povoljan odgovor, ekspres će mi pisati.

– Mnogo sam te razmazio. Videću da li će te tvoj poručnik tako maziti. To je Srbijanac, imaš ti njega da slušaš.

– Kad ga volim, ja ću i da ga slušam! Meni je Ivanka bila srećna provodadžika za poručnika s crnim brčićima... Tako smo mi njega zvale... I tako je pravo: ja ću za Srbijanca da se udam, a Ivanka za Slovenca. Pravi jugoslovenski brakovi...

– Čekaj, čekaj, da te pitam, zašto si ti uplašila Ivanku? Zar nisi mogla da pretpostaviš kako će na nju to da deluje?

– Nisam, jer nisam znala da te toliko voli... Ali sve je tako lepo ispalo. Nego, ja nju sad vodim da se umije. Čim se ona umije, večeraćemo, jer je sigurno gladna posle ovog uzbuđenja. A imamo divnu večeru. Ja sam znala da Ivanka dolazi.

– Kako si znala?

– Pa telegram mi je poslala.

– Kako si lukava – reče brat veselo.

– I naredila sam našoj Marici da spremi izvrsnu večeru. Imam zeca u sosu, što ti voliš, a Marica to perfektno sprema.

Veselo, kao dve srećne devojčice, istrčaše iz sobe. U Jeričinoj sobi se njih dve zagrliše. Dok se Ivanka umivala i češljala svoju lepu kosu, Jerica joj je pričala sva uzbuđena kako je poručnik voli, zaprosio je, očekuje premeštaj za Srbiju. Čim se smesti venčaće se i otići tamo.

Za to vreme Vitoj je uzbuđeno šetao po sobi. Sve mu je to izgledalo kao san... Šetajući, zastao je kraj prozora i pogledao u belu noć... Pahuljice snega su promicale, lake i bele. Zastao je pred jednom slikom na svom pisaćem stolu.

– Jadna moja Roža, bila si dobra i u poslednjem času. Dala si mi dokaz svoje ljubavi, jer si mi poželela da budem srećan!

Dve nestašne devojčice uletеše u sobu, uhvatiše ga ispod ruke i povedoše na večeru.

Ivanka od uzbuđenja nije mogla da jede, pa je Vitoj morao neprestano da je nudi.

Gledala je njega, gledala oko sebe svu tu lepu gospodsku kuću... To će uskoro biti njen dom, i ona će se truditi da usreći Vitoja...

– Koliko sam sebična, zaboravila sam mamu! – uzviknu Ivanka usred večere. – Je li, Vitoj, mogu li sada da joj pošaljem depešu? Ona se neće lako umiriti, jer pismo je bilo tako strašno. Učinila je nešto što bi retko koja mati učinila: pustila me je da dođem ovamo.

– Da, da, odmah ćemo joj poslati depešu i pozvati je da što pre dođe ovamo, jer neću da moja mala devojčica brine – govorio je nežno, milujući Ivanku po licu.

Posle večere pređoše u Vitojev kabinet i Ivanka napisa mami depešu:

Ja sam najsrećnija na svetu. Vitoj potpuno zdrav. Kreći odmah za Sloveniju.

Marica donese crne kafe. Popiše, i Ivanka priđe prozoru da posmatra belu noć i četinare okićene snegom. Vitoj joj priđe, obgrli rukom njen stas i privuče je sebi. Udisao je miris njene kose, sav opijen njenom blizinom.

– Kako te volim i kako sam srećan. Nikada u životu nisam osetio ovakvu sreću!

Okrenuo je njenu glavu sebi i zagledao se toplim pogledom u njene čarobne oči. Gledali su se bez reči. On je strasno privuče sebi i zatvori oči.

Lepa si kao vestalka

Voz je jurio kroz Gorski kotar. More četinara se talasalo, a nad njim se plavilo svetlo, čisto nebo. Bio je maj.

U kupeu prve klase jedan par je stajao kraj prozora.

Visoka, lepa, mlada žena, duge kovrdžave kose, u plavoj haljini, naslanjala se na grudi jednog visokog muškarca, koji je stajao pokraj nje, obgrlivši rukom njen stas. Oboje su bili ushićeni i to ushićenje davalo je poseban sjaj toplim i nežnim očima mlade žene i ponositim očima muškarca.

– Hoće li skoro more? – upita mlada žena.

– Još malo...

– Ah, kako sam uzbuđena! – šapnu Ivanka. – Prvi put ću videti more. – Uzbuđenje je bilo pomešano s njenom bezgraničnom ljubavlju prema tome čoveku, prema Vitoju, s kojim je ostvarila svoje lepe devojačke snove.

– Voliš li me mnogo? – šapnu Vitoj grleći Ivanku.

Ona mu se okrete, obavi mu ruke oko vrata i, gledajući ga pravo u oči, prošaputa:

– Beskrajno te volim.

Okrete se opet prozoru i posle nekoliko trenutaka kliknu:

– More! Ah, more!

A ono se širilo pred njom sjajno i plavo. Nebo se ogledalo u njemu. Reckasta obala Krka uvlačila se u plave vode, kao neko morsko čudovište.

Njene oči se napuniše suzama i ona sakri glavu na grudi mladom čoveku, srećna što radost deli s njim, što je on pokraj nje, što zajedno uživaju u lepoti.

Voz se zaustavi na stanici i oni siđoše da uhvate auto za Crikvenicu. Sedeći u autu, Ivanka je uživala u lepoti mora, obalama okićenim vinovom lozom, lađama i belim jedrilicama, koje su lepršale po moru kao beli labudovi.

Ni Vitoj nije mogao da govori od sreće, koja ga je prosto gušila. Uživao je u Ivankinom zanosu, u njenim lepim očima, drhtao je od blizine te divne žene, te mlade devojke koju je privijao na svoje grudi.

U Crikvenici ih je čekala soba, koju je Vitoj rezervisao u najelegantnijem hotelu.

Šetali su do večere. Majsko veče na moru je divno. Osećao se miris ruža i oleandera, mladog lovora i ruzmarina.

Lepi par privlačio je pažnju gostiju. Okretali su se za njima, a Vitoj je bio srećan, držeći ispod ruke svoju malu ženicu. On je bio željan mladosti i ljubavi. Činilo mu se da otpočinje nov život, da preživljava mladićko doba i da će tek sada umeti da ceni život.

Prođoše glavnom alejom i zastadoše da posmatraju more.

– Hoćeš li da sednemo u čamac?

– Hoću.

– Neće te biti strah?

– Ne, pored tebe me nikad neće biti strah.

On joj pomože da uđe u čamac. Vesla u Vitojevim rukama počeše da presecaju talase.

– Kako je lepo! – šaputala je Ivanka.

Ćutali su potom oboje, samo su njihove oči šaputale slatke reči.

A sunce se gubilo na pučini, kao da se utapa u more. Rasipalo je još dugo sve moguće boje, od purpurne do ljubičaste. Spuštala se srebrnasta proletnja noć.

Ostaviše čamac na obali i pođoše na večeru. Vitoj je hteo da uživa u svakom trenutku, hteo je da dočara svu lepotu prirode svojoj mladoj ženi, i svu toplinu svoga srca.

Popeše se posle večere u svoju sobu. On je snažno zagrli i prošaputa:

– Idem da popušim cigaretu na balkonu.

Mlada žena ostade u sobi. Nije palila svetlost, jer je jedna sijalica spolja osvetljavala sobu. Ona je gledala siluetu mladog čoveka na balkonu. Bila je uzbuđena i šaputala je:

– To je moj muž... Moj muž!

Drhtavim rukama poče da skida toaletu. Seti se tada maminih reči: *Uvek se trudi da budeš lepa za svog muža.*

U polusvetlosti sobe on ugleda njenu belu, vitku siluetu, na kojoj se izdvajala kosa, tamna kao abonos.

Vitoj se vrati s balkona i zastade pred njom. Gledao ju je nekoliko trenutaka ne govoreći ništa. Onda joj spusti ruke na ramena, pa je privuče na grudi i zanosno šapnu:

– Kako si lepa...! Lepa si kao vestalka!

Povede je prema balkonu:

– Hoću da vidiš noć na moru...

Privuče jednu fotelju na balkon i uze ženu na krilo. Sedeli su zagrljeni, ne govoreći ništa. Primorska noć je svetlucala i mirisala, puna tajni.

– Jesi li srećna?

Ona nije mogla da odgovori od sreće koja ju je gušila. Zatvorila je oči i opustila se na njegove ruke.

On se naže da potraži njene vrele usne za kojima je ludeo i tugovao.

– Ti ćeš biti ceo moj život, moja mala, divna žena. Zar sam ikada mogao pomisliti da ću dočekati ovu sreću?

Neko zapeva daleko na moru. Mladi čovek oseti miris tela lepe žene u svom naručju. Osećanja su u njemu rasla kao plima. Osećao je kako sav treperi i strasno pritisnu to mlado, vitko telo uza se.

Kroz njenu belu svilenu spavaćicu ukazaše se divne sedefaste grudi, koje je jednom video, na koje je spustio svoju glavu. Sada se njegova glava naginjala sve više i njegove vrele usne spustiše se na rumene pupoljke.

Ustade naglo, s divnim teretom na svojim rukama, i drhteći od ljubavi i strasti, unese je u sobu...

Iz Ivankinog dnevnika

Ima više od dve godine kako sam se udala. Danas hoću da zagledam u svoj bračni život. Jedva sam ugrabila trenutak da pišem. Moj mali diktator spava. Inače ne bih mogla pisati, ne bi mi dao mira. Ah, kako je zlatan moj mali Gojček! Deset meseci već ima, a izgleda kao da mu je puna godina dana. Ja sam luda za njim, a i Vitoj isto tako. O mojom mami da i ne govorim. Ona će ga pokvariti, ona je njegova žrtva.

Više od dve godine braka. Kako je to brzo prošlo! Ja i moj Vitoj još smo zaljubljeni jedno u drugo. Neke drugarice su mi pričale kako se ljubav u braku brzo gasi i iščezava. Kod nas nije tako.

Vitoj je vrlo nežan, pažljiv i taktičan. Nikada ne viče i ne ljuti se. Ja sam dobro upoznala njegovu narav. Kad mu je nešto krivo ili je neraspoložen, on ćuti, uozbilji se, sâm nastoji da to stiša u sebi. Ali on voli da ja primetim njegovo duševno stanje, voli da mu priđem, da ga ispitujem ili mazim kao dete kome nešto nije pravo pa ga treba umiriti. Osetila sam da mu je vrlo žao ako ga ostavim samog s njegovim raspoloženjem. A to se njemu retko događa. On je uvek dobre volje u kući. I neverovatno je kako onaj gordi ozbiljni Vitoj ume da bude dete.

Posle ručka voli da sednem na jedan kraj sofe, a on se opruži i spusti mi glavu na krilo. Tada ga milujem, tepam mu, ljubim ga i on malo odrema.

Kaže da mu je najslađi san na mome krilu.

U ljubavi treba biti detinjast, ali treba ceniti i ozbiljne časove razgovora. On meni priča o svom radu, o pacijentima, novim pronalascima u medicini. A kad je umoran, kad treba da se odmori, ja nastojim da u kući bude tišina. Sve sam proučila: njegov ukus, šta najviše voli da jede, koje mu se boje mojih haljina najviše dopadaju, šta voli da mu sviram i pevam, šta ga nervira, i mnogo drugih sitnica koje žena u braku mora da zna.

Ima i jednu manu – ako se to može nazvati manom – ljubomoran je. Ali, ako hoću da budem iskrena, a ja sam uvek iskrena kad pišem dnevnik, tu manu imam i ja.

To sam osetila u sebi još kad sam prvi put videla Vitoja, i kad ga je Štefi gledala zaljubljenim očima. Samo, ja to ne pokazujem, nastojim da uvek budem dostojanstvena žena, koja veruje svome mužu.

Mi smo zaista srećni.

Vitoj stalno govori da mu je sada sva kuća raspevana, topla, da svuda oseća moj ukus i moje ruke. Zbilja, ja sam unela ženstvenost u kuću, kako kaže Vitoj. To je bila elegantna kuća, puna skupocenih stvari, ali se u njoj nije osećao ženski ukus, nije bilo svih onih sitnica što kući daju šarma. Ja i moja mama smo to dopunile – dekorisale smo i oživele kuću.

A posle je došao Gojko, ili kako mu tepamo mi u kući Gojček. Oh, koliko ga Vitoj voli. Lud je za njim! I Jerica ima sina, zove se Branko. Tako je srećna i ona. Kaže, nisu Srbijanci tako žestoki. Naprotiv, vrlo su nežni. I njen brak je srećan. I moja mama je srećna. Vitoj je smatra svojom majkom i vrlo je poštuje. Ona sedi kod nas i Vitoj voli kad je ona ovde. S vremena na vreme ode u našu palanku i obiđe tatin grob. Pre mesec dana bio nam je u gostima Ljubinko. Oduševljen je Slovenijom. Čak je i ovde našao jednu ljubav. A prošlog leta bila sam s Vitojem na selu kod čike. Što se njemu dopalo naše selo i čika!

Juče sam dobila pismo od Cice. Razvodi se od arhitekte. Imaju slatku ćerkicu, ali se nikako ne slažu. Ma za koga da se uda, ona se neće slagati. Rđavo je vaspitana. I sad će, sigurno, nastaviti sa Sašom.

Ali, moj mali diktator guče. To znači da se probudio. Srce moje malo, kako je zlatan! Ima očice njegovog tate, a kosicu grguravu, smeđu. Pravo luče. Sad je svršeno s mojim pisanjem. Sutra ću nastaviti.

Još nešto moram zabeležiti. Jedan susret.

Izađemo obično oko pola jedanaest u park s Gojčekom, tu pričekamo Vitoja kad izađe iz bolnice i vraćamo se kući. Jedno jutro, bilo je to sredinom juna, bio je vrlo lep dan. Gojček je uživao u kolicima i smešio se na druge bebe. Najednom spazih kako gleda nekog iza mene i tako mu milo, pa poče da tapše ručicama po pokrivaču. Ja se okrenuh i koga vidim!

Edija.

On je bio sav zbunjen. Prosto nije umeo da govori. Skide šešir, poljubi mi ruku.

„Otkud vi, Edi?“, iznenadih se.

„Putujem u Italiju. Ovde se voz zadržava pa sam pošao da razgledam varoš. Kad sam ušao u park poznao sam vas s leđa, išao sam polako za vama i gledao vašu bebu...“

Njegove oči se ushićeno zaustaviše na Gojčeku.

„Je li sin?"

„Da, sin."

„Kako je sladak!"

On pruži ruku i uhvati dečju ručicu, a Gojček se tako razdragano smešio i gledao ga svojim lepim očicama.

Išli smo ćuteći. Meni je bilo neugodno to ćutanje, pa počeh da se raspitujem za gospođu Huber, Stefi, Linči...

„Štefi se udaje za jednog inženjera. A staramajka je bila malo slaba, sad je dobro. Ona se uvek seća onog leta kad smo s vama bili u Sloveniju. Vaša gospođa mama joj je pisala da ste se udali za gospodina Planinšeka. Srećni ste sigurno?"

„Da, vrlo srećna..."

„Sećam se, onda u Beču, kazali ste mi da ste jednom voleli. Je li to bio gospodin Planinšek?"

„Da, on..."

„A vidite, ja sam to naslućivao."

On ućuta i zagleda se u Gojčeka.

„Divan vam je sin."

Na kraju aleje spazismo visoku Vitojevu figuru. On se još izdaleka zagleda u Edija, a kad se približi, ja spazih onu promenu na njegovom licu, koju može samo žena da primeti. Ali, Vitoj je fin, on ljubazno pruži ruku Ediju:

„O, otkuda vi, Edi?"

„U prolazu sam. Putujem za Italiju, pa razgledam varoš dok mi ne pođe voz."

Pođosmo dalje alejom, vodeći beznačajne razgovore.

„Hoćete li da svratite do nas?", pozva Vitoj Edija.

„Hvala lepo, ali ne mogu. Imam još samo pola sata do polaska voza."

Oprostismo se i mi pođosmo kući. O Ediju nismo ništa govorili. Ručali smo, ali ja sam osećala neku potištenost kod Vitoja. Posle ručka on uđe u svoj kabinet, a ja ostadoh da uspavam Gojčeka. Kad je mali zaspao, uđoh Vitoju. On je sedeo u fotelji i pušio. Primetila sam onaj njegov gordi i zamišljeni pogled kad je neraspoložen. Priđoh mu, sedoh mu na krilo i obavih mu ruke oko vrata:

„Ti si neraspoložen, reci mi zašto?"

On je ćutao.

„Ja znam, to je zbog susreta sa Edijem. Reci, je li zbog Edija?"

On je još malo ćutao. Posle me pogleda i tiho upita:

„Reci mi iskreno, šta si razgovarala sa Edijem?"

„Ništa, Vitoj, sasvim obične stvari. Pitala sam ga o Štefi, o gospođi Huber."

„A ništa nije govorio o svojoj ljubavi?"

„Ništa, živ mi Gojček. Samo je kazao kako nam je sladak sin. Zar misliš da bih ja nešto sakrila od tebe?"

„Ne mislim, ali znam da te je on voleo, tražio je tvoju ruku, sigurno te još nije zaboravio. Verujem da se ovde i zadržao samo da bi tebe video... I to mi pada teško."

„A zašto da ti to bude teško kad ti znaš koliko te volim? Ja sam Edija odbila još dok je Roža bila živa, jer sam tebe volela, ne nadajući se ničemu..."

„Znam, sve znam, ali ja tebe toliko volim, ja sam toliko čeznuo za ovom srećom da bi za mene bilo strašno da ti makar samo pomisliš na nekoga i zažališ za nekim."

„Ah, mili moj, ja samo na tebe mislim, samo za tebe živim!"

„Da, i ja samo za tebe živim i za našeg Gojčeka..."

On me pritisnu na grudi, a moje usne su milovale njegovo lice toplim poljupcima.

Tako se završavaju naša neraspoloženja.

Slušala sam često udate žene kako pričaju kad vide neki srećan mladi bračni par: „Ah, to je početak, čekajte dok prođe još koja godina, razočaraćete se."

Meni se čini da se mi nećemo nikad razočarati.

Mnogo zavisi od žene. A ja ću se truditi da uvek razumem Vitoja i da budem nežna. A posle, i deca su jedna velika veza. Mi smo rešili: imaćemo troje dece: dva sina i jednu ćerku. Vitoj kaže da moram da mu rodim jednu ćerkicu, istu kao što sam ja. I ona će se udati bez miraza, kao i mama.

Auto zasvira! Bože zar je već pola jedan? Sad ću da ostavim dnevnik, idem da dočekam mog Vitoja.

Alejom osenčenom borovima, u čijem su se hladu skrivale nežne, male ciklame, išao je Vitoj. Ivanka mu požuri u susret.

„Mala moja, imam jednu novost za tebe", uzviknu Vitoj pošto su se poljubili.

„Kakvu novost?"

„Moje odsustvo počinje za četiri dana. Sad biraj gde da idemo. Ostavljam tebi da biraš."

„Gde da idemo? Znaš gde? Imam plan. Prvo da idemo u ono lepo seoce gde smo se prvi put videli. Pa ćemo otići na ono isto mesto, ti ćeš da me uzmeš u naručje, kao onda, i da me poljubiš. Samo, ja neću da padnem u nesvest. Tu ćemo provesti tri-četiri dana, pa posle idemo u Dubrovnik.“

Vitoj se naglas nasmeja.

„Ti si moja mala romantična devojčica! A zar moramo ići čak tamo da te uzmem u naručje?“

On se najednom povi, podiže je kao dete i gledajući sjajnim očima u njene tople zenice govorio je ljubeći je kratkim, strasnim poljupcima:

„Tako, to ti voliš, da te mazim i da te nosim.“

„A zar ja tebe ne mazim?“

„Maziš me i ja to volim.“

On je prenese celom alejom, pope se sa svojim teretom uza stepenice, uđe u predsoblje.

Ivankina mama pojavi se na vratima i pljesnu rukama:

„Bože, bože, što ste deca! Nosiš je, Vitoj, kao da je beba, iako je već mama.“

„Da, ona je moja beba, i to će uvek ostati.“

Ivanka skoči iz Vitojevog naručja.

„Mama, znaš jednu novost? Putujemo u Dubrovnik. I ti ćeš s nama. Idemo za četiri dana.“

„Razume se, i mama mora s nama“, dodao je Vitoj.

„Pst! Nemojte tako glasno da govorite. Gojček tek što je zaspao!“

„Hajde da ga vidimo“, pozva Vitoj Ivanku.

Uđoše na prstima i stadoše kraj njegovih kolica. On je spavao kao anđelak. Njegovi obraščići, nežni kao list ruže, bili su zarumenjeni od sna. Duge trepavice pravile su senke po obrazu, a ustanca su mu bila malo otvorena, kao pupoljak cveta.

„Srce, kako je sladak!“, šaputala je Ivanka, naslanjajući se na Vitoja. I njegove oči su s ljubavlju posmatrale to divno detence. Vitoj je u njemu video ostvarenje najlepše sreće.

Ivanka prošaputa:

„Ti si sigurno gladan. Hajde da ručamo. Imamo iznenađenje za ručak, ja i mama.“

„Baš me interesuje.“

Izađoše iz sobe zagrljeni.

„Što se radujem da vidim Dubrovnik!“, uzviknu Ivanka.

„I ja se radujem da vidim kako ćeš ti da uživaš... Ali, to će biti naš drugi svadbeni put, je li?“

„Da, drugi svadbeni put“, šaputala je mlada žena, gledajući svojim lepim zaljubljenim očima Vitojeve ponosite oči, koje su bile pune topline i ljubavi.

Beleška o autoru

Milica Jakovljević Mir-Jam rođena je u Jagodini 22. aprila 1887. godine.

U Kragujevcu je završila osnovnu školu i devet razreda učiteljske škole.

Bila je učiteljica u Krivom Viru 1907–1913. Tokom Prvog svetskog rata živela je u Kragujevcu, a godine 1919. prelazi u Beograd i bavi se novinarstvom u *Novostima, Štampi* i *Vremenu.*

Od 1926. do 1941. godine radila je u *Nedeljnim ilustracijama,* u kojima je objavljivala priče i ljubavne romane u nastavcima. Govorila je francuski i ruski. Nikada se nije udavala.

Pod pseudonimom Mir-Jam objavila je romane: *U slovenačkim gorama, To je bilo jedne noći na Jadranu, Greh njene majke, Otmica muškarca, Nepobedivo srce, Ranjeni orao, Samac u braku, Mala supruga,* i zbirke pripovedaka: *Dama u plavom, Devojka sa zelenim očima, Prvi sneg, Časna reč muškarca* i *Sve one vole ljubav.*

Posthumno je objavljena njena nezavršena autobiografija *Izdanci Šumadije.*

Napisala je i pozorišne komade: *Tamo daleko* i *Emancipovana porodica.*

Najslavniju dramatizaciju *Ranjenog orla* načinio je Borislav Mihajlović Mihiz, a po njenim romanima snimljene su i televizijske serije.

Milica Jakovljević bila je rođena sestra biologa, književnika i akademika Stevana Jakovljevića.

Umrla je 22. decembra 1952. godine, a to, nažalost, nisu zabeležile nijedne prestoničke novine.

**Knjige Milice Jakovljević Mir-Jam
u izdanju Izdavačke kuće TEA BOOKS d.o.o.
(digitalna i/ili štampana izdanja)**

Časna reč muškarca (priče)
Dama u plavom (priče)
Devojka sa zelenim očima (priče)
Greh njene majke (roman)
Izdanci Šumadije (autobiografija)
Mala supruga (roman)
Nepobedivo srce (roman)
Otmica muškarca (roman)
Prvi sneg (priče)
Ranjeni orao (roman)
Samac u braku (roman)
Sve one vole ljubav (priče)
To je bilo jedne noći na Jadranu (roman)
U slovenačkim gorama (roman)